ro
ro
ro

Carla Maria Russo wurde in Molise, Italien, geboren und lebt heute in Mailand. «Die Erbin des Normannenthrons» ist ihr erster Roman.

Carla Maria Russo

Die Erbin des Normannenthrons

Historischer Roman

Deutsch von Marie Rahn

Rowohlt Taschenbuch Verlag

Deutsche Erstausgabe
Veröffentlicht im Rowohlt Taschenbuch Verlag,
Reinbek bei Hamburg, August 2007

Die italienische Originalausgabe erschien 2005
unter dem Titel «La Sposa Normanna»
bei Piemme S.p.A., Casale Monferrato

Redaktion Christine Gräbe
Umschlaggestaltung any.way, Wiebke Jakobs
(Abbildung: Giovanni Villani, Cronica, Costanza d'Altavilla
e il neonato Federico II, miniatura,
Biblioteca Apostolica Vaticana (BAV), Città del Vaticano)
Satz Cochin PostScript (InDesign)
bei Pinkuin Satz und Datentechnik, Berlin
Druck und Bindung Clausen & Bosse, Leck
Printed in Germany
ISBN 978 3 499 24552 7

Erster Teil

Die normannische Braut

Eins

Schwester Maria Veronica erhob sich von ihrer Pritsche und öffnete die Läden der kleinen Luke in ihrer Zelle. Die aufgehende Sonne färbte den klaren, wolkenlosen Himmel rosa. Es würde wieder ein milder Tag werden, obwohl es schon Mitte November war. Sie lächelte und dankte Gott, dass sie in Palermo geboren war.

Als sie noch ein Kind war und am Hof lebte, hatte ihre Amme ihr oft davon erzählt, dass es in der Heimat ihrer Familie, der Normandie, schon im August kühler wurde und dann für lange Zeit so kalt blieb, dass das Wasser in den Flüssen zu Eis wurde und die kleinen Kinder erfroren. Sie fühlte sich überhaupt nicht wie eine Normannin, auch wenn ihr Aussehen keinen Zweifel daran ließ, woher sie stammte.

Sie atmete noch einmal tief die Luft ein, die nach Orangen und Zitronen roch und nach dem Meer. Dann zog sie sich an, um pünktlich bei ihren Mitschwestern zu sein.

Als es leise an der Tür klopfte, war sie überrascht: Wer konnte das zu dieser Stunde sein? Hatte sie sich verspätet? Sie machte auf und sah Schwester Anna vor sich, die ebenso betagt wie rüstig die Aufsicht im Kloster führte.

«Verzeiht, Schwester Maria Veronica. Die ehrwürdige Mutter Oberin wünscht Euch gleich nach der Messe im Empfangszimmer zu sprechen. Sie hat eine wichtige Nachricht für Euch.»

«Für mich?», fragte Maria Veronica erstaunt. «Seid Ihr sicher?»

Schwester Anna zuckte resigniert mit den Achseln: Jetzt zweifelte also auch Schwester Maria Veronica an ihrer Geistesgegenwart. Dabei war sie, obwohl gerade sie allen Grund gehabt hätte, die Nase hoch zu tragen, im Vergleich zu ihren Mitschwestern immer so liebenswürdig und voller Respekt ihr gegenüber gewesen.

«Die Mutter Oberin hat von ‹Ihrer Hoheit, der Prinzessin›, gesprochen», entgegnete sie gekränkt. «Nach über fünfzehn Jahren werde ich ja wohl wissen, wer Ihr seid. So senil bin ich nun auch wieder nicht.»

«Verzeiht mir, Schwester, ich wollte Euch nicht verärgern, aber unsere ehrwürdige Mutter hat mich noch nie ins Besuchszimmer bestellt. Wieso bloß hat sie nach der ‹Prinzessin› verlangt?»

Schwester Anna war ratlos. «Was weiß denn ich?»

Rasch überlegte Maria Veronica, ob sie sich etwas zuschulden hatte kommen lassen, das das ungewöhnliche Gesuch rechtfertigte. «Ich glaube nicht, dass ich mir etwas vorzuwerfen habe», sagte sie dann tapfer, biss sich jedoch für ihren Hochmut sofort auf die Lippen.

«Natürlich nicht, mein Kind», besänftigte sie Schwester Anna, die ihr schroffes Benehmen schon wieder bereute. «Ich kenne sonst niemanden, der so edel und sanftmütig ist wie Ihr. Vielleicht seid Ihr's schon zu sehr. Wer sollte je auf den Gedanken kommen, dass Ihr den Thron der Normannen erben könntet, wenn Ihr nicht dieses Gewand tragen würdet?» Sie seufzte und schüttelte den Kopf. Ihr waren Tränen in die Augen getreten. «Was soll nur aus diesem Land werden, wenn, was Gott verhüten möge …»

Schwester Maria Veronica unterbrach ihre Mitschwester, indem sie ihr die Hand auf den Arm legte. Die Schwierigkeiten, in denen sich das normannische Reich befand, zerrissen ihr selbst das Herz. Aber was konnte sie schon tun, außer beten? Sie war eine Nonne und unwiderruflich in Klausur. Ihr Gelübde war ein heiliges Band, das niemals und von niemandem würde gelöst werden können, ohne dass er sich eines schweren Sakrilegs schuldig machte.

«Von niemandem», wiederholte sie laut und verließ dann die Zelle.

Walter of the Mill verneigte sich vor dem König und reichte ihm das Pergament, das er in den Händen hielt. Dann nahm er auf einem Lehnstuhl neben dem Kamin Platz.

Wilhelm von Hautville brach das Siegel, las aufmerksam und gab das Schreiben an seinen ersten Kanzler zurück. Er dachte kurz nach, dann fragte er: «Hattet Ihr eine angenehme Reise, Walter?»

«Mit Einschränkungen, Sire. Im Norden ist es sehr kalt, und meine Knochen sind alt geworden, das schlechte Wetter macht mir zu schaffen. Aber ich bin froh, dass die mir anvertraute Mission zu einem für das Reich so vorteilhaften Ergebnis geführt hat. Es übertrifft vielleicht sogar Eure kühnsten Erwartungen. Der Vorschlag, den ich Euch überbringe, geht um einiges über ein einfaches Bündnis mit Kaiser Friedrich I. hinaus: Es handelt sich um ein Heiratsangebot.»

«Schreibt mir nicht Hoffnungen zu, die vor allem Ihr hegt, Walter», unterbrach ihn der König schroff. «Meine Zweifel sind keineswegs ausgeräumt. Während Ihr auf Reisen wart, hat mich Walter von Palearia an all die gefährlichen Seiten Eures Plans erinnert. Ich bin ganz und gar nicht sicher, dass die Entscheidung, zu der Ihr mich drängen wollt, die beste für das normannische Reich wäre.»

Walter of the Mill bemühte sich, nicht laut aufzuseufzen. «Ich kann mir schon denken, was für Argumente der Gesandte des Papstes vorgebracht hat, um Euch zu überzeugen. Ihr werdet mir doch recht geben, dass unser Bündnis mit den Staufern Seine Heiligkeit, Papst Clemens III., gefährlich bedrohen würde. Der Kirchenstaat wäre dann eingezwängt, zwischen dem Heiligen Römischen Reich im Norden und dem normannischen Reich im Süden, beide in den Händen eines einzigen Herrschers: ein Zangengriff, den Clemens III. mit allen Mitteln verhindern will. Es erscheint mir durchaus angebracht zu vermuten, dass die hehren Gründe des päpstlichen Gesandten den Interessen der Kirche und nicht denen des normannischen Reichs entsprechen. Aber Euer Kanzler, was sollte der anderes im Sinn haben als das Wohl des Landes und seines Herrschers?»

Walter of the Mill machte eine kurze Pause und

warf König Wilhelm einen fragenden Blick zu, den dieser schweigend erwiderte.

«Majestät, erlaubt mir, Euch ganz unverblümt darzulegen, wie es um das normannische Reich steht. Wozu ist ein Kanzler der Krone auch gut, wenn er seinem Herrn die Wahrheit lieber verschweigt? Dann wäre er auch nicht mehr wert als all die nichtsnutzigen Höflinge, die im Palast herumschwirren.»

König Wilhelm zuckte mit keiner Wimper. Er hatte die Lippen zusammengepresst und starrte mit leerem Blick in das Kaminfeuer. Das Licht der Flammen flackerte über sein Antlitz, sodass die bläulichen Schatten unter seinen Augen ebenso deutlich zu erkennen waren wie die Falten, die viel zu früh schon sein Gesicht furchten und auf seine schwere Krankheit hinwiesen.

Als Walter of the Mill weitersprach, glänzte Schweiß auf seiner Stirn. Es würde nicht leicht werden, den König von dem Vorhaben zu überzeugen, an dem Friedrich Barbarossa so sehr lag.

«Während der langen Reise hatte ich viel Zeit, darüber nachzudenken, was mit dem Reich geschieht, falls Euch, Gott verhüt's, etwas zustößt.»

«Mache ich einen so miserablen Eindruck?», unterbrach ihn der König.

«Nein, Sire», erklärte der Kanzler hastig und ein wenig verlegen, «das meinte ich nicht. Möge Gott Euch lange das Zepter in der Hand halten lassen.»

«Walter, bitte, erspart mir das Geschwätz. Habt Ihr nicht gerade behauptet, dass Ihr ohne alle Schmeichelei ehrlich sein wollt?»

Der Kanzler presste die Lippen aufeinander. «Eure Gesundheit macht uns Sorgen. Das ist nicht zu leugnen. Aber da gibt es etwas anderes, etwas, das uns noch viel größere Sorgen macht. Verzeiht mir meine Offenheit, Sire: Aber es gibt keinen Erben für den Thron von Sizilien.»

Wilhelm von Hautville zeigte außer einem kurzen Blinzeln keinerlei Anzeichen einer Gefühlsregung.

«Ein König ist kein Mann wie alle anderen, Majestät», fuhr der Kanzler fort. «Von dem Tag, an dem er den Thron besteigt, muss er sich mit der Frage auseinandersetzen, wer ihm folgen wird. Ihr habt es vorgezogen, die Königin nicht zu verstoßen, nicht nach Mitteln und Wegen zu suchen, um …», er schluckte und suchte nach den passenden Worten, «um Euch aus der Verbindung mit einer unfruchtbaren Frau zu lösen …» Er unterbrach sich, um Luft zu holen. Zuletzt hatte er nur noch geflüstert. «Wie sieht denn das Schicksal des ruhmreichen normannischen Reiches aus, wenn Euch unglücklicherweise tatsächlich etwas zustoßen sollte? In wessen Hände kommt das Land, wenn Eure Nachfolge nicht rechtzeitig geregelt wird? Es schmerzt mich sehr, Majestät, Euch dies zu sagen. Ich sehe, wie sehr Euch meine Worte treffen. Aber ich würde es mir nie verzeihen, wenn ich Euch nicht vom Ernst der Lage überzeugen könnte.»

König Wilhelm machte eine unwirsche Geste. «Jetzt werdet bloß nicht pathetisch, Walter», sagte er schroff, ohne den Blick vom Feuer im Kamin abzuwenden. «Es gibt ebenso viele Vorteile für Euch, die Pläne Friedrichs von Staufen zu unterstützen, wie für Walter von Palearia, die Interessen des Papstes zu vertreten. Die Krankheit hat meinen Körper zerstört, aber meinen Verstand hat sie verschont.»

Walter of the Mill rutschte unbehaglich auf seinem Stuhl hin und her. Dennoch bemühte er sich, seine Stimme gelassen und ruhig klingen zu lassen.

«Ich glaube, einen so schändlichen Vorwurf habe ich nicht verdient, mein Herr. Unsere erste Sorge gilt immer der Zukunft des Landes. Und die hängt nun einmal davon ab, wie rasch und umsichtig Eure Majestät die schmerzliche Frage der Nachfolge klärt. Unter den jetzigen Umständen ist es noch möglich, unseren Gegnern die Bedingungen zu diktieren. Friedrich schlägt uns ein aussichtsreiches Bündnis vor, eine Heirat, die das Geschlecht der Normannen mit dem der Staufer durch Blutsbande vereint, ohne dass zwischen der Herrschaft der einen und der anderen Blut vergossen wird. Allerdings …»

«Sprecht nur weiter, Walter», forderte ihn der König auf.

«Sollte der unglückliche Fall eintreten, dass wir auf die Führung Eurer Majestät verzichten müssen, ohne dass ein Thronerbe bestimmt wurde», setzte der Kanzler nach kurzem Zögern wieder an, «wäre Kaiser Friedrich Barbarossa der Erste unserer Feinde, der mit Waffengewalt für sich beanspruchen würde, was er jetzt zu schützen und zu bewahren anbietet.»

«Schützen? Aber was redet Ihr denn da, Walter? Der Staufer hat nichts anderes vor, als den Thron der Hautvilles an sich zu reißen, ohne seinen Blutzoll zu entrichten.»

«Majestät, bitte lasst Euren persönlichen Groll aus dem Spiel und bedenkt stattdessen, was Eure Entscheidungen für Folgen haben. Stellt Euch nur mal vor, was dem Reich, dem Ihr und Eure Vorfahren Frieden und Wohlstand versprochen habt, bevorsteht, wenn es eines Tages vom Kaiser erobert wird! Wie viel Leid den Frauen, den Kindern, dem ganzen Volk von den Barbaren aus dem Norden angetan würde?»

«Was Ihr von mir wollt, ist die bedingungslose Kapitulation, kein ‹aussichtsreiches Bündnis›. Mit welchem irdischen oder göttlichen Recht könnte Friedrich Anspruch auf unser Reich erheben?»

«Irdisches oder göttliches Recht? Für Friedrich ist die Waffengewalt Grund genug, ihm reicht das Gesetz des Stärkeren.»

König Wilhelm erhob sich ruckartig und ging nervös auf und ab. Auch Walter of the Mill war aufgestanden, blieb aber neben dem Kamin stehen.

«Wenn ich Euch richtig verstehe», setzte der König erneut an, «dann wollt Ihr, dass ich mein Reich Kaiser Friedrich Barbarossa überlasse, um zu verhindern, dass er es nach meinem Tod – der Eurer Meinung nach unmittelbar bevorsteht – mit Feuer und Schwert an sich reißt. Mit anderen Worten: Ich soll ihm die Eroberung erleichtern. Meint Ihr nicht, dass ich auf diese Weise Sicherheit gegen Unabhängigkeit eintausche, Frieden gegen die Freiheit meines Volkes?»

«Ich weiß, dass der päpstliche Gesandte so denkt, Majestät, und dass einige Adlige unseres Reiches ihn darin unterstützen», erwiderte Walter of the Mill, der seine Ungeduld nur mühsam unterdrücken konnte.

«Ich ahne, mit welchem Nachdruck Walter von Palearia Euch diese Ansicht nahegebracht hat. Aber ich frage mich, Sire: Wenn es keinen Erben gibt, wird der Papst die Unabhängigkeit des normannischen Staates verteidigen oder sich mit den anderen in den Kampf stürzen, um auch ein Stückchen davon abzubekommen?»

Walter of the Mill schwieg. Als keine Erwiderung kam, holte er zum letzten Schlag aus. «Außerdem, mit Verlaub, ist es mir ein Rätsel, weshalb Euer Volk seine Unabhängigkeit verlieren sollte. Kaiser Friedrich bietet Euch ein gleichberechtigtes Bündnis an, wenn er die Vermählung seines Sohnes Heinrich mit einer Prinzessin des Hauses Hautville vorschlägt. So hätten die Untertanen eine Königin, in deren Adern blaues Blut fließt. Mit Gottes Hilfe könnte sie einen Erben gebären, in dem das Blut der Hautvilles sich mit dem der Staufer vereinigen würde: von edelstem Geschlecht, königlich von beiden Seiten. Eure Familie würde nicht mit Euch aussterben, sondern über Jahrhunderte weiterleben können. Haltet Ihr das wirklich für Unterwerfung? Für das Ende der Unabhängigkeit des Königreichs Sizilien? Ich glaube im Gegenteil, es würde sein Fortbestehen sichern.»

«Ich weigere mich zu glauben, dass dies die einzige Lösung des Problems ist», entgegnete der König. «Außerdem geht Euer Plan von einer falschen Voraussetzung aus. Zu einer Ehe gehören in der Regel zwei. Der Bräutigam ist Heinrich, Sohn des Stauferkaisers Friedrich. Übrigens, wie alt ist er eigentlich?»

«Neunzehn, Sire.»

«Habt Ihr seine Bekanntschaft gemacht?»

«Nein, mein Herr, bedauerlicherweise gab es dazu keine Gelegenheit.»

Walter of the Mill senkte verschämt den Blick. Er konnte einem gebildeten Mann wie König Wilhelm, der eine hervorragende Erziehung genossen hatte, nicht sagen, dass Heinrich kaum lesen und schreiben konnte. Dass er ungehobelt und eingebildet war und sein Körper so ungepflegt wie sein Geist verkümmert. Wieder unterdrückte er einen Seufzer. Andererseits war Heinrich ein echter Staufer, und er würde Kaiser werden, so wie es um die Gesundheit seines älteren Bruders bestellt war. Konnte man von einem Kanzler der Krone mehr verlangen, als seinem gebrechlichen König eine Heirat vorzuschlagen, die für alle Königshäuser Europas ein Gewinn war?

«Das ganze Unternehmen ist zum Scheitern verurteilt, da es gar keine Hautville königlicher Herkunft gibt, die Heinrich heiraten könnte», fuhr der König fort. «Wir haben keine Braut.»

Der Kanzler blickte seinem König in die Augen, diesmal fest und unumwunden. Der König log, und er wusste es. Es gab sehr wohl eine echte Hautville, eine normannische Prinzessin, gerade noch im gebärfähigen Alter, auch wenn sie schon über dreißig war und außerdem gesundheitlich ein wenig schwach. Aber mit Gottgefallen würde Heinrich schon dafür sorgen, dass sie den langersehnten Thronfolger und zukünftigen Herrscher über ein riesiges Reich zur Welt bringen würde. Er, der Kanzler, hatte ausgezeichnete Arbeit geleistet, die Gunst des Königs war ihm sicher.

«Das ist eine Ungeheuerlichkeit, Walter», schimpfte stattdessen der König. «Ihr werdet mich nicht dazu bringen, ein Sakrileg zu begehen. Geht jetzt.»

Walter of the Mill wusste sehr gut um die religiösen Skrupel des Königs, dessen Inbrunst in der ganzen normannischen Dynastie beispiellos war. Also verneigte er sich, um zu gehen. Doch als er die Hand schon auf der Klinke hatte, musste er seine Ansicht noch ein letztes Mal bekräftigen. «Ich hoffe, Ihr denkt über meine Worte in Ruhe nach. Menschen blauen Bluts haben andere Pflichten als Normalsterbliche, und was sie tun, kann nicht nach denselben moralischen Maßstäben gemessen werden. Das Privileg, als König geboren zu werden, hat seinen Preis, manchmal sogar den des Verlusts der persönlichen Freiheit, wenn es dem Reich und dem Volk dient. Und das gilt auch für blaublütige Prinzessinnen.»

König Wilhelm schwieg einen Augenblick. Dann nickte er: «Ich werde in Ruhe über Euren Vorschlag nachdenken, Walter. Wenn es so weit ist, werde ich Euch meine Entscheidung mitteilen. Für den Moment dürft Ihr Euch zurückziehen.»

Der Kanzler verneigte sich und verließ das Zimmer.

Zwei

Die Mutter Oberin des Klosters von San Basilio begleitete Schwester Maria Veronica in ihre Zelle und setzte sich neben sie auf die schmale Pritsche. Zärtlich tätschelte sie ihr die Hände.

«Kopf hoch, meine Liebe», sagte sie aufmunternd. «Der König lädt Euch lediglich in den Palast ein. Kein Grund zur Sorge. Man hat mir erzählt, dass es ihm nicht gutgeht, er will Euch sicher nur ein letztes Mal in die Arme nehmen. Ihr seid seine Tante, und außer Euch ist aus der königlichen Familie keiner mehr am Leben. Freut Euch doch einfach, Euren Neffen nach so vielen Jahren wiederzusehen.»

«Um eine Verwandte einzuladen, dazu noch eine einfache Nonne wie mich, hätte es doch gereicht, den Pagen mit einer Einladung zu schicken», gab Veronica weinend zurück. «Stattdessen hat der König mich ganz förmlich aufgefordert zu erscheinen und sogar den Bischof und den ersten Kanzler geschickt. Ich weiß nicht, warum, ehrwürdige Mutter, aber ich habe ein ungutes Gefühl. Wenn Ihr wisst, was dahintersteckt, sagt es mir!»

Die Mutter Oberin zog ihre zitternden Hände zurück. Was sollte sie Veronica antworten? Sie kannte sie schon seit so vielen Jahren. Als Konstanze als junges Mädchen den Schleier genommen hatte, war sie bereits Äbtissin des Klosters gewesen. Damals war sie zunächst nicht sehr erfreut. Sie dachte, die Prinzessin würde nicht nur Ansehen und Reichtum, sondern auch Unruhe ins Kloster bringen, womöglich gar die Sittenlosigkeit, die am Königshof der Normannen herrschte. Und eine Hautville königlicher Abstammung, wer wusste schon, wie hochmütig so eine war, ob sie sich als Herrin aufführen, sie vor den anderen Schwestern demütigen würde und ob sie den Novizinnen nicht ein schlechtes Beispiel wäre.

Aber ganz im Gegenteil: Kaum war Schwester Maria Veronica ins Kloster eingetreten, hatte sie sich der strengen Ordensregel unterworfen und mit den königlichen Gewändern nicht nur das höfische Benehmen, ihren Titel und ihren Namen abgelegt, sondern auch darauf bestanden, dass bevorzugte Behandlung oder Anspielungen auf ihre Vergangenheit nicht geduldet wurden. Konstanze war zutiefst von ihrer Berufung überzeugt, gegen allen Widerstand ihrer Familie.

Wie sollte sie ihr jetzt helfen? Was der Bischof ihr kurz vor dem Treffen unter vier Augen gesagt hatte, war knapp, aber klar gewesen. Aus wichtigem, politischem Grund sollte Ihre Königliche Hoheit – so hatte er Veronica genannt – das Kloster für immer verlassen.

Die Angst und die flehentliche Bitte in Veronicas Augen schmerzten sie mehr als der bevorstehende Verlust. Aber ihr blieb nichts anderes übrig als zu lügen.

«Es gibt keinen Anlass zur Sorge, Schwester», antwortete sie, so entschieden sie konnte. «Ihr könnt dem

Bischof und dem Kanzler ruhig folgen. Kleidet Euch jetzt an.» Schnell ging sie hinaus, aber als sie die Zellentür hinter sich zumachte, rief Veronica ihr flehend nach: «Heute Abend bin ich wieder hier, nicht wahr, ehrwürdige Mutter?»

Schwester Maria Veronica betrat den Palast der normannischen Könige an der Seite des Bischofs zur einen und des ersten Reichskanzlers, Walter of the Mill, zur anderen, als befürchteten diese, sie könne fliehen. Die ganze Zeit über hielt sie den Kopf gesenkt, sodass ihr Gesicht verschleiert war und niemand sie ansehen oder erkennen konnte. Den Salut der königlichen Wachen bei ihrem Eintritt ignorierte sie in der Hoffnung, dass diese vor dem Bischof und dem Kanzler strammstanden. In den Gängen des Palastes, in dem sie geboren und aufgewachsen war, sah sie sich kein einziges Mal um. Er war Teil einer fernen Vergangenheit, die sie nie vermisst hatte, längst vergessen und trotz aller Pracht reizlos. Was ihr jetzt stattdessen fehlte, waren ihre schlichte Zelle, die Pritsche, die Kniebank und das kleine Regal mit den Büchern, dem einzigen Andenken an ihre Vergangenheit.

Als sie zu Füßen des Königs, ihres Neffen, niederkniete, blieb ihr Blick gesenkt.

«Willkommen zu Hause, liebe Tante», grüßte sie der Herrscher und lud sie mit ausgestreckten Händen ein aufzustehen. «In Eurem Blick sehe ich Erstaunen und Betroffenheit. Ihr wundert Euch, wie alt ich geworden bin, nicht wahr? Die Zeit hat tiefe Spuren bei mir hinterlassen. Dafür hat sie Euch offenbar verschont. Ich hoffe, ich trete Euch nicht zu nahe, wenn ich sage, dass Ihr noch genauso anmutig seid wie in Eurer Jugend.»

Schwester Maria Veronica war ob des unerwarteten Kompliments rot geworden und versuchte, dem forschenden Blick ihres Neffen auszuweichen, indem sie den Kopf senkte und den Schleier über ihr Gesicht fallen ließ.

«Lieber Neffe, Ihr solltet unser freudiges Wiedersehen nicht trüben, indem Ihr Euch über mich lustig macht», wehrte sie gezwungen herzlich ab. «Wenn mich nicht einmal meine Ordenstracht vor Eurem Spott schützt, solltet Ihr wenigstens Respekt vor meinem Alter haben.»

«Zweiunddreißig Jahre und ein paar Monate. Habe ich recht, liebe Tante? Eine junge Frau also, und noch immer so bezaubernd wie früher.»

«Lieber Neffe, vor Euch steht eine Nonne, und ich möchte daran erinnern, dass ...»

König Wilhelm hob die Hand, um sie zu unterbrechen, und teilte ihr ruhig, aber entschieden mit, was er beschlossen hatte.

«Ihr werdet in Zukunft weder diese Tracht tragen, noch werdet Ihr Euch Schwester Maria Veronica nennen. Nach dem Willen des Königs seid Ihr von nun an wieder Ihre Königliche Hoheit, Prinzessin Konstanze von Hautville, zukünftige Erbin des normannischen Throns.»

Schwester Maria Veronica wurde blass. Ihr Herz hatte für einen Augenblick aufgehört zu schlagen.

«Majestät», stammelte sie verwirrt und versuchte vergeblich, das plötzliche Zittern zu unterdrücken, «in Eurer Weisheit und Güte werdet Ihr gewiss verstehen, dass Eure Bitte ...»

«Das ist keine Bitte, ich befehle es Euch», unterbrach sie der König streng. «Ich möchte nicht grob sein, liebe Tante, aber Ihr müsst begreifen, dass meine Verfügung unabänderlich ist. Das Überleben des Reichs steht auf dem Spiel. Leider kann ich Euch keine Wahl lassen. Wir müssen das Wohl des Volkes und unseres geliebten Landes in Eure Hände legen.»

Zum ersten Mal sah Schwester Maria Veronica ihrem Neffen in die Augen. Wilhelm fühlte sich unwohl angesichts dieser flehenden Augen, deren leuchtendes Blau ihn an seinen Vater Wilhelm I. und an seinen Großvater Robert erinnerte. Es war, als hätten seine Ahnen sich darin versammelt, um ihn vorwurfsvoll an die Verantwortung zu erinnern, der er sich als Herrscher nie gewachsen gefühlt hatte und die er nun einer schwachen, wehrlosen Frau aufbürden wollte.

Dieser ohnmächtige und verzweifelte Blick sollte ihn bis zu seinem letzten Atemzug verfolgen.

«Mein lieber Neffe ...», flehte ihn Schwester Maria Veronica jetzt an, ohne zu wissen, dass sie mit ihren Worten seine Schuldgefühle schürte, «selbst wenn ich wollte, könnte ich Euch nicht gehorchen. Ich habe ein Gelübde abgelegt, das nicht widerrufen werden kann, es ist ebenso heilig wie die Ehe. Wollt Ihr, dass unsere Seelen eine Todsünde begehen?»

Abrupt wandte König Wilhelm den Blick ab, entschlossen, sich weder von seinen Gewissensbissen noch dem Ansturm der Gefühle übermannen zu lassen. Seine Entscheidung war unumstößlich, sie war Friedrich von

Staufen bereits offiziell überbracht worden. Walter of the Mill hatte ihn vorgewarnt: Die Auseinandersetzung mit Konstanze würde schwierig, wenn nicht quälend werden. Aber er würde es hinter sich bringen, so entschieden, wie er es versprochen hatte. Unerbittlich, wenn es nötig sein sollte: Das Schicksal von Konstanze von Hautville war besiegelt. Je früher sie das begriff, umso besser für alle, auch für sie.

«Der Bischof wird Euch von Eurem Gelübde entbinden und Euer Gewissen beruhigen», entgegnete er, nachdem er sich wieder gefasst hatte. «Ihr habt eine wichtige Aufgabe vor Euch: die Rettung des Reichs unserer Ahnen. Wir haben nur diese Möglichkeit, da meine Tage gezählt sind und Gott mir keinen Erben geschenkt hat. Ihr seid die Einzige, in deren Adern noch das Blut der Hautvilles fließt. Ihr würdet es wagen, Euch dieser Verantwortung zu entziehen? Mich und das Volk, das seine Hoffnung in Euch legt, im Stich zu lassen, Konstanze?»

«Mit Eurer Erlaubnis, Majestät, möchte ich Euch daran erinnern, dass das Blut der Hautvilles auch in den Adern meines Neffen und Eures Cousins Tankred fließt. Er ist jung und stark. Und er hat viele Nachkommen ...»

Der düsteren Miene des Königs war Anspannung anzusehen.

«Wie könnt Ihr nur Tankred als meinen Cousin und Euren Neffen bezeichnen? Er ist ein uneheliches Kind, seine Mutter war ... eine Hure.»

«So dürft Ihr nicht von ihr sprechen, Sire. Sie war eine Adlige.»

«Eine Hure und eine berechnende Intrigantin», beharrte der König. «Tankred ist kein Hautville. Wie könnt Ihr als Kronprinzessin überhaupt daran denken, unseren Thron einem Bastard zu überlassen?»

Der König wandte sich ab, die Unterredung war beendet.

«Ihr werdet das Kloster noch heute verlassen, von Eurem Gelübde entbunden, der Bischof erteilt Euch dafür die Absolution. Ihr habt über sehr lange Zeit so gelebt, wie Ihr es wolltet. Dafür solltet Ihr dankbar sein. Jetzt werdet Ihr von Eurem Land gebraucht, und Ihr werdet ihm dienen, bis Eure Aufgabe erfüllt ist. Uns wurde eine Heirat vorgeschlagen, die uns sehr vorteilhaft erscheint. In Kürze werdet Ihr Heinrich von Schwaben heiraten, den Sohn Kaiser Friedrich Barbarossas. Eure Aufgabe ist, einen Thronerben zur Welt zu bringen. Euer Sohn wird einmal der mächtigste Herrscher Europas sein, denn in seinen Händen werden die Kronen des Kaiserreichs und die der Normannenkönige Siziliens liegen. Ihr seid noch in gebärfähigem Alter. Ich werde dafür beten, dass Gott mit Euch barmherziger sein wird als mit mir.»

«Majestät», schluchzte Schwester Maria Veronica, «ich bitte Euch, das zu überdenken. Der Papst wird niemals zulassen, dass die kaiserliche und die normannische Krone einem einzigen Herrscher gehören. Und der Absolution des Bischofs von Palermo wird er keinen Segen geben.»

König Wilhelm tat so, als hätte sie nie etwas gesagt.

«Und jetzt, liebe Tante, dürft Ihr Euch zurückziehen. Die Aufregungen dieses Tages waren sicher anstrengend für Euch. Ein Flügel unseres Palastes wurde für Euch vorbereitet. Er wird Euer neuer Wohnsitz sein.»

«Eine letzte Bitte habe ich an Euch, Sire», beharrte Schwester Maria Veronica und versuchte, ihre Tränen zurückzuhalten. «Gestattet mir, noch einen Tag im Kloster zu verbringen. Als ich heute Morgen gegangen bin, hatte ich keine Ahnung, dass ich nicht mehr dorthin zurückkehren würde. Ich möchte noch einmal die vertrauten Orte sehen, ein letztes Mal vor dem Kruzifix in meiner Zelle beten, und ich möchte mich von den Menschen verabschieden, die bis heute meine Familie waren.»

Wilhelm hatte gehofft, die Unterredung sei schmerzlich genug gewesen und hätte seine Tante durch die Strenge, zu der er sich gezwungen sah, gebeugt. Stattdessen sah er sich nun zu noch größerer Härte gezwungen.

«Ich kann Eurer Bitte nicht nachkommen. Zu Eurem eigenen Besten nicht», antwortete er. «Denn Ihr müsst das Kloster vergessen und all Eure Gedanken auf die Zukunft richten. Geht jetzt. Ihr habt nicht mehr viel Zeit, Euch vorzubereiten.» Nach kurzem Zögern fügte er hinzu: «Wenn es Euch tröstet, dürft Ihr Euer Kruzifix behalten. Walter of the Mill wird sich darum kümmern. Aber jetzt bitte ich Euch, liebe Tante, geht und ruht Euch aus.»

«Was geschieht, wenn das Martyrium, das Ihr mir auferlegt, vergebens ist und ich keinen Erben gebäre?», schaffte Schwester Maria Veronica noch zu fragen.

Offenbar erschauderte der König allein bei dem Gedanken daran.

«Horden gieriger Barbaren werden sich auf unser Reich stürzen und die Beute unter sich aufteilen. Auf ihrem Weg werden sie alles zerstören, was unsere Familie über mehr als ein Jahrhundert aufgebaut hat. Unsere Untertanen werden den Namen der Hautvilles für alle Zeit verfluchen. Beten wir zu Gott, dass es anders sein wird und Euer Schoß fruchtbar. Beten wir, dass die Hautvilles dank Euch fortbestehen, regieren und diesem Land Reichtum und Wohlergehen bescheren werden.»

Konstanze von Hautville verneigte sich vor ihrem König und verließ den Raum.

Drei

In der Nacht zum 1. Dezember 1185 fiel zum ersten Mal in diesem Winter Schnee. In wenigen Stunden war der Landstrich zwischen dem Tessin und dem Sesia mit einer dichten, weißen Schneeschicht überzogen, die alles bedeckte. Auf der riesigen Fläche waren weder einzelne Häuser noch Straßen oder Gräben zu erkennen. Lediglich die langen Pappelreihen an den Ufern der Flüsse und Bäche und an den Grenzen der Felder ragten in der Ferne auf. Nasser, dicker Nebel nahm einem die Sicht und dämpfte jedes Geräusch. Am frühen Morgen war die Luft kalt, und ein starker Wind aus Norden wirbelte große Schneeflocken umher.

Heinrich hatte Novara hinter sich gelassen und ritt auf San Nazzaro zu, wo sein Vater, Kaiser Friedrich von Hohenstaufen, Herzog von Schwaben, sein Lager aufgeschlagen hatte. Der Prinz trug weder Rüstung noch Kettenhemd, sondern nur dicke Gewänder aus grober Wolle. Ein schwerer, dunkler Umhang umhüllte ihn von Kopf bis Fuß so vollständig, dass nur die Augen durch zwei schmale Schlitze freiblieben und man nicht mal deren Farbe bestimmen konnte. Er ließ sein Pferd auf dem unwegsamen und rutschigen Grund langsam traben, die Zügel in nur einer Hand, der rechten. An der hocherhobenen linken trug er einen Handschuh aus festem Leder, auf dem sich mit scharfen Krallen sein Lieblingsfalke hielt. Heinrich ritt allein der Eskorte seiner jungen Reiter voran, denen er verboten hatte, ihn anzusprechen. Er wollte seine Ruhe haben auf dieser Reise, die ihm schlechte Laune machte: Seine Begegnungen mit dem Kaiser bestanden im Allgemeinen aus nichts anderem als Vorwürfen, Strafpredigten und Streitereien.

Er hatte schon als Kind gelernt, mit der Abneigung des Vaters zu leben. Der hatte nie ein Geheimnis daraus gemacht, dass er Friedrich bevorzugte, den Erstgeborenen, der nicht nur seinen Namen trug, sondern auch das Ebenbild seines Vaters zu sein schien. Heinrich hingegen war seiner Mutter ähnlich, sowohl was die schmale Gestalt als auch seine verschlossene, nach innen gekehrte und scheue Art anging. Seine Lehrer am Hof beklagten sich außerdem über das wankelmütige und launische Wesen des Prinzen, der nicht selten zu Gewaltausbrüchen neigte. Ihr Urteil hatte dazu geführt, dass der Kaiser seinen Zweitgeborenen nur noch mehr verachtete, ihn vernachlässigte und von sich fernhielt.

Allerdings ging es seinem Erstgeborenen derart schlecht, dass er nun Heinrich an seine Seite rufen musste. Sie trafen also zwangsweise aufeinander, was ihre Beziehung keineswegs verbesserte, auch nicht Friedrichs Meinung, der seinen Sohn nach wie vor für gleichgültig, träge und sittenlos hielt.

Er verbarg seine Missbilligung nicht und kritisierte ihn, wo er konnte, wozu ihn einerseits seine Offenheit und sein ungestümer Charakter trieben, andererseits die Illusion, seine Ermahnungen könnten ihn tatsächlich aufrütteln. Heinrich wiederum empfand seinem Vater gegenüber ganz ähnlich, zeigte seine Gefühle aber nicht, dazu war er zu schüchtern. Außerdem fühlte er sich unterlegen. Beide litten unter ihren Begegnungen.

Als Heinrich zum Kaiser vorgelassen wurde, diktierte dieser seinem eilig Notizen machenden Sekretär gerade ein Schreiben. Friedrich schritt missgelaunt im Zelt auf und ab, wobei er so sehr fluchte, dass sein Schreiber einen ganz roten Kopf bekam.

«Sieh an, der Thronfolger», begrüßte er seinen Sohn sarkastisch. «Wochenlang hört man nichts von ihm, und wenn er an den Hof gerufen wird, lässt er sich eine weitere Woche Zeit, um zu erscheinen. Auf die Knie vor mir!», brüllte er, packte ihn am Kragen und zwang ihn zu Boden. «Und jetzt raus!»

Erst Stunden später wurde Heinrich wieder zum Vater zitiert. Der Sekretär ordnete gerade seine Unterlagen, während der Diener neues Holz ins Feuer legte. Ein kaiserlicher Wink genügte, und die beiden verneigten sich und gingen.

Friedrich wirkte ruhiger. «Päpstliche Schreiben machen mich immer etwas nervös», stellte er entschuldigend fest.

Heinrich sagte nichts dazu. Der Kaiser ließ ihn Platz nehmen.

«Der Heilige Vater ist wütend. Er hat Himmel und Hölle in Bewegung gesetzt, um zu verhindern, wovon ich seit meiner Krönung träume. Aber er wird mich nicht aufhalten», rief er selbstzufrieden aus. Offenbar wartete er auf eine Reaktion, die aber ausblieb.

«Willst du nicht wissen, wovon ich spreche?», fragte er seinen Sohn und unterdrückte den Ärger, der in ihm aufstieg.

«Wovon sprecht Ihr?», echote Heinrich ebenso gehorsam wie spöttisch, was sein Vater zu ignorieren beschloss.

«Vom normannischen Reich. Es wird in unsere Hände fallen wie eine reife, schöne Frucht. Ohne Blutvergießen. Wilhelm geht es immer schlechter. Möglicherweise erlebt er nicht mal mehr das neue Jahr. Und wie du weißt, hat er keine Erben.»

«Will er Euch zum Nachfolger bestimmen?», fragte Heinrich und grinste höhnisch, was Friedrich ebenfalls ignorierte.

«In gewisser Weise schon», antwortete er gelassen. «Wilhelm hat seine Tante, Prinzessin Konstanze von Hautville, zur Thronerbin bestimmt. Sie wird deine Frau werden. Hochzeit gefeiert wird in ein paar Monaten, hoffentlich sogar schneller. Also: Bereite dich darauf vor.»

«Ich soll heiraten?»

«Sieht so aus. Wer sollte es sonst tun?»

«Dürfte ich vielleicht auch etwas dazu sagen?»

«Nein, es steht alles fest. Eheschließungen diesen Ranges sind Staatsangelegenheiten, über die der Kaiser zu bestimmen hat. Für dich ist nun der Moment gekommen, deine standesgemäße Verantwortung zu übernehmen. Du bist der Thronerbe. Deine erste Pflicht besteht darin, für einen Nachfolger zu sorgen.

Ich erwarte von dir, dass du dein Bestes gibst, um dieser Pflicht nachzukommen. Deine Braut ist fast dreiunddreißig, nicht mehr ganz jung. Aber mit Gottes Hilfe ist sie noch empfänglich. Es liegt an dir, das zu beweisen.»

«Zweiunddreißig? Sie könnte meine Mutter sein!»

«Sie wird deine Frau sein und lediglich das Gefäß für deinen Samen, hoffentlich ein fruchtbares. Vergnügen findet ein Herrscher nicht im Ehebett. Konstanze von Hautville ist Erbin eines der schönsten Königreiche Europas, das sollte ausreichen, über ihr Alter hinwegzusehen.»

Heinrich sprang angewidert auf.

«Habe ich dir etwa erlaubt aufzustehen?», mahnte Friedrich, der seinen Zorn nur mühsam zügeln konnte. Missmutig setzte sich der Prinz wieder.

«Hast du verstanden, Heinrich?», fragte der Kaiser und musterte ihn streng.

«Ich glaube schon. Ich soll mit einer alten Frau das Bett teilen und sie schwängern.»

Wenn Friedrich seinem cholerischen Temperament freien Lauf gelassen hätte, hätte er den frechen Burschen geohrfeigt, am Kragen gepackt und aus dem Zelt in den Schnee geworfen, wo er vielleicht einen klaren Kopf bekäme. Die meisten ihrer Begegnungen endeten auf diese Art. Aber das hier war eine wichtige und eine heikle Angelegenheit. Also beschloss Friedrich, sich in Geduld zu üben.

«Ich verbiete dir, so unflätig von Konstanze zu sprechen. Sie ist von vornehmer Herkunft. Sie ist eine Königin, und eines Tages wird sie Kaiserin sein. Du bist zu größtem Respekt ihr gegenüber verpflichtet. Wenn es dich tröstet, so lass dir gesagt sein, dass ihre Schönheit früher an allen europäischen Höfen gerühmt wurde. Jeder wollte ein Bildnis von ihr besitzen, und die mächtigsten Männer warben um sie. Sie hätte jeden haben können. Dass ihre Familie ihr gestattete, den Schleier zu nehmen, war die reinste Torheit. Wer weiß, ob sie ihre Anmut nicht bewahrt hat. Ich hoffe, ich habe mich klar genug ausgedrückt und du weißt, was ich von dir erwarte.»

«Ja, Vater. Ich werde mein Bestes geben, das verspreche ich.»

Dass sein Sohn so plötzlich Einsicht und Respekt zeigte, versetzte den Kaiser in bessere Stimmung.

«Sehr gut», erwiderte er lächelnd. «Ich weiß aus sicherer Quelle, unter anderem vom ersten Kanzler Walter of the Mill, dass das strenge Klosterleben Ihre Königliche Hoheit sehr fügsam und nachgiebig gemacht hat. Das kommt uns sehr entgegen: eine Frau, die gehorsam, sanftmütig und gottesfürchtig ist, sich dem Gebet, der Andacht, der Besinnung verschrieben hat und Staatsgeschäft und Macht verabscheut. Es wird dir ein Leichtes sein, sie nach Wilhelms Tod zu entmachten und an ihrer Stelle zu regieren.»

«Kennt König Wilhelm unsere Pläne? Habt Ihr darüber gesprochen?»

«Nicht direkt. Walter hat das Abkommen zustande gebracht, gleichzeitig ist er unser engster Verbündeter am normannischen Hof. Sicher ahnt er, was wir vorhaben, und gibt nur vor, an unsere guten Absichten zu glauben. Er wurde für seinen Einsatz reich entlohnt:

Ich habe ihm mein Wort gegeben, dass er erster Kanzler bleibt, auch unter der neuen Königin. Außerdem soll es ein Lehen für seinen Neffen geben. König Wilhelm denkt, dass Konstanze auch nach der Heirat alleinige Herrscherin bleibt. Später soll das Königreich Sizilien unmittelbar auf euren gemeinsamen Sohn übergehen. Es ist äußerst wichtig, dass er uns weiterhin vertraut. Sonst hätte er niemals zugestimmt. Einige der einflussreichen Edelmänner seines Hofes sind gegen die Hochzeit. Sie halten sie für eine Falle, durch die das Reich seine Unabhängigkeit verliert und in die Hände der verhassten Deutschen kommt.»

«Da haben sie wohl recht.»

«Wir müssen vorsichtig sein, um keine Zweifel zu schüren. Wenn es so weit ist, entledigen wir uns aller, die gegen uns sind. Auch deswegen ist es so wichtig, dass Konstanze so früh wie möglich den Hof verlässt, um bei ihrem Gemahl zu sein; spätestens in ein paar Monaten. Die zukünftige Königin und unsere Gegner sollten sich nicht zu nahe kommen. Übrigens: Weißt du schon die große Neuigkeit?»

«Noch eine, Vater?»

Friedrich lachte über die schlagfertige Bemerkung seines Sohnes und klopfte ihm herzlich auf die Schulter. Heinrich brauchte einen Moment, um in das Lachen einzustimmen, zu sehr überraschte ihn, dass sein Vater ausnahmsweise so etwas wie Zuneigung bekundete.

«Ja. Und sie ist fast genauso außergewöhnlich. Rate mal, welche Stadt sich heute Nachmittag als Gastgeber für die Hochzeit beworben hat?»

«Nun sagt es mir schon.»

«Mailand.»

«Mailand? Diese Narren! Sie wagen es, einen solchen Vorschlag zu machen? Nachdem sie sich gegen die ganze Lombardei gewandt und uns nur Ärger gemacht haben? Ich hoffe, Ihr habt ihnen Eure Meinung gesagt!»

«Jawohl», bestätigte Friedrich, der sich freute, seinen Gesprächspartner ein weiteres Mal zu überraschen. «Ich habe gesagt, dass ich das Angebot gerne annehme, ja, dass es mich so sehr ehrt, dass ich Ihre Königliche Hoheit notfalls zu der langen Reise durch die eisige Kälte des Nordens zwingen würde, um Mailands Huldigung dem Kaiser gegenüber entgegenzunehmen.»

«Das war Eure Antwort?», fragte Heinrich ungläubig. «Das verstehe ich nicht, Vater. Ihr hättet wegen der Mailänder in Legnano beinahe Euer Leben verloren. Einen Fuß in diese Stadt zu setzen, könnte sehr gefährlich werden. Abgesehen davon wurde mir berichtet, dass Mailand trotz der Bemühungen, die Stadt wieder aufzubauen, nichts als eine trostlose Ansammlung von Trümmern und Ruinen ist. Sägen und Hämmer sorgen für ohrenbetäubenden Lärm, überall sind die Maurer am Werk. Ich denke nicht, dass es überhaupt ein Gebäude gibt, das groß genug für eine so prunkvolle Hochzeit ist.»

«Genau deswegen wird der Empfang ja auch unter freiem Himmel stattfinden. Die Mailänder haben versprochen, ein riesiges Zelt aufzustellen, auf dem Platz vor ihrer ältesten Basilika, in der geheiratet wird. Die

Kirche muss allerdings auch noch restauriert werden, sie diente in den letzten Jahren als Kornspeicher, weil es in der Stadt sonst keine so große überdachte Fläche gibt. Aber der Gesandte hat mir versichert, dass die Mailänder Tag und Nacht daran arbeiten, sie für den großen Tag herzurichten.»

«Ihr sagtet, die Hochzeit soll in spätestens zwei Monaten sein. Das wäre im Januar. In Mailand ist es dann kalt und neblig. Wie soll man da ein Hochzeitsbankett in einem Zelt veranstalten?»

«Wir werden mit den Mailändern Wein trinken, um uns aufzuwärmen.»

«Aber die Braut ist nicht an die Temperaturen im Norden gewöhnt. Sie wird darunter leiden.»

«Ach was. Sie sollte sich besser schnell an das Klima in unseren Breiten gewöhnen.»

«Ich verstehe einfach nicht, warum Ihr ihnen diese Ehre erweist, nachdem sie Euch besiegt und in der Schlacht fast umgebracht haben.»

«Genau aus diesem Grund. Weil sie stolz und mutig sind. Eines Kaisers würdige Gegner.»

Heinrich war alles andere als überzeugt.

«Lärm, Baustellen und Arbeiter in jedem Winkel der Stadt. Eine triste Kulisse, die Mailand da zu bieten hat. Die Prinzessin von Hautville ist am normannischen Hof Luxus gewöhnt – was wird sie wohl dazu sagen?»

«Sie wird feststellen, dass die Mailänder sehr fleißige Leute sind.»

Vier

Die Tage, bevor Konstanze zum ersten Mal offiziell als Thronerbin vor die Adligen des Reiches trat, waren schwierig und qualvoll. Sie zweifelte, war traurig und hatte Angst vor der Zukunft. Nicht einmal ihre Gebete hatten sie trösten oder erleichtern können.

«Herr, schick mir ein Zeichen», flehte sie. «Wenn es wirklich Dein Wille ist, dass ich als Deine Dienerin das Reich meiner Vorfahren retten soll, bin ich bereit. Aber ist es wirklich das, was Du mit mir im Sinn hast? Oder werde ich als Abtrünnige für immer verdammt sein?»

Aber Gott hatte ihr keine Antwort, keinen Seelenfrieden und auch nicht die Gelassenheit, ihr Schicksal anzunehmen, gegeben.

Die alte Hofamme, die sich nun wieder um Konstanze kümmerte, ignorierte ihre neue Stellung und tadelte sie mit dem gleichen strengen Blick, den sie aus ihrer Kindheit kannte. «Es bringt gar nichts, still zu beten und zu leiden, Hoheit. Alles zu seiner Zeit. Gott zieht es für den Moment vor, zu schweigen. Wenn Ihr erst mal verheiratet seid, wird Er Euch schon ein Zeichen geben. Ihr werdet ein Kind bekommen, und wenn Ihr Euer eigen Fleisch und Blut in den Armen haltet, werdet Ihr wissen, dass der Herr Euch auserwählt hat, den Normannenthron zu retten. Irgendwann, mein Täubchen, werdet Ihr dem Schicksal dankbar sein, das Euch jetzt so unglücklich macht.»

Das war wie Balsam für ihre Wunden gewesen, sie schöpfte Hoffnung und war ein wenig heiterer. Sie liebte das kleine, unsichtbare Wesen schon jetzt, als existiere es bereits und warte nur darauf, aus ihrem Bauch zu kommen.

Die alte Amme war es auch, die sie beruhigt hatte und ihr bei den unzähligen Dingen half, die zu ihrer neuen Rolle gehörten, wie die feierliche Begegnung mit den Adligen, vor der sie sich so sehr fürchtete, weil ihr prunkvolle Hofzeremonien vollkommen fremd waren.

Sie bat den König inständig, das Zeremoniell möglichst einfach zu halten, die Gewänder sollten schlicht sein, und sie wollte keinen Schmuck, den sie sowieso nicht mit der angemessenen Selbstverständlichkeit hätte tragen können. König Wilhelm ging widerwillig auf ihre Bitte ein, ermahnte sie jedoch, ihre klösterliche Bescheidenheit, die einer Königin nicht gut zu Gesicht stünde, abzulegen.

«Ich verlasse mich darauf, Euch bald wieder mit der gewohnten Unbefangenheit zu sehen, die Eurem Rang entspricht», ermahnte er sie. «Andererseits stelle ich erfreut fest, dass Eure Schönheit und Anmut die Jahre im Kloster unbeschadet überstanden haben. Wie auch immer, wenn der Tag kommt, möchte ich, dass Ihr den Krönungsmantel der Hautvilles mit aller gebotenen Würde tragt.»

Am Morgen des Zeremonientages trat Prinzessin Konstanze von Hautville in einen prunkvoll geschmückten Thronsaal. Ihre für eine Königin ungewöhnlich einfachen Gewänder sorgten für erstauntes Gemurmel unter den Adligen des Reiches, die kurz zögerten, sich vor ihr zu verneigen – schließlich war sie fünfzehn Jahre nicht am Königshof gewesen. Konstanze, die die prüfenden Blicke spürte, gab sich große Mühe, ihr Unbehagen zu verbergen und möglichst entspannt zu wirken, was sie überhaupt nicht war. Sie war froh, als Walter of the Mill an ihrer statt das Wort ergriff und sie vor einer weiteren Peinlichkeit rettete. So hatte sie noch ein bisschen Zeit, sich auf die vor ihr liegende Aufgabe vorzubereiten.

Der Kanzler beendete seine Rede und rief die wichtigen Lehnsherren des Reiches einzeln auf, damit sie der Prinzessin Ehre erweisen und ihr ihre Loyalität versichern konnten.

Konstanze sprach kurz mit jedem von ihnen, sie wollte einen guten Eindruck hinterlassen, alte Beziehungen auffrischen und sich alle Gesichter merken.

Währenddessen fragte sie sich, ob an den Gerüchten, von denen ihr die Amme erzählt hatte, etwas dran war und so mancher die königlichen Pläne zutiefst missbilligte. Als sie den Kanzler danach gefragt hatte, hatte dieser das Thema geringschätzig abgetan.

«Vereinzelte Kritiker, königliche Hoheit, und die treibt der Ehrgeiz.»

Unter den Gästen, die ihr die Ehre erwiesen, war auch Matteo d'Aiello, an den sie sich lebhaft erinnerte. Die Zeit war spurlos an ihm vorübergegangen: Er wirkte so stolz wie eh und je, stand groß und schlank vor ihr, das volle Haar und der dichte Bart waren kaum grau geworden.

«Ich kann mich gut an Euch erinnern, Graf. Früher waren wir gute Freunde.»

«Ich fühle mich geschmeichelt, Hoheit, aber trotz Eurer Güte muss ich Euch sagen, dass ich missbillige, was hier vor sich geht», erwiderte der Graf ernst.

«Ich höre Euch gerne an. Sprecht ganz offen.»

«Die ‹deutsche Hochzeit› ist eine Falle, Hoheit. König Wilhelm hat sich von Walter of the Mill umgarnen lassen, das Reich ist in großer Gefahr. Unsere Unabhängigkeit steht auf dem Spiel, wir werden unter die Herrschaft der Staufer fallen. Ich bin heute hier, um Euch meiner Loyalität zu versichern und Euch Treue zu schwören, Konstanze. Mein Gut, meine Ehre und das Ansehen meiner Familie stelle ich Euch zu Diensten, und ich würde für Euch mein Leben geben. Würdet Ihr für die Unabhängigkeit des Landes das Gleiche tun?»

«Graf d'Aiello», erwiderte Konstanze und versuchte, ihrer Gefühle Herr zu werden, die sie bis dahin mühsam unterdrückt hatte, «meine Absichten sind aufrichtig und ehrlich. Das schwöre ich Euch. Aber ich teile Eure Befürchtungen. Ich bezweifle, dass ich das Reich und die Hautvilles retten kann, und ich glaube kaum, dass ich der Aufgabe gewachsen bin, die mir der König anvertraut hat. Mein Neffe Tankred hingegen ist jung, mutig und hat ein edles Herz. In seinen Händen wäre das Reich sicher. Unglücklicherweise lehnt der König auch nur den Gedanken an eine solche Möglichkeit ab. Aber mit Eurer Unterstützung könnten wir vielleicht noch …»

Konstanze verstummte, als sie den misstrauischen Blick bemerkte, den Walter of the Mill Matteo d'Aiello zuwarf.

«Ich würde unsere Plauderei gerne bei einer anderen Gelegenheit fortsetzen, Graf», fuhr sie in heiterem Ton fort. «Schließlich kannten wir uns schon, als ich ein Kind war.»

«Das stimmt, Hoheit. Früher wart Ihr und mein Sohn Roger unzertrennlich.»

«Wie geht es Roger?»

«Er ist hier, Hoheit, und wird Euch gleich gegenübertreten. Er kann es kaum abwarten, Euch wiederzusehen. Er hat immer liebevoll an Euch gedacht. Aber welcher Jüngling konnte Eurer Schönheit damals schon widerstehen? Oh, verzeiht mir, Hoheit, verzeiht einem alten Tollpatsch. Ich wollte Euch nicht in Verlegenheit bringen.»

«Ihr müsst Euch nicht entschuldigen, mein Freund», beruhigte Konstanze ihn. «Wenn Ihr wüsstet, wie sehr ich mir loyale Menschen an meiner Seite wünsche, die mir helfen und aufrichtig mit mir sind. Ich fühle mich sehr einsam und entmutigt bei dem Gedanken, Euch alle zu enttäuschen. Kann ich auf Euch und Euren Sohn zählen, Graf d'Aiello? Meint Ihr, er hat die freundschaftlichen Gefühle von einst bewahrt, auch wenn von meiner früheren Anmut nichts mehr übrig ist?»

«Wenn Ihr erlaubt, so nenne ich das eine glatte Lüge, Hoheit», widersprach Graf d'Aiello und bedachte sie erneut mit einem strengen Blick. «Ihr seid genauso schön wie früher. Ich würde sogar sagen, Ihr seid mit der Zeit noch schöner geworden. Verlasst Euch auf den Vizekanzler. Auf meine Freundschaft könnt Ihr zählen. Was meinen Sohn angeht, so wird er Euch selbst Treue schwören. Das mildert allerdings nicht unsere Sorge um die Zukunft des Landes. Wir werden Euch treu ergeben sein und Euren Sohn als Erben willkommen heißen. Aber sollte der Staufer je das Land mit seinen Truppen überziehen, um sich zum Tyrannen aufzuschwingen, so werden wir uns wehren und nicht zu Verrätern an dem Eid werden, den wir heute leisten. Niemals werden wir einen König ohne Hautville'sches Blut anerkennen.»

Der dringliche Tonfall Matteo d'Aiellos entmutigte Konstanze nur noch mehr. «Wie kann ich das verhindern, Graf? Ich bin so hilflos gegenüber diesen Dingen. Ich begreife nicht, warum Gott ausgerechnet mir eine derart gewichtige Aufgabe auferlegt.»

«Unterschätzt Euch nicht, Herrin. Ihr seid eine Hautville. Solltet Ihr eines Tages kämpfen müssen, werdet Ihr erstaunt sein, wie unerbittlich und entschlossen Ihr sein könnt.»

Das Aufeinandertreffen von Konstanze und Roger d'Aiello ging beiden sehr zu Herzen. In dem Mann, der ihr gegenüberstand, erkannte Konstanze nur mit Mühe den einstigen Spielgefährten wieder. Aus dem hoch aufgeschossenen, mageren Jungen war ein stattlicher Mann geworden, und die frühere Unbeholfenheit war großer Souveränität und natürlicher Eleganz gewichen. Der dunkle Vollbart ließ sein Gesicht ernst, beinahe bedrohlich wirken. Konstanze hätte sich davon einschüchtern lassen, hätte sie nicht seine warmen, braunen Augen wiedererkannt und den aufmerksamen, lebhaften und freundlichen, leicht ironischen Blick.

Roger seinerseits versuchte zu verbergen, wie aufgewühlt er war, indem er peinlich genau die Etikette einhielt. Steif ging er vor Konstanze in die Knie und begrüßte sie in aller Form und ehrerbietig: «Eure Königliche Hoheit …»

Als sie den Freund so sah, musste Konstanze ein Lachen unterdrücken. «Roger! Ich erkenne Euch nicht wieder! Ich wusste gar nicht, dass Ihr ein so eifriger Anhänger des Hofzeremoniells seid. Hört auf, mich einzuschüchtern. Nennt mich bei meinem Namen, so wie immer. Als Eure Königin verbiete ich Euch allerdings, Eidechsen zu fangen, um sie mir vor die Nase zu halten, und mir Küchenschaben auf den Teller zu schmuggeln.»

«Das Erste gebe ich zu. Das Zweite aber wurde nie bewiesen», scherzte Roger und strahlte sie an.

«Trotzdem bin ich von Eurer Schuld überzeugt», antwortete ihm Konstanze, froh über diesen ersten unbeschwerten Moment, seit sie das Kloster verlassen hatte. «Danke, dass Ihr mein Freund seid. Ich brauche dringend Menschen wie Euch, auf die ich zählen kann. Versprecht mir, dass Ihr mir immer beistehen werdet.»

Roger kniete zu ihren Füßen nieder, nahm sanft ihre Hände und neigte den Kopf, um ihr einen kaum spürbaren Handkuss zu geben. Erinnerungen stürzten auf ihn ein, Gefühle übermannten ihn, und er erschauerte, als ihm bewusst wurde, dass er endlich mit der Person zusammen war, die er in den vergangenen Jahren am meisten vermisst und herbeigesehnt hatte. Seine Stimme wurde zu einem Flüstern, nur noch für sie wahrnehmbar, und er hatte Tränen in den Augen. «Meine Gefühle für Euch haben sich nicht geändert. Mein Herz fühlt das Gleiche wie einst. Mein Leben gehört Euch, heute wie damals. Versprecht mir, dass Ihr das nie vergesst, was auch immer geschieht.»

«Ich werde es nicht vergessen. Ich schwöre es.»

Das Protokoll sah nun Konstanzes Inthronisierung durch den Bischof und den Treueschwur der Lehnsherren vor, die vor ihrer Königin niederknieten. In diesem feierlichen Augenblick herrschte absolute Stille. Konstanze saß, wie es die Tradition vorschrieb, auf dem alten Normannenthron und war in ihre Gebete versunken. Plötzlich stellte sich ein Mönch in dunkler Benediktinerkutte vor den Thron, mit finsterer Miene und glühenden Augen, aus denen Flammen zu lodern schienen. Alle sahen ihn an.

Walter of the Mill erschrak, als er Walter von Palearia erkannte. Er dachte, der Gesandte des Papstes sei vor den Männern, die für seinen Tod entlohnt würden, aus Palermo geflohen. Und nun war Palearia hier, direkt vor seiner Nase, um ihn vor allen bloßzustellen. Mit welchen Unwahrheiten würde er die Königin beunruhigen, den Anwesenden imponieren und seinem Ärger Luft machen? Ohne zu zögern gab Walter of the Mill den Wachen einen Wink, ihn aufzuhalten. Der andere aber ignorierte ihn und wandte sich mit hasserfülltem Blick an die Königin.

«Wie könnt Ihr von Euren Untertanen den Treueid verlangen, Konstanze von Hautville, die Ihr selbst eine niederträchtige Eidbrecherin seid?», rief er mit tiefer Stimme. «Eure Treue zu Gott habt Ihr gebrochen und dem Satan Eure Seele verkauft, zum Tausch gegen Reichtum und Macht, die Habgier trieb Euch an. Ihr seid eine Verräterin, ein Werkzeug des Teufels. Aber freut Euch nicht zu früh! Gott wird Euch bestrafen und den teuflischen Plan vereiteln, den König Wilhelm und Kaiser Friedrich in ihrer Gottlosigkeit ausgeheckt haben. Ich, Walter von Palearia, verfluche Euch im Namen des Herrn. Euer Leib wird unfruchtbar sein. Ihr werdet niemals einen Sohn gebären. Die Normannen und das Reich Eurer Ahnen werden mit Euch untergehen, so will es der Herr.»

Konstanze sagte kein einziges Wort. Mit einer energischen Geste gebot sie den Wachen Einhalt, die Walter von Palearia ergreifen wollten.

«Hoheit, ich flehe Euch an, überlasst dieses nichtswürdige Individuum mir», flüsterte ihr Walter of the Mill zu.

«Der Gesandte des Papstes ist unantastbar», befahl Konstanze, die erblasst war und das Zittern ihrer Hände nicht unterdrücken konnte. Ihre Stimme aber war fest und klar und gestattete dem Kanzler keinen Widerspruch.

Walter von Palearia sah der Prinzessin noch einmal

fest in die Augen und empfand Genugtuung darüber, wie totenbleich sie war.

In aller Ruhe und ohne dass ihn jemand aufgehalten hätte, ging er schließlich davon.

Fünf

Am 27. Januar 1186 wachte Heinrich schon im frühen Morgengrauen auf, obwohl er am Abend vorher erst sehr spät – und betrunken – ins Bett gefallen war. Missmutig sah er sich in dem Zimmer um, das ihm die Mailänder in einem Seitenflügel der Basilika von Sant'Ambrogio zugewiesen hatten. Es war klein und schlicht. Das einzige Möbelstück, das diesen Namen verdiente, war das Himmelbett, ein Geschenk der mailändischen Handwerker an das Königspaar.

Der große Tag war gekommen. Noch heute Abend würde er mit einer Frau, die sehr viel älter war als er, in diesem Bett liegen. Bei dem Gedanken war ihm unbehaglich zumute. Er hatte sich nie für ältere Frauen interessiert und wusste nicht, was ihn erwartete. Wie würde sie aussehen? Würden ihre Brüste schlaff, ihre Zähne faulig, ihr Atem schlecht sein? In jedem Fall würde er seine ehelichen Pflichten erfüllen müssen, er hatte keine Wahl. Daran hatte der Kaiser keinen Zweifel gelassen.

Und wenn er versagte, angesichts einer Frau, die so viel älter war? Er bekam eine Gänsehaut. Sein Vater würde ihn bis ans Ende seiner Tage mit Verachtung strafen. Er machte sich keine großen Hoffnungen, in der Hochzeitsnacht mit seiner Braut allein zu sein. Höchstwahrscheinlich würden eine hässliche Alte oder die beiden Kanzler dem Vollzug der Ehe beiwohnen. Er betete, dass sein Vater dies nicht persönlich zu tun gedachte.

Diese Sorgen wurde er seit Tagen nicht mehr los. Deshalb hatte er am Abend so viel getrunken, um sich zu betäuben, obwohl der Medicus ihn darauf hingewiesen hatte, dass Wein der Potenz schade.

Er sah nach draußen. Weißer Nebel stieg in dichten Wolken vom Boden auf, nicht einmal aus nächster Nähe war irgendetwas zu erkennen. Mailand blieb sich auch anlässlich eines Großereignisses wie der kaiserlichen Hochzeit treu. Er musste grinsen, als er überlegte, was die Prinzessin dazu sagen würde. Man hatte ihm erzählt, dass sie Palermo noch nie verlassen hatte.

Sein Vater hatte ihm befohlen, seine Braut und ihr Gefolge an den Toren der Stadt zu empfangen. Und der Hofzeremonienmeister, der sich gern auf Seine Majestät den Kaiser berief, hatte ihn ermahnt, ein Bad zu nehmen. Brrr! Der Zeremonienmeister war parfümiert und benahm sich wie ein altes Weib. Auf seinen Rat konnte er gut verzichten. Sich bei dieser Kälte zu waschen, kam überhaupt nicht in Frage.

Und wenn er nun stank und sie das abstoßend fand? Er zuckte mit den Achseln. Er würde es einfach so schnell wie möglich hinter sich bringen. Er würde sich gar nicht erst vollständig entkleiden und dafür sorgen, dass die Braut gut zugedeckt blieb. Ob Konstanze trotz ihres Alters noch Jungfrau war?

Er schälte sich aus den Laken und fröstelte. Die Nachwirkungen seines Rausches machten sich in starken Kopfschmerzen und einem üblen Geschmack im Mund bemerkbar.

Es klopfte leise an der Tür, dann trat der Diener ein und verneigte sich tief. «Eure Hoheit, das Bad ist bereit.»

«Nicht nötig. Hilf mir beim Ankleiden und sag dem Ehrengeleit, es soll sich bereithalten. Wir werden gleich aufbrechen.»

Am Morgen ihrer Hochzeit betrachtete Konstanze verwundert den dichten Vorhang aus weißem Dunst, hinter dem sich die Landschaft verbarg und der aus dem Boden zu kommen schien. Obwohl er nach nichts roch, reizte er wie Rauch Nase und Rachen und machte das Atmen schwer. Sie hatte das Gefühl, in dem dichten, endlosen Dampf zu ersticken. Walter of the Mill hatte ihr erklärt, dass es Nebel war, den es in diesen Breiten Italiens häufig gab. Sie würde sich daran gewöhnen müssen.

Der Kanzler hatte ihr auch erzählt, dass die Mailänder trotz eisiger Kälte schon seit dem Abend auf die Straßen strömten, um einen Platz in der vordersten Reihe zu ergattern und den Hochzeitstross von nahem zu sehen. Gerührt von so viel Begeisterung, hatte Konstanze sich vorgenommen, sich zusammenzureißen, um sie nicht zu enttäuschen. Sie wollte wenigstens ein kleines Stück des Weges zur Kirche zu Fuß gehen, den Mantel würde sie nur über die Schultern hängen, um das Kleid nicht zu verdecken. Auf dem Kopf trug sie einen weißen Schleier und das Hochzeitsdiadem der Hautvilles, sonst nichts. Nebel und Kälte würde sie in Kauf nehmen, genauso wie das mailändische Volk es tat.

Niemand konnte sie davon abbringen, weder mit Bitten noch mit Drohungen.

«Hört auf mich, mein Täubchen», flehte die Amme. «In der Sänfte seid Ihr viel besser aufgehoben. Wer sagt denn, dass eine Königin dem Pöbel zuliebe ihre Gesundheit aufs Spiel setzen muss? Die Mailänder sind die Kälte gewöhnt. Aber Ihr seid viel zu empfindlich. Ihr werdet Euch erkälten und die Hochzeitsnacht mit laufender Nase verbringen.»

«Ich werde meine Meinung nicht ändern», erwiderte sie stur. «Die Mailänder werden die Braut bewundern können, wie sie es sich wünschen.»

Die kleinste Anspielung auf ihre Hochzeitsnacht machte Konstanze verlegen. Niemand hatte ihr erklärt, was auf sie zukam. Es gab keine Freundin oder Verwandte, die sie hätte fragen können, und mit den Geistlichen oder Ärzten am Hof konnte sie über so vertrauliche Dinge nicht sprechen. Manchmal lauschte sie zu ihrer eigenen Überraschung den derben Scherzen der Dienerinnen und versuchte zu erraten, was sie wohl erwartete, aber ihre Anspielungen und Heiterkeitsausbrüche blieben ihr vollkommen unverständlich. Wie sollte eine Zweiunddreißigjährige ihrem so viel jüngeren Ehemann erklären, dass sie noch ganz unerfahren war?

Als man ihr sagte, dass das Gefolge bereitstand, in die Stadt aufzubrechen, bat sie um ein wenig Zeit. Sie betete zur Jungfrau Maria, dass sie die Kraft haben würde, ihrem Schicksal entgegenzutreten.

Als Walter of the Mill, der eine Verspätung fürchtete, darauf bestand, zu ihr vorgelassen zu werden, hatte Konstanze sich wieder unter Kontrolle.

«Ich bin so weit, Walter. Wir können aufbrechen.»

Die Mailänder bereuten es nicht, in der nächtlichen Kälte ausgeharrt zu haben. Sie bekamen Araberpferde, Elefanten und Tiger zu sehen, gefolgt von den großen, blonden normannischen Rittern, hinter ihnen arabische Krieger, die Krummsäbel am Gürtel trugen und deren Haut so dunkel war, dass sie aussah wie Ebenholz. Fünfzehn Maultiere trugen die Aussteuer der Braut und noch einmal fünfzehn die Geschenke für den Kaiser und seinen Sohn.

Trotz all der Pracht erregte Konstanze am meisten Aufsehen, und die normannische Braut, wie die Mailänder sie getauft hatten, eroberte ihre Herzen im Sturm.

An den Stadtmauern angelangt, hatte sie darauf bestanden, auszusteigen und zu Fuß weiterzugehen, und in der jubelnden Menge zu beiden Seiten schlug ihr vorbehaltlose Bewunderung entgegen. In den engen Gassen schritt die Prinzessin zum Greifen nahe an den Menschen vorbei. Lächelnd nickte sie ihnen zu und antwortete winkend auf die Willkommensgrüße. Ein kleines Mädchen löste sich aus der Menge und lief auf sie zu, in der Hand einen kümmerlichen kleinen Feldblumenstrauß. Konstanze ließ die Kleine näher treten, nahm das Geschenk dankend entgegen und strich ihr über den Kopf, wobei sie sich bemühte, nicht auf die vor Schmutz starrenden Haare zu achten.

Verwundert fragte sich die Menge, was der Klerus

gegen die Prinzessin hatte, warum sie als alte Verräterin, als verstoßene Gottlose bezeichnet wurde. Was war gegen dieses freundliche, engelsgleiche Wesen einzuwenden?

Sie winkten mit Taschentüchern, warfen Blumen, und Konstanze wurde von Jubel und Applaus begleitet. Die Freude der Menschen wärmte ihr das Herz und ließ sie die Kälte, die ihr unter das Brokatkleid und in die Knochen kroch, weniger spüren. Heinrich allerdings, den sie mitsamt Eskorte an den Toren der Stadt zu sehen erwartet hatte, konnte sie nirgends entdecken.

Er hatte sich entschieden, das Ganze, selbst ungesehen, aus der Ferne zu beobachten. Umgeben und verdeckt von seinen Ehrenmännern bezog er Stellung, seine Zukünftige in Augenschein zu nehmen. Was er sah, war eine gertenschlanke Frau, die größer war als er, die trotz der Kälte durch die Straßen der Stadt schritt und mit ihrer Ungezwungenheit und Anmut die Herzen der Mailänder eroberte. Das konnte nicht seine Braut sein, dafür war sie viel zu jung und viel zu schön. Vielleicht war es eine der Hofdamen der Prinzessin, die man der Öffentlichkeit präsentierte, während sie selbst pelzummantelt in einer der Sänften saß. Offenbar wollten die Normannen Eindruck schinden.

Jetzt, da es so weit war, hätte er seine Eskorte am liebsten stehenlassen. Lieber wäre er durch die Gegend geritten, vielleicht hätte er seinem Frust bei einem Bauernmädchen Luft machen können. Aber der Kaiser, der seine Eigenheiten viel zu gut kannte, ließ ihn streng überwachen. Den ganzen Tag durfte er auf eigene Faust gar nichts unternehmen.

Nichtsdestotrotz nutzte Heinrich das Durcheinander, als der Zug auf dem Kirchplatz ankam, und entwischte der Ehreneskorte, um sich in die Kirche zu schleichen; weder würde er sich vor der Braut verneigen, noch würde er sie zum Altar geleiten, wie es das Protokoll vorsah. Er wollte ihre Begegnung so lange wie möglich hinauszögern.

Die angesehensten Gäste begaben sich auf ihre Plätze in den ersten Reihen, während die Braut sich auf ihren Einzug vorbereitete. Auch der Kaiser nahm den für ihn vorgesehenen Platz ein, auf einem kleinen Thron, und sah Heinrich böse an. Dieser senkte erschrocken den Blick und ärgerte sich über sich selbst: Warum nur musste er immer seinen Kopf durchsetzen und den Vater durch seinen Ungehorsam zur Weißglut treiben, wo er doch solche Angst vor ihm hatte? Hätte er sich nicht viel erspart, wenn er ihm einfach gehorcht hätte?

Plötzlich begann die Menge, die die Kathedrale bis in den letzten Winkel ausfüllte, zu murmeln. Alle standen auf und reckten, auf ihre Nächsten gestützt, die Köpfe. Einige der Damen kletterten sogar auf die Bänke, um nichts von dem Schauspiel zu verpassen: Durch das Mittelschiff kam am Arm des Kanzlers, eines älteren Herrn, den die Menge überhaupt nicht beachtete, die Braut, auf die sich alle Augen richteten.

Heinrich erkannte sie sofort: Es war ebenjene Dame, die ihm zu jung und zu schön vorgekommen war, um seine Braut zu sein. Sie strahlte die Würde aus, die einer Königin geziemte, ohne falsche Erhabenheit oder Arroganz. Rechts und links von ihr tuschelten die Anwesenden ehrfurchtsvoll und streuten Rosenblätter auf ihren Weg, der auf einem roten Teppich zum Altar führte.

Während sie gemessenen Schrittes darauf zuging, war ihr Blick nach vorn gerichtet, in die Ferne, wo das große Kruzifix über dem Hochaltar hing. Heinrich erwartete sie, ohne selbst auch nur einen Schritt auf sie zuzugehen. Die Prinzessin blieb vor dem Kaiser stehen und erwiderte seinen Gruß mit einer leichten Verneigung. Sie wirkte blass. Ihr Gesicht war ebenmäßig, die Augen strahlend blau. Konstanze setzte ihren Weg fort, bis zu dem Sessel, den der Zeremonienmeister ihr anwies. Da erst rührte sich Heinrich, unter dem strengen Blick seines Vaters, und nahm neben ihr Platz.

Er fühlte sich der Situation nicht gewachsen. Die Dame an seiner Seite entsprach so gar nicht dem Bild, das er sich von ihr gemacht hatte, der hässlichen Alten. Wie sollte er sich ihr gegenüber verhalten? Er wusste nicht, wie man mit einer so anmutigen Dame umging, nie war er verliebt gewesen, hatte keinem einzigen Fräulein den Hof gemacht. Erfahrung hatte er nur mit einfachen Bauernmädchen, die seine Lust schnell und ohne große Umstände stillten. Außerdem gab es ihm ein Gefühl der Macht, sie einfach zu nehmen: Sie waren in seiner Gewalt, er konnte über sie verfügen, wie es ihm gefiel, und wenn er wollte, konnte er sie sogar töten, was einige Male vorgekommen war; er war dann nicht länger Opfer, sondern Täter. An Schönheit lag ihm nichts, er fürchtete sie sogar: Er wollte sich ihrer Macht nicht unterwerfen.

Er spürte Konstanzes Nähe, er konnte riechen, wie zart sie duftete. Vielleicht war es ein Fehler gewesen, das Bad am Morgen nicht zu nehmen. Aber nein, fing er etwa schon an, sich dieser Frau zu beugen? Konstanze hatte ihn noch kein einziges Mal angesehen. Sie hatte ihm das Profil zugewandt, ihre edle Nase, die schönen Lippen, das runde Kinn. Ein klares, ebenmäßiges, anziehendes Gesicht. Sie saß aufrecht, mit geradem Rücken und Hals, was nicht steif wirkte, sondern als sei dies ihre natürliche Haltung. Heinrich merkte, wie plump er selbst dasaß, mit krummem Rücken und hängenden Schultern. Er setzte sich gerade hin, wusste aber nicht, wohin mit seinen Armen. Konstanzes Hände lagen anmutig und leicht in ihrem Schoß. Sicher hatten die Anwesenden bemerkt, wie wenig majestätisch der kaiserliche Thronerbe neben der Prinzessin wirkte, wie sehr er ihr in seiner Erscheinung und seinem Verhalten nachstand.

Und auf einmal argwöhnte er, dass es am Ende seine Gattin war, die ihn plump und abstoßend fand. Pech für sie, dachte er hämisch, sie würde ihm so oder so gehören. Die grausame Ironie darin stellte ihn zufrieden: Die Dame an seiner Seite, wie anmutig sie auch sein mochte, würde nach der Heirat in seiner Gewalt sein, genau wie die Mädchen, die er im Heu nahm.

Endlich fühlte er sich besser. Eine der Sorgen, mit denen er sich seit Tagen quälte, hatte sich in Luft aufgelöst.

So sehr die Herzlichkeit des mailändischen Volkes Konstanze überrascht und gefreut hatte, so enttäuschend und demütigend war die Begegnung mit Heinrich. Weder an den Stadttoren noch in der Kirche hatte er sie willkommen geheißen. Nach dem Zeremoniell, auf das sich die Kanzler beider Parteien nur mühsam geeinigt hatten, hätte er sie zum Altar geleiten müssen. Während des Rituals und beim anschließenden Bankett hatte er kein einziges Wort an sie gerichtet, sondern sie im Gegenteil hochmütig überhaupt nicht beachtet.

Später in der Nacht, als die Feierlichkeiten noch in vollem Gange waren, klopfte der Kaiser laut mit dem Besteck an seinen Silberkelch und bat die Gäste, die sich in dem großen Zelt drängten, um Aufmerksamkeit.

«Bürger von Mailand», begann er, «habt Dank für den herzlichen Empfang und das üppige Hochzeitsbankett, das Ihr zu Ehren des Brautpaars ausgerichtet habt. Ich werde von nun an stets berücksichtigen, dass eisige Kälte und ein Zelt im Freien unerlässlich sind für ein gelungenes Fest.»

Die Anwesenden lachten und applaudierten mit großem Getöse.

«Aber wie dem auch sei», fuhr er fort, als sich die Menge wieder beruhigt hatte, «es ist nun an der Zeit, dass das Hochzeitspaar Abschied nimmt. Meine Freunde, wir sollten dem Bräutigam nicht erlauben, sich weiter zu verausgaben … schließlich warten noch andere Anstrengungen auf ihn», setzte er mit einem vielsagenden Augenzwinkern hinzu, was die Gäste erneut erheiterte und zu allerlei anzüglichen Bemerkungen anspornte. «Außerdem darf er auf keinen Fall zu betrunken werden. Der Wein ist bekanntermaßen nicht immer ein treuer Gefährte …»

Die Menge johlte darauf noch lauter als zuvor.

«Die Brautleute mögen sich also in ihr Hochzeitsgemach zurückziehen. Aber ich verspreche Euch, dass wir sie nicht aus den Augen lassen. Und wenn der junge Prinz seine Pflicht erfüllt hat, stoßen wir auf den kleinen Thronerben an, der sich mit Gottes Beistand noch diese Nacht auf den Weg macht.» Seine letzten Worte gingen im Gegröle der trunkenen Menge unter.

Auch Heinrich hörte sie nicht. Aber der Blick seines Vaters hatte ihm unmissverständlich klargemacht, was er jetzt zu tun hatte.

Also wandte er sich an Konstanze und richtete zum ersten Mal das Wort an sie. «Wenn Ihr mir folgen wollt, Herrin.»

Fast ohne ihn zu berühren, legte Konstanze eine Hand auf den Arm, den der Gemahl ihr bot, und sie bahnten sich einen Weg durch die Menge.

Vor dem Hochzeitsgemach wurden sie von Walter of the Mill und zwei sizilianischen Edeldamen erwartet, die Konstanze nur vom Sehen kannte.

Walter of the Mill, der offensichtlich verlegen war und die Prinzessin nicht in ihrer Ehrbarkeit kränken wollte, legte ihr eine Hand auf den Arm und flüsterte ihr zu: «Hoheit, Ihr seid jetzt die Gemahlin des zukünftigen Kaisers. Damit übernehmt Ihr große Verantwortung, und Ihr werdet ebenso große Opfer bringen müssen. Wer Macht hat, hat keinen Anspruch auf Privatleben. Selbst die intimsten Dinge unterliegen strengen Regeln, und manchmal müssen sie kontrolliert werden, besonders, wenn es um einen Thronfolger geht.» Walter of the Mill biss sich auf die Lippen und seufzte. «Was ich Euch zu sagen versuche, ist, dass diese Ehe nicht im Stillen vollzogen werden kann. Beide Familien müssen Gewissheit über den Vollzug haben. Ich habe den Kaiser um größtmögliche Diskretion gebeten, damit Ihr nicht unnötig beschämt werdet. Die beiden Kanzler, also auch ich selbst, werden bezeugen, dass ... der Akt vollzogen wurde. Wie blass Ihr werdet, Hoheit, ich weiß, ich verlange Schreckliches von Euch, und Eure Empfindsamkeit ...»

«Gibt es denn keine andere Möglichkeit?» Konstanzes Stimme war kaum hörbar.

«Ich fürchte, nein, Hoheit. Wir werden so diskret wie möglich sein. Die Hofdamen werden Euch beim Entkleiden helfen.»

«Kann nicht meine Amme dabei sein? Ich kenne die beiden doch gar nicht.»

«Unmöglich, Hoheit. Euer Gemahl könnte das als Kränkung auffassen.»

Die beiden Frauen begleiteten Konstanze in den Raum, entkleideten sie und zogen ihr ein Nachtgewand an. Dann gingen sie hinaus, die Tür aber, hinter der auch die beiden Kanzler standen, blieb offen.

Heinrich wollte keine Hilfe annehmen. Im Laufe des Tages hatte sich sein Argwohn, seine Gemahlin könne ihn abstoßend finden, zur Gewissheit verhärtet. Diese hochmütige Prinzessin verachtete ihn und gab sich auch keine Mühe, es zu verbergen. Wie sein Vater, wie alle anderen auch. An ihr aber würde er sich rächen.

Er legte sich neben sie. Seine Braut sah ihn noch immer nicht an. Heinrich spürte ihr Zittern, ihre Brust hob und senkte sich heftig. Sie hatte Angst, genau wie die Bauernmädchen im Heu. Er würde ihren Rock hochziehen, ihr mit den Knien die Beine auseinanderzwingen und mit Gewalt in sie eindringen.

Genauso, wie er es immer getan hatte.

Sechs

Konstanze öffnete den Weidenkorb und sog gierig den Geruch ein: Orangen aus ihrer Heimat. Sie kamen zu ihrem Geburtstag, wie immer, seit sie in der Fremde lebte. Ein Geschenk von Roger d'Aiello, das schönste und willkommenste von allen, weil es ihr den Duft Siziliens an diesen fernen, trostlosen Ort brachte, an dem sie leben musste.

Verstaubt und verlassen, so kam ihr Deutschland vor. Sie konnte diesem Land einfach nichts abgewinnen. Gerade war sie neununddreißig geworden, sechs Jahre waren vergangen, seit sie ihre Insel verlassen und geheiratet hatte.

Den so sehnlich erwarteten Sohn hatte sie noch immer nicht bekommen.

Erst vor zwei Tagen hatte ihre Monatsblutung sie wieder enttäuscht. Sie war nur zu spät gekommen. Zum hundertsten Mal. Ihr Leibarzt hatte den Kopf geschüttelt.

«Ich fürchte, Majestät, dass das immer häufiger passieren wird. Es ist nämlich so, dass …»

«Warum zögert Ihr? Sagt mir alles, wie es ist.»

«Nun denn, Majestät. Eure Gesundheit ist sehr empfindlich, und das Klima hier im Norden … es schadet Euch. Die Monatsblutung entzieht einer Frau viel Kraft. Wenn die Kraft, wie in Eurem Fall, ohnehin knapp ist, schafft die Natur Abhilfe, indem sie dem Körper Anstrengungen erspart. Überdies, Majestät, verändert sich der Zyklus einer Frau um die vierzig und setzt irgendwann ganz aus. Verzeihen Sie mir, Herrin.»

«Aber warum denn? Ich bin nicht mehr weit von diesem Alter entfernt. Glaubt Ihr, dass es deshalb so schwierig ist, schwanger zu werden?»

«Förderlich ist es sicher nicht. Aber lasst Euch ja nicht entmutigen.»

Was der Arzt sagte, nahm ihr ganz im Gegenteil allen Mut. Sie würde weitere Enttäuschungen erleben, viele Monate lang beten, hoffen, weinen. Nur Gott, der Allmächtige, wusste, wie sehr sie sich einen Sohn wünschte. Nur dafür lebte sie noch, es war das Ziel, das sie durchhalten ließ, der einzige Grund, nicht aufzugeben, hieraus allein schöpfte ihr müder Körper Energie.

All die Jahre hätte sie umsonst gelitten, wenn ihr ein Kind verwehrt blieb. Es wäre ihre Sühne, es hätte sie, die Verräterin, die Gottlose, gerettet, die mit Unfruchtbarkeit gestraft wurde, wie es der päpstliche Gesandte vorhergesagt hatte. Sie hatte ihn nicht vergessen. Der Fluch von Walter von Palearia bewahrheitete sich.

Selbst die Amme sagte, Gott zürne ihr.

Die Jahre mit ihrem Gemahl erschienen Konstanze wie eine halbe Ewigkeit. Jeden Morgen wachte sie auf und fragte sich, ob sie den Tag überstehen würde. Und in fast jeder Nacht wiederholte sich der Albtraum des ersten Mals.

Nie ließ Heinrich sie allein: Sie musste ihn auf all

seinen Reisen quer durch das Kaiserreich begleiten. Offenbar konnte er ohne sein Opfer nicht sein.

Ohne ein Wort und ohne jede Rücksicht behandelte er sie noch immer so grob wie in ihrer Hochzeitsnacht. Manchmal drückte er ihr gewaltsam die Hand auf den Mund. Die Angst, die sie vor ihm hatte, ihre Wehrlosigkeit, spiegelten sich in seinem Gesicht in einem Ausdruck bestialischer Lust wider. Konstanze fragte sich, ob Heinrich wahnsinnig war. Es schien schlimmer geworden zu sein, seit sein Vater plötzlich gestorben war, der Einzige, vor dem er so etwas wie Respekt zeigte und der ihn in seinen grausamen Neigungen ein wenig bremste.

Gewalt und Verachtung waren die einzige Sprache, die Heinrich beherrschte, nicht nur ihr gegenüber, sondern auch gegenüber dem normannischen Reich und dem Volk. Sie hatte gelernt, ihm alles zu verbergen, was ihr Freude bereitete, wohl wissend, dass es ihm sofort verhasst gewesen wäre. Dennoch fand sie die Kraft, die Qualen zu erdulden, so groß war ihr Wunsch nach einem Kind. Sie wollte Mutter werden, und obwohl die Ärzte zweifelten und der päpstliche Gesandte sie verwünscht hatte, verlor sie weder die Hoffnung noch ihr Gottvertrauen.

Abgesehen davon war ein Sohn noch immer die einzige Möglichkeit, das Reich ihrer Ahnen zu retten. Erst kürzlich hatte Matteo d'Aiello ihr in einem Brief die gegenwärtige Lage und die düsteren Zukunftsaussichten des Landes klar und deutlich beschrieben:

Seit dem Tod unseres Königs und Eures Neffen Wilhelm leben wir in der Vorahnung einer Katastrophe. Ich will Euch nicht verletzen, Herrin, und bitte verzeiht mir meine Offenheit, aber die Tatsache, dass die Hautvilles noch immer keinen Thronerben haben, zwingt einige Adlige, denen das Schicksal der geliebten Heimat sehr am Herzen liegt, den Euch geleisteten Treueid zu brechen. Wir wissen, wie grausam Heinrich handelt, wie niederträchtig die deutschen Truppen und wie bestechlich die Söldner sind. Heinrich die Krone zu überlassen, hieße, ihn als Tyrannen anzuerkennen. Wenn der Allmächtige Eure Ehe nicht mit einem Sohn segnet, sehen wir uns gezwungen, dem einzigen noch lebenden Hautville das Zepter anzubieten, auch wenn er unehelicher und nicht reinster königlicher Abstammung ist: Eurem Neffen Tankred. Verzeiht mir, aber besser Ihr erfahrt von mir, was Euch in Italien erwartet, wenn Euer Gemahl sich entschließt, in den Süden zu reisen, und einfordert, was ihm nicht zusteht.

Der Brief hatte sie sehr aufgeregt. Nicht ihretwegen: Das Reich wäre in Tankreds Händen sehr gut aufgehoben. Aber hätte König Wilhelm die Lage begriffen, wäre er nicht so eifersüchtig auf seinen Cousin und den eigennützigen Ratschlägen seiner Berater nicht so zugänglich gewesen. Dann wäre ihr Land jetzt in Sicherheit, und niemand würde von Konstanze von Hautvilles Existenz wissen.

Stattdessen hatte ihr Neffe noch nicht mal auf dem Totenbett Reue gezeigt.

«Sagt meiner Tante, dass ich sie um Verzeihung bitte, aber meine Entscheidung nicht bereue. Sie allein», hatte er bekräftigt, «kann das Königreich Sizilien vor der Barbarei bewahren, indem sie einen legitimen Thronerben gebärt. Einen echten Hautville.»

Heinrichs Anwesenheit hingegen verhieß nichts Gutes für die Zukunft des Landes. Sie wusste, wie grausam und herrschsüchtig der Kaiser war, sie wusste, sollte man seinen Machtanspruch in Frage stellen, würde er sich rächen, mit Feuer und Schwert, und den Aufstand blutig niederschlagen.

Sie kniete nieder, um zu beten. Sie konnte ihrem Volk nur helfen, indem sie Gott um jenen Sohn bat, der den Weltenlauf verändern würde.

Heinrich saß an seinem Schreibtisch und überflog die Neuigkeiten aus Palermo, die ihm Walter of the Mill schickte. Es waren schlechte Nachrichten: Eine größere Gruppe von Adligen hatte sich den Verschwörungstheorien Matteo d'Aiellos angeschlossen, der meinte, die Unabhängigkeit des normannischen Reiches sei ohne einen Thronerben in größter Gefahr. Die Revolte lag in der Luft. Die Spione des Kanzlers versicherten, dass man Tankred, dem Bastard, in aller Heimlichkeit bereits die Krone angetragen hatte, unterstützt von dessen Schwiegervater, dem stolzen und gefährlichen Grafen Tommaso di Acerra. Auch der Papst gab den Verschwörern Aufwind, er hatte ihnen seine Hilfe zugesichert.

Diese Informationen hatten Heinrich davon überzeugt, vom Plan zur Tat zu schreiten: Er würde Deutschland für einige Zeit verlassen und nach Italien aufbrechen. Nachdem er damit sechs Jahre gezögert hatte, war der Augenblick gekommen, den gesetzlosen Süden mit eiserner Faust zu unterwerfen und die Macht an sich zu reißen.

Er würde die Gelegenheit nutzen, sich in Rom von Papst Cölestin III. zum Kaiser krönen zu lassen: Es würde offiziell besiegeln, dass er seit Friedrichs Tod vor zwei Jahren Kaiser war.

Heinrich lehnte sich zurück und schloss die Augen. Jedes Mal, wenn er daran dachte, wie sein Vater gestorben war, konnte er sich ein hämisches Grinsen nicht verkneifen: ertrunken in einem kleinen Fluss im Heiligen Land. Er, der ausgezeichnete Schwimmer, der Unbesiegbare. Der Albtraum, der ihn über Jahre gequält hatte, war vorbei. Endlich war er sein eigener Herr. Und der Erbe unvorstellbar großer Macht.

Er trauerte kein bisschen: Er hatte seinen Vater nie geliebt. Ihre Beziehung war immer schlecht gewesen. Er hatte nach der Eroberung des normannischen Reiches – ein Traum, der sich dank seines Gehorsams und seiner Heirat mit Konstanze erfüllt hatte – mit größerer Zuneigung seines Vaters gerechnet. Aber die Monate waren vergangen, ein Erbe nicht in Sicht, und Friedrich war jähzorniger und unbeherrschter als je zuvor. Wieder einmal war sein Sohn an allem schuld.

Dann hatte sich sein Hass auch gegen Konstanze gerichtet. König Wilhelm war der Einzige, vor dem er Respekt hatte und der ihn trotz seiner Krankheit davon abhielt, gegen seine Schwiegertochter zu wüten, aber nach dessen Tod tobte Friedrich drohend: «Ich bringe sie eigenhändig um, wenn sie nicht bald für einen Erben sorgt. Ich lasse nicht zu, dass der Papst über mich triumphiert, dass er mir die Reichskrone Siziliens entreißt!»

Seit seinem Tod waren weitere zwei Jahre ergebnislos verstrichen. Was hätte der Kaiser wohl jetzt gesagt oder getan?

Ganz gegen seine sonstige Gewohnheit wäre er diesmal lieber ohne seine Gemahlin aufgebrochen, um ihr nicht die Freude zu gewähren, ihre Heimat und ihre zahlreichen alten Freunde und Verehrer zu sehen. Aber er konnte nicht dulden, dass sie auch nur für wenige Tage ohne ihn war. Nicht weil er eifersüchtig war – sagte er sich – oder sie vermissen würde, sondern weil er ihr misstraute. Er verdächtigte sie der Sittenlosigkeit ihrer Ahnen, der Normannen, deren Herrscher man wegen ihrer Ausschweifungen die «getauften Sultane» nannte. Im Gegensatz zu allen anderen in Konstanzes Nähe ließ er sich von der falschen Bescheidenheit seiner vermeintlich so sittsamen und frommen Gemahlin nicht täuschen, man musste sie im Auge behalten, um sie nicht ihrer eigenen Verderbtheit auszusetzen. Deshalb wollte er sie ständig in seiner Nähe wissen, ungeachtet der ärztlichen Bedenken angesichts der vielen Reisen, die ihrer schwachen Gesundheit angeblich schadeten.

Zwei Wochen vor der Abreise befahl er ihr also, sich vorzubereiten. Konstanzes Erleichterung war groß. Sie kannte Heinrichs Bosheit und hatte befürchtet, in Deutschland bleiben zu müssen.

«In Eurer Heimat wimmelt es von Verschwörern», grollte der Kaiser. «Ich werde ihnen schon Gehorsam beibringen. Ich werde ihnen eine Lektion erteilen, die ihnen die Lust auf Revolutionen für alle Zeiten austreibt. Und sie werden sehen, dass Ihr an meiner Seite seid, was ich auch tue.»

Gegen ihr besseres Wissen hatte sie ihm widersprochen, wenn auch auf ihre sanfte, bescheidene Art. «Bei allem Respekt, Majestät, aber *ich* bin die Königin von Sizilien. Mir obliegt es, dort zu regieren und Entscheidungen zu fällen.»

Der Kaiser hatte kalt gelächelt. «Ich verstehe. Sind Eure Worte vielleicht der Versuch, die Liebhaber Eurer Jugend zu schützen?»

«Nein, mein Herr. Sie sollten nur der Erinnerung an unseren Ehevertrag dienen.»

«Wenn ich mich nicht irre, sehen diese Vereinbarungen auch die Geburt eines Thronerben für beide Reiche vor: eine Pflicht, der Ihr bislang nicht nachgekommen seid und die angesichts Eures Alters wohl unerfüllt bleibt. Unfruchtbar, wie Ihr seid, steht Ihr mir und dem Kaiserreich nur im Wege. Ich sollte mich Eurer besser entledigen. Daher rate ich Euch, meine Geduld nicht zu strapazieren: Euer Leben hängt an einem seidenen Faden und unterliegt allein meiner Willkür. Seid gehorsam, widersetzt Euch nicht und äußert vor allem keinen eigenen Willen. Sorgt dafür, dass ich gar nicht bemerke, dass Ihr einen habt.»

Konstanze hatte den Blick gesenkt, um nicht das höhnische Grinsen ihres Mannes ertragen zu müssen, das sie so sehr verabscheute. Heinrich genoss es, sie, wie schon so oft, zu demütigen, ihr ihre Unfruchtbarkeit vorzuhalten und ihr zu zeigen, wie sehr sie ihm ausgeliefert war. Seine Macht würde bis zum Abend andauern, bis er ihrem Körper wieder nicht würde widerstehen können, der unbegreiflichen Anziehungskraft, die ihn die Beherrschung verlieren ließ und ihn mit dumpfem Groll erfüllte. Endlich war er der Tyrannei des Vaters entkommen, und nun erfuhr er eine, die noch demütigender war: Er war machtlos gegenüber ihren körperlichen Reizen. Den Reizen einer Frau, die zu alt war, ein Kind zu gebären.

Sieben

Im Galopp traf der Ritter im Hof des Palastes der Herren von Accerra ein.

«Eine eilige Nachricht für den päpstlichen Gesandten», rief er den Wachen zu. Er stieg ab und ging den Rest des Weges zu Fuß. Im Gebäude tagte der große Rat.

Im riesigen Saal mit den Kreuzgewölben hing dichter Rauch. Seit Stunden war hier eine lebhafte Diskussion zwischen den wichtigen Lehnsherren des Reiches und den Gesandten der Hauptstädte Süditaliens im Gange. In der Mitte saß Tankred von Hautville, neben ihm Walter von Palearia.

Der Bote bahnte sich einen Weg durch die Menge und überreichte die Depesche dem Gesandten des Papstes, der das Siegel erbrach und rasch den Inhalt überflog.

«Edle Herren des Reichs, verehrte Gesandte, ich bitte um einen Moment Ruhe», rief er aus und hob die Hand. «Was ich in Händen halte, ist die Bestätigung, dass Heinrich von Hohenstaufen und sein riesiges Heer sich tatsächlich auf den Weg nach Italien gemacht haben. Die Truppen marschieren auf kaiserlichen Befehl in großer Eile Richtung Süden und sollen im normannischen Reich einfallen. Der Kaiser selbst wird mit seiner Gemahlin in Rom haltmachen. Der Papst soll ihn zum Kaiser krönen, bevor er das Kommando über seine Truppen übernimmt.»

Die Ankündigung Walter von Palearias rief stürmischen Protest hervor.

«Tod dem Tyrannen! Nieder mit dem Usurpator! Es lebe der neue König, Tankred von Hautville!»

Der päpstliche Gesandte bat erneut um Ruhe.

«Meine Herren, Tankred hat noch immer Bedenken, die Krone anzunehmen. Nach Monaten des Zweifels ist es meines Erachtens an der Zeit, dass er sich nun endgültig entscheidet», schloss er mit Nachdruck und forderte Tankred mit durchdringendem Blick auf, vor aller Augen eine Antwort zu geben. Ein Durcheinander von ermunternden Rufen erhob sich unter den Anwesenden.«Lasst uns nicht im Stich! Es lebe der König!»

Tankred erhob sich von seinem Lehnstuhl. Sofort kehrte im Saal Ruhe ein.

«Meine Herren, Euer Vertrauen ehrt mich. Meine Entscheidung ist gefallen. Ich werde Euch in diesem Kampf nicht allein lassen. Ich werde die Macht übernehmen, die mir nach Ansicht des Kaisers nicht zusteht, ich werde der ‹König der Rebellen› sein, wie er es nennt. Wir werden gegen Heinrich von Staufen kämpfen, nicht aber gegen Konstanze von Hautville. Unsere Absicht ist es, die Unabhängigkeit des Reiches zu verteidigen, um es eines Tages an seine legitime Herrscherin zurückzugeben. Ich werde herrschen, bis dieser Sieg erreicht ist, nicht länger. Danach wird sie, sie allein, über unsere Zukunft bestimmen. Wenn wir uns darüber einig sind, bin ich bereit.»

«Eure Worte ehren uns, Tankred», rief Matteo d'Aiello aus den Reihen der Adligen.

Nachdem die Begeisterungsstürme sich gelegt hatten und wieder Ruhe herrschte, erhob sich Walter von Palearia.

«Tankred hat die Krone Siziliens angenommen. Das erfüllt uns alle mit Stolz und Freude. Endlich haben wir einen König, der uns führt und vertritt. Was mit der Königin geschieht, werden wir klären, sobald wir über Heinrich gesiegt haben. Nicht Konstanze, sondern der Papst, und nur er», betonte er und warf Tankred einen vielsagenden Blick zu, «entscheidet, wer die Krone des normannischen Reichs tragen wird. Der neue König wird sicher nicht zu jenen Ketzern gehören, die der Kirche Süditalien aberkennen wollen. Es wurde dem Papst von Kaiser Konstantin geschenkt, als Rom statt Byzanz Hauptstadt wurde.»

«Das Reich gehört seit über einem Jahrhundert den Hautvilles», widersprach Tankred heftig.

«Dank der Gnade des Papstes. Vor wem knieten die Normannen nieder, um die erkämpften Gebiete offiziell zugesprochen zu bekommen? Was einst gegeben wurde, kann auch wieder genommen werden. Ich hoffe, der neue Herrscher wird dies gebührend berücksichtigen», drohte Walter von Palearia mit finsterer Miene, während die Menge missbilligend zu murren anfing.

«Meine Herren, bitte», rief er sie in ruhigerem Ton zur Ordnung. «Es ist, wie gesagt, zu früh, diese Fragen zu klären. Jetzt zählt, wie stark wir auf dem Schlachtfeld sind. Ich bitte die Edelmänner des Reiches und die Abgesandten der Städte vorzutreten.»

Die Zufriedenheit des päpstlichen Gesandten angesichts der langen Reihe von Repräsentanten, die darauf wartete, dem König ihre Unterstützung zu versichern, war nicht zu übersehen. Die wichtigen Zentren des Südens hielten sämtlich zu Tankred, schworen ihm Treue, versprachen ihm ihre Truppen. Im Gegenzug baten sie um bevorzugte Behandlung.

Vor allem Neapel und Salerno, die mächtigsten der Städte, unterstrichen die Bedeutung ihrer Unterstützung, um dem König Privilegien und die Zusage von Steuervergünstigungen im Falle eines Sieges abzuringen.

«Ich werde mein Möglichstes tun, um der Universität unter die Arme zu greifen», hatte Tankred der Delegation von Salerno geantwortet. «Allerdings nicht so bald. Die finanzielle Hilfe, die Ihr von mir erbittet, ist eine hohe Belastung, besonders in Zeiten, in denen der Krieg unsere Kassen leert. In jedem Fall, daran muss ich auch Euch erinnern, wird jede Zusage später von der rechtmäßigen Herrscherin geprüft», wiederholte er dickköpfig.

Als Walter das hörte, machte er eine abwehrende Geste. Tankred, der Bastard, enttäuschte ihn. Um jeden Preis wollte er gegenüber der Familie der Hautvilles loyal sein, dabei hatte man ihn mit Unrecht und Kränkungen überhäuft. Er konnte keine Entscheidungen treffen, war naiv und außerdem eitel: Lange würde er nicht auf dem Thron bleiben. Nach dem Sieg konnten sie sich seiner leicht entledigen. Auch Konstanze von Hautville musste verschwinden. Solange sie lebte, waren ihm – Walter von Palearia, dem

Gesandten von Papst Cölestin III. – die Hände gebunden, konnte er nicht Herrscher über diese italienischen Gebiete sein.

Er hasste Konstanze. Durch ihren blinden Gehorsam gegenüber König Wilhelm war der Plan, an dem er monatelang geduldig gearbeitet hatte, gescheitert: Der König hätte Walter of the Mill entmachten und ihm das Amt des ersten Kanzlers übertragen sollen. Nur einen Schritt war er davon entfernt. Wenn Konstanze nicht dazwischengekommen wäre, hätte er mit dem Tod des Königs die vollständige Macht über das normannische Reich erhalten.

Er würde sein Ziel trotzdem erreichen. Außer der Krönung des unterwürfigen und schwachen Tankred gab es ein anderes Ereignis der jüngsten Vergangenheit, das ihm sehr entgegenkam: Walter oft the Mill war ganz plötzlich verstorben. Er war von allen Gegnern des Papstes der hartnäckigste und klügste gewesen, und Heinrich von Staufen hatte seinen treuen Verbündeten großzügig entlohnt. Nun lag ihm kein Hindernis mehr im Weg.

Wenn er erst sein Ziel erreicht hätte, würde er sich an Konstanze rächen. Er hatte auch schon einen Plan. Einen äußerst komplizierten Plan – aber er würde es versuchen.

«Wieso verlangt die Universität von Salerno weitere Privilegien vom König?», fragte Walter von Palearia den obersten Gesandten von Salerno, als er von Tankred entlassen wurde. «Hat sie nicht den Ruf, die beste medizinische Schule Europas zu sein?»

«Das ist richtig, Exzellenz. Aber wir können noch besser werden. Mit den königlichen Steuergeldern könnten wir die klügsten Köpfe der Welt einladen. Wir würden damit viele neue Studenten gewinnen und den Wohlstand der Stadt fördern.»

«Warum hat Kaiserin Konstanze sich nie an eine so gelehrte und berühmte Einrichtung wie die Eure gewandt, um ihre Unfruchtbarkeit zu heilen?»

«Das weiß ich nicht, Exzellenz», entgegnete der Gesandte, peinlich berührt von so viel Direktheit. «Ihre Majestät begeht einen großen Fehler. Die Heilkraft unserer Thermalbäder ist seit Jahrhunderten bekannt. Es ist wirklich eine Schande, dass sie uns nie ihr Vertrauen geschenkt hat. Sie wird es gewiss auch nicht mehr tun, da wir nun zu Tankred halten.»

«Wer weiß», erwiderte Walter geheimnisvoll. «Vielleicht kann ich mich für Euch einsetzen, damit Ihr die Vergünstigungen doch noch erhaltet. Ihr müsstet Euch das allerdings verdienen.»

«Es wäre uns eine Ehre, den Wünschen Eurer Exzellenz Folge zu leisten.»

«Ich habe einen Plan, der ziemlich riskant ist. Ihr müsstet eine Zeitlang vortäuschen, für die rechtmäßige Herrscherin und gegen Tankred Partei zu ergreifen. Ihr würdet die Maske erst fallen lassen, wenn ich es Euch sage.»

«Das ist in der Tat gefährlich», entgegnete der Gesandte kopfschüttelnd. «Damit könnten wir uns Repressalien aussetzen. Was wäre denn der Zweck dieser Inszenierung?»

«Kaiserin Konstanze gefangen zu nehmen.»

Der Gesandte riss die Augen auf. «Weiß König Tankred von Eurem Plan?»

«Wir werden ihn vorher informieren, aber den eigentlichen Zweck ihrer Gefangennahme verschweigen wir. Wir werden sagen, dass wir die Kaiserin nur so vor der Rache und der Gewalt ihres Mannes schützen können.»

«Ist das nicht der Grund?»

«Seid nicht naiv. Wenn wir Tankred auf dem Thron wollen, gibt es dafür nur ein Mittel …»

«Der König würde nie erlauben, dass seiner Tante etwas zustößt. Das habt auch Ihr gehört.»

«Daher sagen wir ihm auch nichts davon. Außerdem würden *wir* ja auch niemanden umbringen.»

«Und wer würde es tun?»

«Der Pöbel von Salerno.»

Konstanze sah sich noch einmal zu dem Dom um, in dem sie gebetet hatte. Sie war das erste Mal dort gewesen: Er war von ihrem Vorfahr Robert im vorigen Jahrhundert errichtet worden, in jenem imposanten Stil, den die Hautvilles so liebten.

Anschließend ließ sie sich zum höchsten Punkt der Stadt führen, um sich den Golf und die Küste von oben anzusehen. Die schöne Aussicht ließ ihr den Atem stocken und erfüllte ihr Herz mit Dankbarkeit. Süditalien präsentierte sich der Herrscherin in ihren Lieblingsfarben: Das Blau von Himmel und Meer wetteiferte mit dem Gold der Sonne und des reifen Korns. Dazwischen leuchteten das silbrige Grün der Olivenhaine, das kräftigere Grün der Zitronen- und

Orangenbäume und Blumen in tausend Farben. Auf den Bergen wurden Wein und Obst angebaut, schroffe Klippen wechselten mit sanften Berghängen, die in kleinen Sandstränden ausliefen und an die in sanften Wellen klares, durchsichtig türkises Wasser schlug.

Sie genoss die Wärme und das Licht, die ihr all die Jahre so gefehlt hatten. Sie dankte Gott für dieses Geschenk und für das Glück, dass sie zum ersten Mal seit ihrer Vermählung ohne ihren Mann sein und allein nach Salerno reisen durfte.

Die Gelegenheit hatte sich bei Heinrichs Krönung in Rom ergeben. Unter den vielen Delegationen, die ihm zu Ehren aus aller Herren Länder gekommen waren, waren auch die Gesandten aus Salerno, der einzigen sizilianischen Stadt, die ihr die Treue hielt und sich gegen Tankred gestellt hatte. Ein äußerst wichtiger Verbündeter also, dem Heinrich alle Ehre erweisen wollte.

Nach der Begrüßungszeremonie hatten die Gesandten die Königin eingeladen, doch nach Salerno zu kommen, während der Kaiser die Rebellen niederschlug.

«Sicher hat Ihre Majestät davon gehört, dass unsere Universität in der Medizin weltweit unerreicht ist», hatte ihr der Rektor mit stolzgeschwellter Brust versichert. «Ganz zu schweigen von unseren Thermalbädern, die sich ausgezeichnet dazu eignen, die Leiden zu kurieren, die … die Königin quälen.»

Heinrich hatte insgeheim seine Spione verflucht, weil sie ihn über die Absichten der Stadt Salerno nicht informiert hatten. Jetzt würde er sich nicht mehr aus der Affäre ziehen können. Es war undenkbar, das großzügige Angebot abzulehnen und Salerno mit einer Absage zu kränken, sich womöglich einen neuen Feind zu machen. Daher war er also gezwungen, seine Frau den Salernitanern zu überlassen und allein nach Neapel aufzubrechen. Die Belagerung der Stadt geriet zur Katastrophe, da seine Männer zu Hunderten an der Pest starben.

Konstanze hatte sich vertrauensvoll in die Hände der Salernitaner begeben, folgte allen Anweisungen der berühmten Gelehrten, erholte sich, genoss das Klima und badete in den Thermen.

Sie fühlte sich so wohl, dass sie Walter von Palearia beinahe vergessen hatte.

Heinrich vertrieb missgelaunt eine Fliege, die ihn hartnäckig umschwirrte. Er mochte diese armseligen Landstriche Süditaliens nicht, die drückende Hitze, die gleißende Sonne, die Insekten, den Gestank. Die jüngsten Ereignisse machten seine Laune nicht besser. Das Glück hatte sich gegen ihn gewandt, und der triumphale Feldzug erwies sich als kostspieliges und hoffnungsloses Unterfangen. Es hatte ihm an Weitsicht gemangelt, und er hatte, vielleicht aus Unerfahrenheit, Fehler gemacht. Warum hatten seine unfähigen Ratgeber ihn nicht auf die Schwierigkeiten hingewiesen?

Ungehalten stieß er seinen Kelch mit dem warm gewordenen Rest Wein zur Seite.

Er wusste genau, warum alle geschwiegen hatten, auch wenn er es nur ungern zugab.

Sein ältester und wichtigster Ratgeber, Gebhardt

von Arnstein, hatte ihn vor dem versammelten königlichen Rat unmissverständlich gewarnt.

«Sire, habt Ihr auch bedacht, wie problematisch ein Feldzug in einem Land ist, das sich gegen uns verschworen hat und so weit von Deutschland entfernt ist?», hatte er vorwurfsvoll gefragt. «Wie wollt Ihr Eure Truppen versorgen? Meint Ihr, mit Plünderungen und Beschlagnahmungen könnt Ihr Tausende von Männern ernähren? Dass der Feind Eure Schiffe widerstandslos in seine Häfen einlaufen lässt? Ihr könnt nicht auf einen schnellen Sieg hoffen: Die Städte Süditaliens werden sich kaum auf Feldschlachten einlassen. Sie werden sich verschanzen und Euch zu langen und zermürbenden Belagerungen zwingen, die Euch sehr viel kosten werden. Ein solches Unterfangen erfordert sorgfältige Planung. Die gegnerische Front muss zerschlagen werden, wenn man auf feindlichem Territorium kämpft.»

Unwillig hatte er mit den Achseln gezuckt.

«Ihr macht einen Fehler, einen großen Fehler», hatte er hinzugefügt, «den Euer Vater nie begangen hätte. Ihr seid noch sehr unerfahren.»

Diese Bemerkung hatte Heinrich gekränkt und in seinem Stolz verletzt. Sie hatte das Todesurteil des alten Gebhardt besiegelt, der sich zu viel auf seine Weisheit eingebildet hatte, auf den jahrelangen Kriegsdienst unter Friedrich und auf die Wertschätzung, die er sich verdient hatte.

«Ihr seid ein Feigling», hatte Heinrich mit kaum unterdrückter Wut geantwortet. «Es ist Zeit, Eurem vielbetrauerten Kaiser in die ewige Ruhe zu folgen.»

Gebhardt von Arnstein wurde wegen Verrats zum Tode verurteilt.

Mittlerweile bedauerte Heinrich, dass er so heftig reagiert hatte: Er hätte auf den Rat dieses fähigen Mannes, der schon so viele Schlachten geführt hatte, hören sollen. Er hätte seine Erfahrung gut gebrauchen können, um aus dieser aussichtslosen Lage herauszufinden. Sollte er etwa vor aller Welt eingestehen, dass die kaiserlichen Truppen von einer Handvoll rebellischer Adliger besiegt worden waren?

«Konrad, was bringt Ihr mir für Neuigkeiten aus Deutschland?», drängte Heinrich. Er hatte Konrad von Urslingen, einen seiner treuesten Männer, zu sich gerufen.

«Majestät, Eure Anwesenheit im Norden ist unbedingt erforderlich. Ich kann nur bestätigen, was bereits schriftlich angekündigt wurde: Euer Cousin Welf, Herzog von Bayern, rüstet sich erneut zum Krieg, er weigert sich, Euer Recht auf den Kaisertitel anzuerkennen, und beansprucht ihn für sich. Er nutzt Eure Abwesenheit, den Herzog von Sachsen auf seine Seite zu ziehen. Die Mächtigen des Landes will er in Bremen versammeln und Eure Absetzung vom Thron der Staufer ausrufen lassen. Er behauptet, das Kaiserreich sei in Euren Händen nicht sicher, da …»

«Sprecht ganz offen, Herzog. Sagt Welf, ich sei unfähig? Meint er, ich hätte nicht das Format meines Vaters? Oder macht er mir wegen dieses verdammten Italienfeldzugs Vorwürfe?»

«Ich kann nicht leugnen, dass der ungünstige

Kriegsverlauf in Deutschland sehr missbilligt wird. Angesichts der Größe Eurer Armee hatte man erwartet, Ihr würdet den Aufstand innerhalb kürzester Zeit niederschlagen. Der Herzog von Bayern hat leichtes Spiel, wenn er Euch sinnlose Verschwendung teurer Güter vorwirft. Darüber hinaus, Majestät …», der Herzog von Urslingen verstummte und verneigte sich verlegen vor dem Kaiser, als wollte er sich schon im Voraus für seine Worte entschuldigen, «gibt es keine Erben. Und es wird auch keine geben, bedenkt man das Alter der Kaiserin. Nach Ansicht Eures Cousins droht dem Kaiserreich eine schwere Krise, falls …»

«Falls ich vorzeitig das Zeitliche segne, wollt Ihr das sagen, Konrad?»

«Ja, Majestät. Ich bedaure.»

«Ich bezweifle nicht, dass mein Cousin alles tun würde, damit dieser Fall eintritt.»

«Welf sagt, der Kaisertitel steht nicht den Staufern, sondern den Herzögen von Bayern zu, denen er unrechtmäßig vorenthalten wurde.»

«Unrechtmäßig vorenthalten? Die Hohenstaufer haben sich den Titel auf dem Schlachtfeld verdient. Wenn mein Cousin eine weitere Lektion erteilt haben will, soll er sie bekommen.»

«Ich stimme zu, Sire. Aber offenbar stößt er mit seinen Behauptungen auf fruchtbaren Boden. Wenn bekannt wird, dass auch der mächtige Herzog von Sachsen sie unterstützt, werden sich ihm, fürchte ich, auch die anderen großen Fürsten anschließen. Eure Gegner würden immer zahlreicher.»

«Was schlagt Ihr also vor, Konrad?»

Der Herzog von Urslingen zögerte eingedenk des Schicksals, das all jene ereilte, die anderer Meinung als der Kaiser waren und diese unvorsichtigerweise äußerten.

Heinrich erriet seine Gedanken. «Keine Angst, Konrad», ermahnte er ihn ungewohnt wehmütig. «Ein so tragischer Fehler wie bei Gebhardt wird mir kein zweites Mal unterlaufen. Gott weiß, wie sehr ich meinen Zorn bereue.»

«Um ganz ehrlich zu sein, Majestät», fuhr Konrad ermutigt fort, «denke ich, Ihr solltet Italien den Rücken kehren und unverzüglich nach Deutschland zurückkommen. Nur an der Spitze Eurer Truppen könnt Ihr die Verschwörung gegen Euch zerschlagen. Eure überraschende Rückkehr würde die Herzöge von Bayern und Sachsen unvorbereitet treffen, und vielleicht würden sie von ihren Plänen Abstand nehmen.»

«Ich soll also Italien aufgeben und fliehen? Mich von einem erbärmlichen Haufen von Verrätern geschlagen geben?»

«Ich würde es nicht als Flucht bezeichnen, Majestät. Im Gegenteil, die Nachrichten aus Deutschland sind eine ausgezeichnete Möglichkeit, Eurer ausweglosen Lage hocherhobenen Hauptes zu entkommen. Verkündet den Rebellen, dass Ihr wegen der Schwierigkeiten in Eurem eigenen Land den Kampf in Italien aufgeben müsst. Natürlich hat das Kaiserreich für Euch größere Bedeutung als Sizilien, das wird allen einleuchten. Die Rebellen bleiben nur dank günstiger Umstände verschont. Aber sie können sicher sein, dass die Vergeltung nur aufgeschoben ist. Wenn sie schlau sind, nutzen sie diese Atempause, um sich zu ergeben und Eure Autorität anzuerkennen. Von Vorteil wäre, allen Adligen, die für die Hautvilles kämpfen, ihre Rechte zu entziehen und ihre Lehen Männern Eures Vertrauens zu übereignen. So könntet Ihr viel mehr Kontrolle über das gesamte Reichsgebiet ausüben.»

«Ich werde darüber nachdenken, Herzog. Inzwischen erkläre ich Euch zum ersten Lehnsherr von kaiserlichen Gnaden in Italien. Ab sofort erhaltet Ihr außer Eurem bisherigen Titel den des Herzogs von Spoleto. Ihr werdet mit Eurer Familie nach Italien übersiedeln und die Augen und Ohren für mich offenhalten. Außerdem entsende ich Euch in einer dringenden und heiklen Mission nach Salerno. Ihr werdet, eskortiert von einer bewaffneten Truppe, die Kaiserin zu mir bringen. Sobald sie in Sicherheit ist, werde ich aufbrechen. Ich traue diesen Leuten nicht, selbst wenn sie sich als unsere Verbündete bezeichnen. Macht Euch bereit, Herzog von Spoleto.»

Nachdem Konrad von Urslingen gegangen war, entnahm Heinrich dem Schubfach seines Geldschranks einen Brief. Er stammte von einem der salernitanischen Ärzte, die er selbst um Auskunft gebeten hatte, ob eine Frau mit über vierzig Jahren noch ein Kind bekommen könne.

Die Antwort war knapp und unmissverständlich gewesen: die Möglichkeit bestand, aber sie war so gering, dass man sie vernachlässigen konnte.

Heinrich drehte und wendete den Brief in seinen Händen. Dann knüllte er ihn zusammen, warf ihn ins

Feuer und starrte, in trübe Gedanken versunken, in die Flammen.

Welch geheimnisvoller Zauber machte ihn zum Sklaven dieser Frau? Lag es an der körperlichen Befriedigung oder der sanftmütigen und ergebenen Art, mit der Konstanze seine Schikanen erduldete? Welche verborgene Macht bannte und hinderte ihn daran, sich ihrer zu entledigen? Wieso quälte ihn während ihrer Abwesenheit schmerzhafte Eifersucht?

Er war von den sittenlosen Hautvilles verhext worden. Eine andere Erklärung gab es nicht. Hinter dem engelsgleichen Gesicht seiner Frau verbarg sich eine Hexe, die ihn in ihren Bann gezogen hatte und ihn mit teuflischen Künsten beherrschte. Wenn er frei sein wollte, musste er sie loswerden, sie musste einen qualvollen Tod sterben. Nur so konnte er sich für ihre schreckliche, erdrückende Tyrannei rächen.

Liebster Roger,

diesen Brief werdet Ihr nie erhalten. Ich schreibe ihn, weil allein die Vorstellung, mit Euch zu sprechen, mich tröstet. Ich tue so, als säßet Ihr hier, vor mir. Als würden wir plaudern wie gute Freunde, die sich ihre Geheimnisse erzählen, selbst die verborgensten. So wie in unserer Kindheit, wenn wir uns nicht gerade stritten. Diese Zeit habe ich nie vergessen, Roger. Die Erinnerung daran ist für mich wie eine Quelle frischen, klaren Wassers, aus der ich schöpfe, wenn ich mich einsam oder ungeliebt fühle. Es tröstet mich zu wissen, dass sich auch an Euren Gefühlen nichts geändert hat und Ihr noch immer der Freund Eurer alten Spielgefährtin seid.

Wisst Ihr, dass ich mich sehr schuldig fühle?

Seit ich allein hier in Salerno bin, ist mein Leben so ruhig, dass ich gar nicht glauben kann, dass meine Untertanen und der Kaiser gegeneinander Krieg führen. Ich habe den inneren Frieden wiedergefunden, den ich nach meiner Zeit im Kloster verloren hatte. Ich schlafe tief und fest, zum ersten Mal seit meiner Heirat. Sogar die Beschwerden, die mich in Deutschland ständig quälten, scheinen sich eine Auszeit zu gönnen. Selbst der Pessimismus meiner Ärzte, die alle an der berühmten Universität lehren, macht mir nichts aus. Ich weiß, dass ihre Diagnose nicht gerade ermutigend ist: Sie schütteln den Kopf, wenn sie denken, ich sähe es nicht, antworten verlegen und ausweichend auf meine Fragen und erklären mir, dass ich durchaus schwanger werden könnte, auch wenn mein Alter nicht gerade förderlich sei.

Macht Euch meine Offenheit verlegen, Roger? Ich habe gelernt, dass ein Herrscher keinen Anspruch auf Intimität, Schamgefühl oder Privatsphäre hat. Die ganze Welt spricht von meiner Unfruchtbarkeit. Viele verfluchen sie, einige freuen sich darüber, sind bereit, Blut zu vergießen, um sich die Beute zu teilen.

Vielleicht ist es illusorisch, aber ich mache mir noch immer Hoffnungen. Mein Körper ist nach wie vor geschwächt. Zu sehr, nach Meinung der Ärzte. Sie fragen sich, ob ich überhaupt in der Lage wäre, ein Kind auszutragen, und ob ich in meinem Alter eine Geburt überstehen würde.

«Eigentlich ist es besser so», sagen sie und wollen mich damit trösten. «Gott weiß, dass Euer Leben in Gefahr wäre, würde er Euch einen Sohn schenken.»

Aber gibt es Edleres als eine Mutter, die ihr Leben für ihr Kind gibt? Sie erfüllt damit ihre Aufgabe auf Erden. Es ist nicht notwendig, dass sie am Leben bleibt.

Ich möchte Mutter werden, Roger. Es ist das Einzige, was mich am Leben hält. Ich hoffe auf die winzige Wahrscheinlichkeit, die die Ärzte mir zugestehen. Und auf Gott. Für den Allmächtigen ist alles möglich. Umso mehr, da ich mich gestärkt fühle, heiter bin und umringt von …

Konstanze stockte und sprang von ihrem Stuhl auf. Sie brauchte einen Moment, um zu begreifen, dass die heftigen Schläge in der nächtlichen Stille von der Tür ihres Gemachs kamen. Jemand versuchte, sie aufzubrechen. Sie hörte die Dienerinnen aufgeregt schreien.

Sie hatte gerade noch Zeit, den angefangenen Brief zusammenzuknüllen und ins Feuer zu werfen, da gab die Tür ihres Zimmers auch schon nach, und Walter von Palearia kam herein, gefolgt von einem Trupp bewaffneter Soldaten und den Adligen Salernos, die noch am Vorabend zu ihren Füßen gekniet hatten.

Sofort erkannte Konstanze den Mönch, der sie am Tag ihrer Krönung vor dem ganzen Reich bedroht hatte. Sein hämisches Grinsen, die finstere Miene und die Verachtung in seinen Augen waren unverändert.

Ohne ein Wort an sie zu richten, stürzte Walter von Palearia zum Kamin und riss den Brief mit Hilfe eines Schüreisens aus den Flammen, bevor er ganz verbrannt war. Mit einem Zipfel seiner Kutte reinigte er ihn so gut wie möglich.

«Sehr bedauerlich, dass er so beschädigt ist», bemerkte er, ohne einen Gruß oder auch nur eine Verneigung anzudeuten. «Den behalte ich, wenn Ihr nichts dagegen habt …»

«Wie Ihr wollt», antwortete Konstanze mit großer

Ruhe. «Aber er enthält nichts Kompromittierendes. Er wird Euch nichts nützen.»

«Ich bin weitsichtig, und meine Intuition täuscht mich nie. Erinnert Ihr Euch noch an die Prophezeiung? Sie ist eingetroffen, Konstanze von Hautville», erwiderte er in kaltem Triumph und unterließ es geflissentlich, sie mit ihrem Titel anzureden. «Gott hat Euch verdammt und Euch mit Unfruchtbarkeit gestraft, weil Ihr Euren Schwur gebrochen habt. Jetzt bestraft er Euch, weil Ihr das Reich Eurer Ahnen aus Herrschsucht und Habgier an einen Fremden verraten habt. Ab sofort seid Ihr Gefangene der Stadt Salerno, angeklagt wegen Hochverrats.»

«Ihr irrt Euch», widersprach Konstanze, die versuchte, ihren Worten Würde und Nachdruck zu verleihen. «Die Salernitaner sind mir treu geblieben.»

«Ihr lügt. Ihr seid blind in die Falle gegangen, genau wie der Kaiser. Das Volk von Salerno wird über Euer Schicksal entscheiden. Hört Ihr nicht, wie sie sich zu Tausenden vor Eurem Haus versammeln? Der Pöbel will Euren Kopf.»

«Ich bete zu Gott, dass er meiner Seele gnädig ist und mich in Würde sterben lässt.»

«Der Herr wird Euch auch das verweigern, genau wie die Freuden der Mutterschaft. Ihr seid gottlos, und Ihr werdet in der Hölle schmoren.»

Konstanze hatte schreckliche Angst. Dennoch blieb ihre Stimme ruhig und fest. «Nur der himmlische Vater kann in den Herzen der Menschen lesen, nicht Ihr. Überlasst es also ihm, über mein Schicksal zu entscheiden.»

«Der Pöbel von Salerno wird über Euch entscheiden. Geht zum Fenster und seht es Euch an.»

«Weiß der Kaiser vom Verrat seiner Verbündeten und der Gefahr, in der ich mich befinde?»

«Macht Euch keine Hoffnungen. Er wird Euch nicht retten. Seinem Boten Konrad von Urslingen ist die Hinrichtung nur erspart worden, damit er zurückkehren und berichten kann, was er mit eigenen Augen gesehen hat: die Gemahlin des Kaisers ist gefangen, die deutschen Soldaten sind tot. Heinrich bleibt nichts anderes mehr übrig, als so schnell wie möglich aus Italien zu fliehen.»

Konstanze wandte sich von Walter von Palearia ab und kniete vor dem Kruzifix nieder, das über ihrem Bett hing und von dem sie sich niemals trennte. Sie richtete ihren Blick zu Gott und betete. «Siehe, ich bin die Magd des Herrn; mir geschehe, wie du gesagt hast.»

Acht

Konstanze wurde von Tankreds Männern gerettet, die Walter von Palearia überwachen sollten, weil der König ihm misstraute. Gerade noch rechtzeitig hatten sie dem König berichtet, in welcher Gefahr die Kaiserin als Gefangene des salernitanischen Volkes war.

Tankred hatte einige seiner Männer mit dem Befehl entsandt, die kostbare Geisel auszuliefern, damit er selbst über ihr Schicksal entscheiden könnte. Die Stadtherren Salernos hatten den tobenden Walter von Palearia ignoriert und dem Befehl Folge geleistet. Tankred ließ seine Tante nach Palermo bringen, wo man ihr, unter großer Zustimmung eines Großteils des Adels, alle Ehren erwies. Nur eine Minderheit hätte sich der Königin lieber entledigt, da diese die ohnehin anfechtbare Position Tankreds schwächte und für weitere Unannehmlichkeiten und Gefahren sorgte.

In der Tat sah Heinrich, der sowieso wütend war, dass er sich aus Italien zurückziehen musste, einen Affront darin, dass der «Usurpator und die Rebellen» es wagten, die Kaiserin als Geisel zu nehmen. An allen Höfen Europas wetterte er dagegen und bat sogar den Papst um Intervention.

Seine Heiligkeit aber stellte sich erst einmal taub. Das Machtvakuum auf dem normannischen Thron war für ihn äußerst vorteilhaft, konnte er doch mittels seines tüchtigen Gesandten fast uneingeschränkt über den Süden Italiens herrschen. Andererseits betrachtete er Süditalien ohnehin als seinen rechtmäßigen Besitz.

Konstanze wusste sehr wohl, dass sie Tankred tot mehr genützt hätte. Aber ihr Neffe behandelte sie seit ihrem Wiedersehen so zuvorkommend wie nur möglich. Dienstmägde, Pagen und Hofdamen bemühten sich, ihr jeden Wunsch von den Augen abzulesen. Scharen von Ärzten, Apothekern und Köchen kümmerten sich um ihr Wohlergehen.

Sie wurde umsorgt und verhätschelt wie ein Kind. Ihr wurden die größten Leckerbissen der sizilianischen Küche aufgetischt. Sie entwickelte einen unersättlichen Appetit, ausgerechnet sie, die sonst so wenig aß, dass es die deutschen Ärzte zur Verzweiflung trieb.

Die heimatlichen Klänge, Gerüche und Aromen ließen Erinnerungen in ihr aufsteigen, schmerzliche und schöne. Sie sah sich als Kind Verstecken spielen, an ihren Lieblingsorten im riesigen Park, der den Palast umgab und in dem Orangenbäume und Jasmin mit weißen, zarten Blütenkelchen wucherten. Sie verbarg sich zwischen den Ästen und Blättern, und der starke Duft der Pflanzen ließ sie beinahe ohnmächtig werden. Sie sah Roger d'Aiello, mit dem sie spielte und um die Wette lief, der hinter ihr herrannte und sie an den Zöpfen zog, der heimlich Eidechsen in den Falten ihres Kleides versteckte.

Roger war der Erste, der ihr nach der Rückkehr in den Königspalast die Aufwartung machte. Er kam sogar Tankred zuvor, der ihr geschrieben hatte, wie sehr er, seine Frau Sibilla und die Kinder sich darauf freuten, sie wiederzusehen, sie aber dem Rat der Ärzte folgen und damit warten wollten, bis die Königin zu Kräften gekommen sei.

Roger hingegen, frech wie immer, hatte keine Skrupel. Er befahl dem Pagen, seinen Besuch anzukündigen, und verlangte, zur Königin vorgelassen zu werden. «Unverzüglich», fügte er hinzu.

Konstanze empfing ihn sofort und warf sich ihm, alle Etikette außer Acht lassend, um den Hals. Roger drückte sie fest an sich. Dann löste er sich aus der Umarmung und kniete vor ihr nieder.

«Danke, dass Ihr mich so rasch vorgelassen habt, Majestät.»

«Lauteten so nicht Eure Anweisungen?», gab Konstanze amüsiert zurück. «Ich dachte, wir hätten bei unserem letzten Treffen ausgemacht, bei der alten Vertrautheit zu bleiben und die Titel wegzulassen, Roger.»

«Nie würde ich es wagen, Euch vertraulich anzusprechen.»

«Mich täuscht Ihr nicht. Ihr seid genauso unverschämt wie früher. Als wir noch Kinder waren, habt Ihr alles Mögliche mit mir angestellt. Einmal habt Ihr mir sogar das Haar versengt. Zwei Tage habe ich geweint und geschworen, Euch nie wiedersehen zu wollen.»

«Damals wart Ihr nur Konstanze. Jetzt seid Ihr die Gemahlin Heinrichs von Staufen», erwiderte Roger, ohne seine Verbitterung zu verbergen.

«Bin ich deswegen eine Feindin?»

Roger schwieg mit gesenktem Blick.

«Vor allem seid Ihr mit einem anderen Mann verheiratet. Und, ja, auch eine Feindin. Schließlich hat Euer Gemahl unser Land überfallen, ohne dass Ihr ihn aufgehalten hättet.»

«Den Kaiser kann ich nicht aufhalten, mein Freund», entgegnete Konstanze mit Tränen in den Augen. «Ich habe keinen Einfluss auf die Entscheidungen Seiner Majestät. Für ihn bin ich nur eine Last. Schlimmer noch: eine nutzlose Hülle, die nicht die Aufgabe erfüllt, für die sie erworben wurde. Verzeiht, wenn das grausam klingt.»

Roger, der immer noch vor der Königin kniete, nahm sanft ihre Hand und führte sie behutsam an seine Lippen.

«Ich bin es, dem Ihr verzeihen müsst. Ich weiß nicht, was ich sage. Es schmerzt mich zu sehr. Das Land, das ich liebe, Ihr, die Ihr für mich … Ich möchte Euch nicht weh tun», flüsterte er, als er sah, dass Konstanze weinte. «Das war nicht meine Absicht.»

«Aber Ihr tröstet mich», entgegnete Konstanze. «Jetzt weiß ich, dass es jemanden gibt, der mich noch immer gern hat.»

Roger sagte nichts darauf. Noch einmal nahm er ihre zierliche Hand und bedeckte sie mit zarten Küssen. Konstanze genoss seine Berührung, zog dann aber ihre Hand zurück.

«Wir alle sind Euch wohlgesinnt und erweisen Euch Respekt, Herrin. Heinrich von Staufen aber ist ein blutrünstiger Tyrann, dem wir uns nicht kampflos ergeben werden. Ihr solltet das wissen. Gerade weil ich Euch treu ergeben bin, bin ich gekommen, um Euch persönlich zu sagen, dass ich nicht auf Eurer Seite kämpfe. Ich kann nicht anders. Könnt Ihr das verstehen?»

Ein schwaches Lächeln erhellte das Gesicht der Königin. «Das verstehe ich, mein Freund. Und ich billige es. Vorbehaltlos. Alle, die sich gegen mich und für meinen Neffen Tankred entschieden haben, haben mein vollstes Verständnis. Man hätte schon vor Jahren so weise handeln sollen. Wie viel Leid wäre meinem Volk erspart worden, wenn Wilhelm auf mich gehört hätte.»

«Leider hat er blind auf den elenden Verräter Walter of the Mill vertraut.»

«Nein, Roger, jetzt seid Ihr zu streng mit ihm. Er tat, was er für das Beste hielt. Er war davon überzeugt, dass ich einen Sohn bekommen würde. Er konnte sich nicht vorstellen, dass ich unfruchtbar bleiben, dass Gott mich so sehr strafen würde.»

Ihre Stimme brach, und sie schluchzte. Roger d'Aiello fühlte mit ihr, der Frau, von der er noch immer träumte und für die er tiefe Gefühle hegte, die weit über reine Loyalität hinausgingen.

«Niemand denkt, dass Gott Euch straft.»

«Walter von Palearia denkt das, und vielleicht hat er recht. Meine Ehe wurde nicht mit einem Nachkommen gesegnet. Mein Unglück ist das Unglück meines Volkes. Deshalb verlange ich, dass Ihr mir jetzt einen Schwur leistet, Roger.»

Konstanze nahm ihren einstigen Spielgefährten bei

der Hand, führte ihn zum Kruzifix und forderte ihn auf niederzuknien.

«Schwört mir, dass Ihr bis zum letzten Atemzug kämpfen werdet, um unser Land vor dem Fremden zu verteidigen, der es unterwerfen will. Seht in Heinrich von Staufen nicht meinen Gemahl, sondern nur den Feind des Volkes, den Eroberer, der das Reich mit Feuer und Schwert besiegen und Deutschland zum Opfer bringen will. Lasst Euch nicht von seiner Abreise täuschen. Er wird zurückkehren, er wird auf diese Eroberung nicht verzichten und noch viel weniger auf die Rache an den führenden Köpfen des Aufstands. Schwört mir, ohne Rücksicht auf mein Schicksal, gegen ihn zu kämpfen. Was mich auch erwartet, Ihr dürft Euch nicht von ihm erpressen lassen. Ich befehle es Euch und verlange Euer Wort, dass Ihr dem nachkommen werdet.»

«Das könnt Ihr nicht von mir verlangen, Konstanze. Nicht von mir.»

«Nicht von Euch? Wer außer Euch besitzt denn noch mein Vertrauen? Ich flehe Euch an, mein Freund. Ihr könnt mir diesen Beweis Eurer Zuneigung nicht abschlagen. Nur so ermöglicht Ihr Eurer Freundin aus Kindertagen ein wenig Frieden. Ihr könnt mich nicht dazu verdammen, verzweifelt zu sterben, weil ich Unglück über mein Land und mein Volk gebracht habe, die ich mehr liebe als mich selbst.»

«Ich will nicht glauben, dass es so endet. Die Hautvilles, Ihr selbst ...», wehrte Roger verzweifelt ab.

«Gott weiß, was geschehen wird, wir wissen es nicht», unterbrach ihn Konstanze sanft. «Aber jetzt, in diesem Augenblick, würdet Ihr eine alte Freundin mit Eurem Versprechen sehr trösten. Wollt Ihr mir das verwehren?», flehte sie und sah ihm fest in die Augen.

Es verstrich einige Zeit, ohne dass etwas geschah. Die Zeit, die Roger brauchte, um der Versuchung zu widerstehen, Konstanze bei der Hand zu nehmen und mit ihr wegzugehen, ohne Rücksicht auf Gesetze, Pflichten und die Ehre, sogar auf das Schicksal oder Gottes Willen. Die Zeit, die er brauchte, um seine Tränen hinunterzuschlucken.

«Ich schwöre es, Konstanze von Hautville, im Namen unseres Herrn Jesus Christus», sagte er schließlich in einem Atemzug.

«Wo bist du, Guglielmo? Ein Schlingel bist du, ein Frechdachs … Aber warte, ich finde dich, und dann fresse ich dich auf! Wo hast du dich versteckt? Ah, da bist du, diesmal entkommst du mir nicht. Ich hab dich, ich hab dich!»

Sie liebte Tankreds Jüngsten über alles, knapp drei Jahre war er alt und das hübscheste Kind, das sie je gesehen hatte: Er hatte große, strahlend blaue Augen, die Augen der Hautvilles, die diese, mal dunkler, mal heller, mal grünlich, seit Generationen weitervererbten, genau wie das blonde Haar.

Wie schön es war, ein Kind im Arm zu halten und den Duft der weichen, zarten Haut einzuatmen! Wie sehr wünschte sie sich einen eigenen Sohn. Sie hätte ihn Konstantin genannt, um allen zu zeigen, dass er nur ihr gehörte. Sie hätte ihm ihre ganze Zeit gewidmet, ihn zum größten und edelsten Herrscher der Welt erzogen und ihm beigebracht, wie wichtig Weisheit und Sinn für Gerechtigkeit waren. Sie hätte ihn Heinrichs schlechtem Einfluss entzogen.

Ihre Träume zerplatzten regelmäßig, wenn ihr bewusst wurde, dass der grausame, herrschsüchtige und ungehobelte Heinrich unweigerlich der Vater wäre. Wieso machte sie sich Hoffnungen, ihm das Kind entziehen zu können? Vielleicht ersparte ihre Unfruchtbarkeit ihr einen viel größeren Schmerz: zu sehen, wie ihr Sohn, ein Hautville, zu einem Mann wie Heinrich von Staufen heranwuchs.

«Tante Konstanze, was ist los? Willst du mich gar nicht auffressen?»

Glücklicherweise beanspruchte der kleine Guglielmo ihre ungeteilte Aufmerksamkeit. Sie genoss seine Nähe, wenn seine kleinen Hände nach ihr griffen, wenn sie ihn an sich drückte und ihn mit Küssen bedeckte.

Sie war Tankred sehr dankbar, dass er sie so offenherzig in seine Familie aufnahm, als gehörte sie schon immer dazu. Sie wünschte, so würde es für immer bleiben, ohne alle Sorgen wollte sie ihr Leben an der Seite des kleinen Guglielmo verbringen, fast so, als wäre er ihr eigener Sohn.

Stattdessen verschwor sich das Schicksal wieder einmal gegen sie: Die Anordnungen ihres Gemahls konnten nicht länger ignoriert werden. Schweren Herzens gestand ihr Tankred, dass er nicht mehr wusste, was er auf die Mahnungen und Drohungen des Kaisers antworten solle.

«Die europäischen Höfe unterstützen Heinrich in ihrem eigenen Interesse und werfen ein schlechtes Licht auf das normannische Reich. Der Papst will meinen Gehorsam erzwingen, indem er mir mit Exkommunizierung droht. Dann stünde ich noch schlechter da als jetzt schon.»

«Bisher hat der Heilige Stuhl die Beschwerden des Kaisers überhört und zu Euch gehalten. Wieso hat er plötzlich das Lager gewechselt?»

«Ihm blieb nichts anderes übrig. Heinrich ist der mächtigste der katholischen Herrscher und beschwert sich über das Unrecht, das ihm widerfährt: Seine Gemahlin bleibt in Geiselhaft, obwohl er ein angemessenes Lösegeld zu zahlen bereit ist. Der Papst kann sich nicht länger gegen ihn stellen, beim besten Willen nicht. Euch zuliebe würde ich allerdings beiden trotzen. Ich könnte die Gesandten des Kaisers weiterhin höflich, aber entschieden abweisen und ihnen sagen, es sei im Interesse des Reichs, die Kaiserin an diesem Hof zu behalten.»

Dieses Angebot hatte sie entschieden zurückgewiesen.

«Seit ich in Palermo bin», hatte sie ihm anvertraut, «habe ich eine Gewohnheit aus Kindertagen wiederaufgenommen. Ich gehe durch die Gassen und spreche mit den Leuten, auch den einfachsten. Dabei habe ich herausgefunden, dass das Volk mich noch immer verehrt. Die Frauen weinen mit mir um das Ausbleiben eines Erben, fürchten das Aussterben der Hautvilles und flehen mich an, sie nicht den deutschen Barbaren auszuliefern. Ich will nicht, dass man sich meinetwegen an ihnen rächt. Und ich verbiete Euch, Risiken einzugehen. Wir müssen an das Reich denken. Leider ist es auch dann nicht in Sicherheit, wenn ich zu Heinrich zurückkehre. Ich kenne den Kaiser und befürchte, dass er niemals davon Abstand nehmen wird, sich zu rächen, die Rebellen zu bestrafen und das Reich, das er als seinen Besitz betrachtet, zu erobern. Ich könnte ihn in Deutschland allenfalls für eine Weile aufhalten, während Ihr Euch wappnet. Möge Heinrich nie als Sieger in Palermo einziehen. Mir graut bei dem Gedanken, was dann aus Euch, aus Eurer Familie und dem kleinen Guglielmo würde.»

Sie hatte ihrem Neffen die Hände gedrückt. «Ich befehle Euch, das zu verhindern. Das Reich der Hautvilles darf unter keinen Umständen in Heinrichs Gewalt kommen. Ich müsst ihn aufhalten, ihn schlagen. Ich werde dazu beitragen, was in meiner Macht liegt. Und nun bereitet alles für meine Abreise vor. Alles, worum ich Euch bitte, ist ein Bild des kleinen Guglielmo. Er wird mir schrecklich fehlen.»

Nach über einem Jahr sah Heinrich seine Frau wieder. Er erwartete eine erschöpfte und kranke Frau, gezeichnet von der langen Zeit in Gefangenschaft. Er hatte gehofft, dass sie weniger anziehend sein würde, keine Macht mehr über ihn haben würde. Dann hätte er sie endlich loswerden können. Aber als Konstanze vor ihm stand, übermannten ihn die Gefühle und nahmen ihm den Atem. Noch nie hatte sie so strahlend schön ausgesehen, so gesund und zufrieden.

Sie hatte zugenommen, ihre mädchenhafte Figur hatte an Anmut und Reiz gewonnen. Ihre zartgebräunte Gesichtshaut war glatt und rein. Ein paar Sommersprossen auf der Nase verliehen ihr etwas Schelmisches. Ihre Augen strahlten glücklich, leuchtender und blauer denn je, und um ihre Lippen spielte ein Lächeln, wie er es noch nie an ihr gesehen hatte.

Der Aufenthalt am normannischen Hof schien ihr außerordentlich gutgetan zu haben. Sicher hatte sie ihre früheren Freunde getroffen, alte Verehrer, Jugendlieben, die sie umschwärmten, mit denen sie kokettierte und denen sie vielleicht sogar ihre Gunst erwies, wie zum Beispiel seinem ärgsten Feind Roger d'Aiello, dem Anführer der Rebellen.

Der Argwohn durchfuhr ihn wie eine scharfe Klinge: daher die vielen Geschenke, mit denen sie, eine Gefangene, nach Deutschland zurückgekehrt war. Sie waren der Lohn für ihre Liebesdienste. Um sie zu transportieren, waren zwanzig Maultiere nötig gewesen. Und Konstanze wollte ihm weismachen, sie seien alle von ihrem Neffen Tankred, der voller Verachtung das hohe Lösegeld zurückgewiesen habe, weil er nicht sein eigen Fleisch und Blut verkaufe und ihm die Gemahlin allein deshalb zurückgebe, weil diese es ihm befohlen habe.

Wie abstoßend! Diese Hautvilles waren doch alle gleich: arrogant und eingebildet. Sie meinten, sie seien etwas Besseres, dabei waren Ehre, Opfer, Treue, Glaube doch nur Seifenblasen, alles Augenwischerei. Die Hautvilles waren nichts anderes als Heuchler und Verräter, die geschickt darüber hinwegtäuschten, wie verdorben sie in Wahrheit waren. Am besten darin war Konstanze – von wegen bescheiden, anständig und ergeben, sie spielte ein falsches Spiel.

Da er Deutschland wieder unter Kontrolle gebracht hatte, wollte er so bald wie möglich nach Italien aufbrechen. Seine Rache würde fürchterlich sein. Er würde den Feind mit solcher Wucht niederschlagen, dass die ganze Welt staunen würde. Als Erster würde Tankred büßen: Er und seine Söhne sollten sterben, die Familie für immer ausgelöscht werden. Dann käme Roger d'Aiello an die Reihe, Rebellenanführer und Liebhaber der Königin. Und schließlich Konstanze selbst, wenn sie gesehen hatte, wie alle, die ihr am Herzen lagen, umgebracht wurden. Nach seinem Sieg würde er sie nach Italien holen, sie sollte wissen, wie ihre Verwandten und Freunde, wie das ganze Reich litt. Er würde sie dazu zwingen, ihm die Schlüssel der Schatzkammern zu überlassen. Und schließlich würde sie ihn, Heinrich von Staufen, als Sieger bewundern müssen, wenn er als Eroberer in den Thronsaal einzog, in Roberts berühmtem Krönungsmantel, dem heiligsten und kostbarsten Andenken der Hautvilles, dem Symbol ihrer Königswürde.

Er fragte sich, ob sie nun, da sie ihrer Zügellosigkeit freien Lauf gelassen hatte, dies auch im Ehebett unter Beweis stellen würde. Oder würde sie ihn wie sonst ängstlich und vorwurfsvoll ansehen, als würde er ein Verbrechen begehen und nicht sein gutes Recht einfordern? Er würde sie bestrafen, Tag für Tag, und zwar im Bett, wo sie ihn verspottet und gedemütigt hatte. Ihnen blieben noch ein paar gemeinsame Monate, bevor er nach Italien aufbrach.

Zweiter Teil

Das Geschenk

Neun

Bevor der Kaiser zu seinem Feldzug nach Italien aufbrach, rief er die kaiserlichen Leibärzte zu sich und ließ sich Bericht über die angegriffene Gesundheit der Kaiserin erstatten. Seit ihrer Rückkehr hatte sich ihr Zustand langsam und unaufhaltsam verschlechtert, die Ärzte standen vor einem Rätsel.

«Sollte ihr während meiner Abwesenheit etwas zustoßen», drohte Heinrich, «werdet Ihr Eure Unfähigkeit mit dem Leben bezahlen. Die Krone gibt beträchtliche Summen für Euer Honorar aus. Ich erwarte, dass die Behandlungen entsprechende Wirkung zeigen.»

Die Ärzte wechselten besorgte Blicke. Der Sprecher des Kollegiums, Anselm von Uppsala, setzte zu einer vorsichtigen Verteidigung an.

«Verzeiht, wenn ich Euch zu widersprechen wage, Majestät, aber die Appetitlosigkeit der Kaiserin ist uns unerklärlich. Ihre Abscheu vor Nahrung ist so groß, dass ihr Magen selbst die kleinste Menge verweigert. Die wenigen Löffel Brühe, die man ihr mit Mühe einflößen kann, werden unverzüglich wieder erbrochen. Das Gleiche geschieht mit Milch.»

«Na und? Mit all Eurer Gelehrsamkeit könnt Ihr noch nicht mal eine Magenverstimmung kurieren?»

«Sehen Sie, Sire ...», beharrte Anselm von Uppsala, «das ist nicht so einfach. Als die Kaiserin vor drei Monaten aus Sizilien zurückkam, erfreute sie sich ausgezeichneter Gesundheit. Möglicherweise ist ihre Krankheit eher auf ein seelisches als auf ein körperliches Leiden zurückzuführen. Die Herrscherin wirkt sehr bekümmert, vielleicht hat sie Heimweh oder ...»

Heinrich nahm seinen Weinkelch und schleuderte ihn in Richtung seines Gesprächspartners.

«Nichtsnutzige Scharlatane! Ich verbiete Euch, solch absurde Dinge zu behaupten. Denkt Ihr, Ihr könnt Eure Unfähigkeit mit lächerlichen Ausreden rechtfertigen? Was soll ich denn machen? Zulassen, dass sie ständig in Sizilien lebt? Sorgt dafür, dass sie während meiner Abwesenheit am Leben bleibt, mehr noch, dass sie wieder gesund wird. Wenn ich ihr erlaube, mir nach Italien zu folgen, muss sie in der Lage sein, die Reise und alle Verpflichtungen, die sie erwarten, zu bewältigen.»

Niedergeschlagen senkten die Ärzte die Köpfe. Sie wagten nicht, dem Kaiser die Wahrheit zu sagen: dass seine Gemahlin in Deutschland innerhalb kürzester Zeit sterben würde. Konstanze litt an nichts anderem als an Heimweh, Einsamkeit und Mangel an Zuneigung. Sie krankte an der Gewalt, der sie ständig ausgesetzt war, wie ihre Ärzte sehr wohl bemerkt hatten. Keiner von ihnen hatte ein Heilmittel parat, das den raschen gesundheitlichen Verfall der Herrscherin aufhalten konnte.

In den Monaten nach Heinrichs Abreise zeigte Konstanze ein weiteres, äußerst beunruhigendes

Symptom: Trotz ihrer erschreckenden Magerkeit fing ihr Bauch an anzuschwellen. Man rief berühmte Spezialisten, fand verschiedenste Erklärungen und verabreichte Heilmittel aller Art. Doch die Schwellung ging nicht zurück, sondern nahm sogar zu. Als ein weiterer Monat – der fünfte mittlerweile – mit ernsten Beschwerden und nutzlosen Behandlungen verstrichen war, schien die Diagnose so unheilvoll, dass niemand wagte, sie laut auszusprechen: ein Tumor in der Gebärmutter?

Eine alte Dienerin war es, die eine ganz andere Erklärung für das Phänomen hatte. Man munkelte, sie sei eine Hexe, die die Zukunft vorhersagen könne, aus Kräutern Zaubertränke zubereitete und dass Heinrich sich vor ihr fürchtete. Dennoch mochte Konstanze sie, vielleicht weil sie auf ihre zurückhaltende und spröde Art Rückgrat zeigte.

Sie rief sie oft an ihr Krankenlager, vor allem, wenn sie sich besonders elend fühlte: Hannas runzlige alte Hände waren fähig und geschickt. Sie verschafften ihr Erleichterung und gaben ihr ein Gefühl der Geborgenheit.

Eines Abends fing die sonst so schweigsame Hanna an, in ihrer Sprache vor sich hin zu murmeln, was Konstanze kaum verstand. Sie tippte sich mehrere Male mit dem Zeigefinger gegen die Stirn und wetterte gegen jemanden, der ihrer Meinung nach närrisch und dumm war. Plötzlich machte sie Konstanzes Bauch frei und fing an, ihn abzutasten. Konstanze, die von dieser Vertraulichkeit überrascht war, wehrte sich nicht, weil sie die Berührung als sanft und fachkundig empfand.

Schließlich versuchte die Alte, mit der Hand in sie einzudringen. Konstanze fuhr auf und streckte abwehrend die Hände aus. Da streichelte ihr Hanna sanft die Wange und murmelte ein paar unverständliche Worte, die sie beruhigten. Daraufhin folgte eine lange und sorgfältige Untersuchung. Hin und wieder legte sie ihr Ohr auf ihren Bauch und horchte.

Kaum hatte sie die Untersuchung beendet, schüttete sie das Gebräu der Ärzte, das die Herrscherin vor dem Schlafengehen zu sich nehmen sollte, aus dem Fenster. Dann kauerte sie sich neben sie, zeigte auf ihren Schoß und sagte wiederholt: «Kind, Kind ...»

«Was murmelst du da?», fragte Konstanze beunruhigt und forderte sie freundlich auf zu gehen. Hanna, die ihre Vertraulichkeit offenbar bereute, verließ das Zimmer. Doch bevor sie ging, beharrte sie stolz: «Kind!»

Konstanze glaubte nicht einen Augenblick an die Eingebungen der Dienerin. Sie hatte vollstes Vertrauen zu ihren Ärzten. Dennoch konnte sie keinen Schlaf finden. Sie blieb die ganze Nacht wach und lauschte den Signalen ihres Körpers, als könne ihr etwas entgehen.

So kam es, dass sie nach einigen schlaflosen Stunden plötzlich ein Zittern in ihrem Unterleib spürte. Für einen kurzen Moment bewegte sich etwas in ihr, wie von selbst. Sie horchte noch aufmerksamer in sich hinein, und nach kurzer Zeit spürte sie zum zweiten Mal ein kaum wahrnehmbares Flattern.

Sie dachte tatsächlich über die Spinnereien einer alten Dienerin nach. Keiner ihrer Ärzte hatte jemals angedeutet, dass dies die Erklärung für ihre Beschwerden sein könnte. Niemand nahm an, dass sie noch schwanger werden konnte. Andererseits hatte sie ihre Monatsblutung, die in Sizilien wieder ganz regelmäßig war, zum letzten Mal auf ihrer Rückreise nach Deutschland bekommen, danach nicht mehr.

Sie wollte sich keine Hoffnungen mehr machen. Alles, was sie sich wünschte, war, bald zu sterben.

Dennoch blieb sie die ganze Nacht wach und horchte aufmerksam in sich hinein.

Das Licht schien durch die Vorhänge aus Samt und kündete von einem sonnigen Tag. Konstanze lag, erschöpft von der schlaflosen Nacht, mit halb geschlossenen Augen im Bett und hielt sich noch immer den Bauch. Plötzlich spürte sie erneut eine Bewegung. Dieses Mal deutlich und unmissverständlich. Und dann noch einmal.

In ihr regte sich Leben. Sie war sich ganz sicher. O Gott, dieses Mal war sie sich sicher.

Aufgewühlt, erfüllt von unsäglicher Freude angesichts des Wunders, vollkommen überwältigt, ließ sie die Tränen des Glücks einfach über ihr Gesicht strömen, während sie von Schluchzern geschüttelt wurde. Von Zeit zu Zeit stöhnte sie vor Glückseligkeit laut auf.

«Danke … Danke … Danke …», wiederholte sie unzählige Male. «Ich danke dir, Herr.»

Und dann, zum ersten Mal, sprach sie mit ihrem Sohn.

«Konstantin, mein Liebling, mein Schatz ... ich bin deine Mama. Jetzt weiß ich, dass es dich gibt, dass du in mir lebst. Hab keine Angst, ich kümmere mich um dich. Du wirst über meine Kraft staunen. Du selbst wirst sie mir geben. Ich werde dich in meinem Schoß bergen und dich zur Welt bringen, und ich werde dich mehr lieben, als du dir vorstellen kannst. Du wirst stolz auf mich sein. Du gehörst mir, mir allein, du bist ein Hautville wie deine Mutter, dein Großvater Roger und dein Vorfahr Robert. Du wirst stark und schön sein, edel und großmütig. Die ganze Welt wird von dir sprechen. Ich werde dich schützen, niemand wird dir Böses antun. Gemeinsam werden wir allen Widrigkeiten trotzen, allen Feinden, mein kleiner Konstantin, mein allerschönstes Geschenk. Ich werde immer bei dir sein, solange ich lebe und über meinen Tod hinaus. Danke, danke, Herr.»

Dann überließ sich Konstanze ihrer Müdigkeit nach der durchwachten Nacht und nickte ein. Sie träumte von einem blonden, pausbäckigen Jungen auf ihren Armen, der mit den großen, strahlend blauen Augen der Hautvilles in die Welt sah.

Die Ärzte reagierten äußerst misstrauisch und glaubten ihr lange nicht, dass sie eindeutig neues Leben in sich spürte. So mancher belächelte sie mitleidig: Die Kaiserin war offenbar so geschwächt, dass nun auch ihre Nerven versagten. Der Kinderwunsch, von dem sie seit Jahren besessen war, hatte ihren Verstand verwirrt.

Aber nach einigen Wochen mussten auch sie sich

dem Offenkundigen fügen. Mit Hilfe ihrer Instrumente gelang es ihnen, den Herzschlag eines kleinen Menschenwesens auszumachen. Sie registrierten auch die Bewegungen des Ungeborenen. Beinahe widerwillig bestätigten sie die Schwangerschaft, als fühlten sie sich und ihre Wissenschaft von Konstanze oder der Natur an der Nase herumgeführt.

Nachdem sie die Tatsachen hingenommen hatten, fingen sie an, sich Sorgen über das weitere Geschehen zu machen. Konstanze war eine Spätgebärende mit schwacher Gesundheit. Die Wahrscheinlichkeit, dass sie eine Schwangerschaft überstünde, war gering. Ganz zu schweigen von den Gefahren der Geburt, sowohl für sie als auch für das Kind. Wenn sie nun wählen mussten, nur einen der beiden zu retten, wer würde die Verantwortung übernehmen?

Anselm von Uppsala versuchte vergeblich, optimistisch zu denken: Es war unwahrscheinlich, dass das Kind ausgetragen würde, aber nicht unmöglich. Sie hatten noch gut vier Monate, die Kaiserin zu unterstützen und zu Kräften kommen zu lassen. Da die Übelkeit endlich überstanden war, würde ihr ab sofort reichhaltige Kost verordnet werden. Und sehr viel Ruhe. Konstanze brauchte all ihre Kräfte, um das Kind zur Welt zu bringen, sie durfte auf keinen Fall das Bett verlassen.

«Majestät, Ihr müsst Euch bewusstmachen, dass die Geburt schmerzhaft und gefährlich ist. Dazu braucht man Kraft und Ausdauer, mehr als Ihr habt. Wenn das Kind jetzt zur Welt käme, würde das keiner von beiden überleben. Ihr müsst den Rest der Schwangerschaft jede Anstrengung vermeiden und Eure Kräfte sammeln, wenn alles gutgehen soll.»

Konstanze hörte lächelnd zu und umfasste mit beiden Händen ihren Bauch. Im Stillen sagte sie ihrem Sohn: «Hör nicht auf sie, Konstantin. Du und ich, wir beide schaffen das schon. Ich werde genug Kraft haben. Ich werde mich ausruhen und viel essen. Alles wird gut, mein Herz.»

Sie verstand die Befürchtungen der Ärzte und erriet, was sie ihr verschwiegen: Kinder, die von einer nicht mehr jungen Frau geboren wurden, hatten oft schwere körperliche oder geistige Gebrechen. Dennoch war sie ruhig und zuversichtlich. Konstantin würde vollkommen sein. Sie würde jeden Schmerz erdulden, um ihn in die Arme schließen zu können. Allein die Vorstellung, ihr Kind zu stillen, rührte sie zu Tränen, und sie wusste, dass sie ihr Kleines mit dem Mut einer Löwin gegen jede Gefahr verteidigen würde.

Mehr als die Schmerzen fürchtete sie sich davor, wie die Ankündigung ihrer baldigen Mutterschaft aufgenommen würde. Die Geburt eines Thronerben brachte das Gleichgewicht der Mächte durcheinander. Wie würde der Papst reagieren, dessen Beziehungen mit Heinrich seit einiger Zeit weniger angespannt waren, da er sich nicht mehr bedroht fühlte? Und würde das Kind in ihrer Heimat mit offenen Armen empfangen? Vielleicht hielte der Adel lieber weiterhin zu Tankred? Und ihr Gemahl? Würde die Freude, Vater zu werden, ihn weniger grausam sein lassen? Würde er von seiner Rache an den Rebellen absehen und auf dem schnellsten Weg nach Deutschland zurückkehren?

Kaum war die Schwangerschaft von den Medizinern offiziell bestätigt worden, brach ein Kurier nach Italien auf, um Heinrich von Staufen so schnell wie möglich die wichtige Nachricht zu überbringen.

Als der Bote das kaiserliche Lager erreichte, befand sich Heinrich gerade in einem vertraulichen Gespräch mit dem Mann, den alle für seinen ärgsten Feind hielten: Walter von Palearia. Der päpstliche Legat arbeitete im Alleingang an einem neuen, streng geheimen Komplott: Er verhandelte mit beiden Parteien, sowohl mit den rebellischen Adligen des Südens auf Tankreds Seite als auch mit Heinrich, der die Ansprüche der rechtmäßigen Herrscherin verteidigte.

Walter hatte diesen riskanten Plan gefasst, nachdem ihm seine Spione vollkommen unerwartet berichtet hatten, was jede Hoffnung auf einen Sieg über Heinrich von Staufen zunichte machte: Tankred war ganz unvermittelt sehr krank geworden.

Der König, dessen erstgeborener Sohn vor kurzem gestorben war, hatte starke Magenschmerzen und unerklärlich hohes Fieber. Kein Heilmittel hatte geholfen. Seine Gemahlin Sibilla wich nicht mehr vom Krankenlager, sie schien das Schlimmste zu befürchten und hatte vom Weinen geschwollene Augen.

Der päpstliche Gesandte wollte rasch handeln, bevor die Neuigkeit öffentlich bekannt wurde: die politische Gesinnung musste frühzeitig und in aller Stille korrigiert werden, wollte man am Ende im siegreichen Lager stehen.

Heinrich reagierte wohlwollend auf Walter von Palearias Kontaktaufnahme. Sie hatten sich mehrfach getroffen und einige Gemeinsamkeiten und Berührungspunkte entdeckt. Jeder hatte im anderen das eigene kühle, zynische Wesen wiedergefunden.

Sie machten solch starken Eindruck aufeinander, dass Heinrich einen Mann dieses Kalibers gern ständig an seiner Seite gesehen hätte.

Der Kaiser entschuldigte sich bei seinem Gast, erbrach das Siegel des Briefes und überflog ihn, wobei er wie üblich die lästigen Grußworte und die umständliche Einleitung ignorierte und gleich zu den eigentlichen Neuigkeiten vordrang:

... Ihre Majestät, die Kaiserin, erwartet ein Kind und wird es austragen ... ihr gesundheitlicher Zustand ist noch immer sehr bedenklich... Sie muss Anstrengungen meiden, weswegen sie Eurer Majestät die freudige Nachricht nicht selbst mitteilen kann, wie es ihr dringlichster Wunsch gewesen wäre ... Die Kaiserin bittet Eure Majestät, Italien zu verlassen und unverzüglich zurück nach Deutschland zu kommen, damit Eure Majestät dem glücklichen Moment beiwohnen kann ... Möge Gott in seiner unendlichen Güte gewähren, dass ...

Heinrich machte sich nicht die Mühe, weiterzulesen. Er lächelte kalt. Wie eine Spinne wob Konstanze hinter seinem Rücken unermüdlich ein Netz aus Lügen und versuchte mit allen Mitteln, die Ihren zu retten. Eine Falle, reine Erfindung, eine Beleidigung seiner Intelligenz. Selbst ein Schwachkopf hätte den naiven Plan durchschaut: In Abwesenheit des Kaisers erfand sie eine Schwangerschaft, um ihm später irgendeinen Neugeborenen zu präsentieren, wahrscheinlich den Sprössling einer Dienerin oder Hofdame. Ohne Furcht, entlarvt zu werden, ohne Angst vor den Folgen ihrer Unverschämtheit. Wie hatte sie die anderen als Komplizen gewonnen? Wie viele Verräter gab es an seinem Hof? Wie viele unter den Ärzten, die sich von seinem niederträchtigen Weib hatten umschmeicheln lassen?

Sein unterdrückter Zorn und die blinde Wut äußerten sich in tausend kleinen roten Flecken, die sich unregelmäßig im Gesicht und am Hals des Kaisers bildeten. Seine Gemahlin würde mit ihrem teuflischen Plan scheitern. Er selbst würde ihn vereiteln. Keinesfalls würde er Italien verlassen, vielmehr würde er die Angriffe auf die Rebellen verstärken: Konstanze würde weder ihre Liebhaber noch sich selbst retten können.

Er sah sich um: Er war so mit seinen Gedanken beschäftigt gewesen, dass er Walter von Palearia ganz vergessen hatte. Der lächelte ihm arglos zu, als hätte er gar nicht gemerkt, wie lange er ihn hatte warten lassen.

«Schwere Bürden lasten auf Euren Schultern, Majestät. Das erkenne ich an Eurer besorgten Miene. Es ist das Schicksal aller großen Herrscher.»

«Nicht nur der Herrscher. Das Schicksal aller, die Verantwortung auf sich nehmen, wie ich und wie auch Ihr, teurer Freund. Darf ich Euch so nennen, trotz meines angespannten Verhältnisses zum Heiligen

Stuhl, den Ihr vertretet, oder fasst Ihr das als Beleidigung auf?»

«Als Beleidigung? Es ist mir eine Ehre. Außerdem haben sich die Beziehungen zwischen Euch und dem Heiligen Vater in letzter Zeit doch sehr zum Besseren gewendet.»

«Das stimmt», bestätigte Heinrich und grinste ironisch, «seit sich die Kirche wegen der Unfruchtbarkeit meiner Gemahlin in Sicherheit wiegt.»

Walter von Palearia hütete sich, darauf einzugehen. «Es freut mich, dass Ihr wieder lacht. Eben hattet Ihr eine so finstere Miene, dass ich unerfreuliche Nachrichten vermutete. Gott sei Dank scheint das nicht der Fall zu sein.»

«Ich weiß nicht, ob sie unerfreulich sind, mein Freund. Eher erschütternd. Es sollte einen Mann erschüttern, wenn er erfährt, dass seine Frau ihn immerzu hintergehen will, nicht wahr? Was meint Ihr als Mann der Kirche dazu?»

Walter von Palearia beschloss, vorsichtig zu sein. Heinrich hütete ein Geheimnis, das die Kaiserin betraf. Er musste geschickt vorgehen, um es ihm zu entlocken.

«Ich meine, dass Ihr sicher Anlass dazu hättet. Allerdings, wenn Ihr mir diese Bemerkung gestattet, Majestät, fällt es mir schwer zu glauben, dass eine so treuergebene und fromme Frau wie unsere Kaiserin jemals ihren Mann hintergehen könnte.»

«Also denkt Ihr, wie alle anderen, dass ich eine Heilige geheiratet habe? Antwortet mir aufrichtig, Walter. Sind Eure Worte den Umständen und Eurem politischen Anliegen geschuldet? Oder habt Ihr tatsächlich Grund, so viel Vertrauen in die Kaiserin zu setzen? Kennt Ihr sie wirklich?»

Walter von Palearia verlagerte sein Gewicht von einem Fuß auf den anderen, strich sich mit der Hand über den Bart und mimte eine Verlegenheit, die er nicht empfand. Er hatte den Eindruck, der Kaiser hege Groll gegenüber der Gemahlin. Er beschloss, seiner Intuition zu folgen. «Verzeiht, Majestät, aber ich möchte dieses Gespräch lieber nicht fortsetzen.»

«Warum denn nicht? Habt Ihr Angst?»

«Respekt, Majestät. Ein einfacher Diener sollte sich keine Meinung über die, die ihm vorstehen, erlauben.»

«Einfacher Diener? Walter, nun stellt Euer Licht nicht unter den Scheffel und lasst dieses eine Mal die Diplomatie beiseite, die Ihr so gut beherrscht. Ich würde wirklich gerne offen mit Euch sprechen. Können wir eine Zeitlang unsere Rollen vergessen und ehrlich zueinander sein? Ich erweise mich gern dankbar, wenn mir jemand die Treue hält und es ihm gelingt, mein Vertrauen zu gewinnen. Und ich weiß auch, wie man es angemessen entlohnt.»

Er hatte recht gehabt: Der Kaiser hasste seine Frau. Walter ließ sich die Gelegenheit, Konstanze wieder einmal zu schaden, nicht entgehen.

«Ich weiß nicht mehr über die Kaiserin als das, was allgemein bekannt ist: Sie hat ein heiliges Gelübde abgelegt und es gebrochen.»

«Ihr sagt mir nicht die ganze Wahrheit, Walter.»

«Ich bitte um Verzeihung, aber meine Gedanken

würde ich Euch gegenüber lieber nicht äußern. Immerhin, Majestät, sprechen wir von Eurer Gemahlin.»

«Und ich wünsche, dass ihr vergesst, dass Konstanze von Hautville meine Frau ist. Seid aufrichtig. Gebt mir diesen Beweis für Eure Freundschaft.»

«Nun denn, Majestät, wie Ihr wünscht. Ich halte Konstanze von Hautville für verdorben, sie ist unkeusch und machthungrig, sie ist voller Niedertracht, sie ist zu jedem Betrug bereit, um Ziele zu erreichen, die …» Als wäre er über seine eigenen Worte erschrocken, hob er die Hände. «Nein, mehr sage ich nicht. Ich habe Euch gewarnt, Majestät: Es wäre besser gewesen, zu schweigen. Ich werde mich Eurem Zorn stellen müssen.»

Heinrich überhörte Walter von Palearias letzte Worte. «Interessant. Ihr seid der Erste, der so von ihr spricht. Alle, die mit der Kaiserin zu tun haben, würden ihre edle Unschuld beschwören. Sie wird sehr geschätzt, manche halten sie für einen Engel. Ich will Euch nicht verschweigen, dass ich schon seit langem den Verdacht hege, dass ihre Makellosigkeit Fassade und ihre Bescheidenheit vorgetäuscht ist.»

«Oh, das ist ganz typisch für die Hautvilles, Sire. Ich kenne diese Sippe. Sie waren schon immer ausgezeichnete Betrüger. Alle. Sie rühmen sich, ihr Leben an hohen Idealen und noblen Prinzipien auszurichten, doch in Wahrheit …», Walter von Palearia senkte die Stimme, «… sind sie sittenlos und verdorben. Die normannischen Könige wurden die ‹getauften Sultane› genannt. Eine treffende Bezeichnung.

Sie sind falsch und korrupt wie die Heiden, die sie so schätzen und beschützen. Wie wahrscheinlich ist es wohl, dass die Umgebung, in der Konstanze sechzehn Jahre lang aufgewachsen ist, nicht auf sie abgefärbt hat? Hat man Euch je von ihrem Stiefbruder Roger und seinen krankhaften Nachstellungen erzählt? Oder von ihren unzähligen Verehrern? Der ganze normannische Hof war hinter der schönen Prinzessin her, und ich glaube kaum, dass sich all die feurigen jungen Männer mit stiller Bewunderung begnügt haben. Ich weiß, dass einige von ihnen ihr auf Sizilien die Aufwartung gemacht haben und sie nach wie vor anbeten. Habt Ihr Euch nie gefragt, Majestät, warum die Kaiserin erst so spät zu Euch zurückkehren wollte? Ist es nicht merkwürdig, dass sich eine Gefangene so verhält?»

Walter von Palearia bemerkte, wie sich der Blick des Königs verfinsterte, je länger er ihm Fragen stellte, Zweifel säte und Anschuldigungen machte.

Heinrich griff nach dem Brief aus Deutschland und reichte ihn Walter. «Was würdet Ihr sagen, wenn ich Euch verriete, dass die Kaiserin mir in diesem Brief den langersehnten Thronerben ankündigt?»

Diese Mitteilung traf den sonst unerschütterlichen Walter von Palearia so unerwartet, dass er beinahe die Fassung verlor. Darauf war er nicht vorbereitet, denn in dieser Hinsicht hatte er sich schon seit einiger Zeit keine Sorgen mehr gemacht. Er musste sich schnell etwas einfallen lassen: Der Kaiser beobachtete ihn, und es war ihm sicher nicht entgangen, wie überrascht er war.

«Ich fürchte, ich habe Euch schockiert, Walter von Palearia», spottete Heinrich. «Ihr schwankt, denkt an die Nachteile, die sich daraus für die Kirche und für Eure eigene Position ergeben. Sicher wird der Papst Euch für die Unfähigkeit Eurer Spione an meinem Hof rügen. Liege ich da richtig?»

Sich verstellen. Das oberste Gebot für einen guten Diplomaten. Die Provokation des Kaisers ignorieren.

«Erlaubt, wenn ich Euch widerspreche», antwortete er freundlich. «Ich frage mich, warum ihr diese Neuigkeit als ‹erschütternd› bezeichnet habt. Ich hatte den Eindruck, Ihr wäret gekränkt. Die Ankündigung, Vater zu werden, sollte Euch doch mit Stolz erfüllen! Aber wenn ich länger darüber nachdenke, so muss ich Euch recht geben. Wie schnell Euer Verstand arbeitet, und wie klug Ihr seid! Ihr wisst, wie heimtückisch Eure Gemahlin ist, und erkennt den Betrug sofort. Sie will Euch glauben machen, dass sie in ihrem Alter noch gebärfähig ist. Sie glaubt, sich über Euch lustig machen zu können. Das ist ein schweres Vergehen, das ist Majestätsbeleidigung. Ein derartiger Affront kann nicht ungestraft bleiben.»

Wieder einmal war Heinrich beeindruckt, wie scharfsinnig der andere seine Gedanken las.

«Ihr seid also ganz meiner Meinung. Was ratet Ihr mir? Soll ich die Schande dieser falschen Schwangerschaft in aller Welt verbreiten? Soll ich sie und alle, die ihr bei dem Betrug zur Seite standen, des Verrats bezichtigen?»

«Dafür ist es zu früh. Vergesst nicht, dass die Hautvilles ausgezeichnet zu lügen verstehen. Konstanze wird sich in ganz Europa als Opfer darstellen, und wenn Ihr keine eindeutigen Beweise gegen sie habt, wird man ihr glauben. Bedauerlicherweise seid Ihr nicht vor Ort, um Euch solche zu beschaffen.»

«Was schlagt Ihr vor?»

«Ich danke Euch für Euer Vertrauen, Majestät. Meiner Ansicht nach solltet Ihr der Kaiserin mitteilen, dass Ihr an die Schwangerschaft erst glaubt, wenn Ihr selbst Eure Hand auf ihren Bauch gelegt und das Kind in ihr gespürt habt. Und vor allem erst, wenn Ihr mit eigenen Augen seine Geburt bezeugen könnt. Erst dann werdet Ihr das Kind anerkennen. Befehlt Konstanze, sofort abzureisen und vor der Niederkunft zu Euch zu kommen. Darauf wird sie niemals eingehen. Mit Hilfe der falschen Ärzte wird sie tausend Ausreden finden, um Euch nicht Folge zu leisten. Sie wird klagen, ihr sei absolute Ruhe verordnet worden, sie wird behaupten, eine solche Reise sei ihr nicht zuzumuten, weil sie das Leben des Kindes gefährde. Die Ärzte werden ein Übriges tun. Mit allen Mitteln werden sie auf Euch einreden und Euch ein schlechtes Gewissen machen. Ihr müsst hart bleiben, Ihr dürft Euch nicht von ihren Argumenten erweichen lassen. Denkt immer daran, dass es kein Kind gibt, das geschützt werden müsste, sondern nur einen teuflischen Plan, den Konstanze ausgeheckt und den ihr der Teufel eingegeben hat. Ihr müsst das vereiteln.»

Aufmerksam hörte sich Heinrich Walters Ausführungen an.

«Interessant», sagte er schließlich. «Das wird nicht

leicht sein, vor allem, da ich derzeit noch ganz andere Sorgen habe.»

«Wenn Ihr denkt, ich könnte Euch mit meinen bescheidenen Mitteln irgendwie behilflich sein», versicherte ihm der andere, «würde es mich ehren, Euch bei diesem schwierigen Unterfangen zur Seite zu stehen. Ich könnte mich um den Briefwechsel mit der Kaiserin kümmern und Euch von dieser unangenehmen Aufgabe befreien. Seid gewiss, Sire, dass ich mich nicht erpressen lasse. Gemeinsam werden wir die Kaiserin entlarven und sie vor aller Welt bloßstellen.»

Heinrich legte für einen Moment seine kühle und reservierte Art ab, um den Legaten begeistert zu umarmen. «Ich danke Euch, Walter. Euer Rat ist hervorragend. Genau so werde ich es machen. Befehlt der Kaiserin, unverzüglich nach Sizilien aufzubrechen! Wie der heilige Thomas werde ich erst dann glauben, wenn ich mit meinen Händen ihren Bauch berühre und mit eigenen Augen das Kind aus ihrem Schoß kommen sehe.»

Walter von Palearia hielt sich nicht lange mit der Freude über seinen Erfolg auf. Er nahm Papier und Feder, schrieb dem Papst die große Neuigkeit und schlug ihm eine Strategie vor, Konstanzes Manöver zu stoppen: Die Kirche musste sie vor den Augen der Welt diskreditieren, sie beschuldigen, einen Bastard unbekannter Herkunft auf den Thron setzen zu wollen. Zweifel säen, Argwohn wecken, Schlussfolgerungen nahelegen: Ein Sohn, der von der Öffentlichkeit nicht anerkannt wurde, würde keinerlei Bedrohung darstellen.

Er seinerseits würde nicht von der Seite des Kaisers weichen, sondern weiter Öl ins Feuer gießen und Tag für Tag Heinrichs Hass und Misstrauen gegenüber seiner Frau nähren.

Am Ende würde Konstanze von Hautville den Kampf verlieren.

Anselm von Uppsala erhob sich seufzend aus seinem Sessel. Er wagte es kaum, seine Kollegen anzusehen, die sich mit vorwurfsvoller Miene im Kreis um ihn versammelt hatten. Ihrer Ansicht nach hatte er nicht vehement genug versucht, den Kaiser von seinem Vorhaben abzubringen, und sie alle in Lebensgefahr gebracht. Er war sich keiner Schuld bewusst.

Euren Wunsch, bei der Geburt Eures Kindes dabei zu sein, verstehen wir vollkommen, Majestät, hatte er geschrieben. *Aber es scheint uns riskant, der Herrscherin eine anstrengende und beschwerliche Überquerung der Alpen abzuverlangen, zumal in einer Jahreszeit, in der das nicht einmal eine Armee wagen würde. Der gesundheitliche Zustand der Kaiserin ist in den letzten Wochen noch bedenklicher geworden, unter anderem, da das Kind sehr schnell wächst. Wenn sie nach Sizilien reisen sollte, würde dies mit Sicherheit eine ohnehin schon drohende Frühgeburt auslösen. Welcher Vater würde dies von Frau und Kind verlangen?*

Er war sogar sehr deutlich geworden und hatte sich in ernste Gefahr gebracht, wie ihm die Antwort des Kaisers, die Anselm der Kaiserin vorlesen sollte, deutlich gezeigt hatte.

Wenn Euch Euer Leben lieb ist, stellt unsere Befehle in Zukunft besser nicht in Frage. Die Kaiserin wird mit kleinem Gefolge, dem auch Ihr angehören werdet, Deutschland unverzüglich verlassen und nach Süditalien aufbrechen. Jede weitere Verzögerung wird für das Kollegium und die Kaiserin eine Anklage wegen Majestätsbeleidigung nach sich ziehen.

Konstanze hatte lange nachgedacht und eine Entscheidung getroffen, noch bevor Anselm von Uppsala sie aufsuchte. Wenn sie sicher sein wollte, dass Konstantins Ansprüche von der Welt anerkannt wurden, musste Heinrich ihn als seinen legitimen Sohn annehmen. Es blieb ihr gar nichts anderes übrig, als seinen Befehlen Folge zu leisten. Sie durfte es nicht länger aufschieben. Deutlich spürte sie die Gefahr einer Frühgeburt: Der kleine Konstantin wuchs schnell, er wurde immer kräftiger und trat sie oft. Was, wenn er zur Welt kam, bevor sie in Sizilien eintraf? Sie brach besser unverzüglich auf, trotz der Kälte, trotz der Gefahren, trotz der beschwerlichen Reise. Dagegen konnte sie sich wappnen. Gegen Verleumdung nicht.

Sie rief Anselm von Uppsala zu sich, der noch besorgter wirkte als sonst.

«Ich habe nachgedacht, Anselm», kam sie ihm zuvor, «und beschlossen, dass wir im Interesse des Kindes Seiner Majestät den verlangten Beweis liefern müssen. Mein Sohn wird in Sizilien zur Welt kommen, vor den Augen seines Vaters. Ich habe keine Angst. Ich habe die Wahrheit gesagt und vertraue auf Gottes Hilfe. Es tut mir nur leid, Euch ein so großes Opfer aufzuerlegen.»

«Mein Risiko ist nicht so groß wie das Eure», erwiderte der Arzt und verneigte sich.

«Ich danke Euch. Stellt unverzüglich mein Gefolge zusammen. Wir müssen uns beeilen, wenn unsere Mühe nicht umsonst sein soll.»

«Ganz wie Ihr befehlt.» Anselm von Uppsala sah betreten zu Boden und kaute an seinem langen Schnurrbart. «Majestät, der Brief enthielt noch eine weitere Nachricht für Euch. Unerwartet ist etwas eingetreten, was sehr schmerzlich für Euch sein wird.»

«Sprecht, Anselm», forderte sie ihn auf, während ihr das Herz bis zum Hals schlug.

«Euer Neffe Tankred ist krank geworden. Heftige Magenschmerzen und sehr hohes Fieber, das die Ärzte nicht heilen konnten.»

«Ihr irrt Euch», erwiderte Konstanze erleichtert. «Mein Neffe erfreut sich bester Gesundheit. Ihr sprecht von seinem Ältesten, leider. Ich wurde schon von seinem frühen Tod unterrichtet.»

«Ich bedaure, aber ich meine tatsächlich Tankred. Er ist tot. Verzeiht, Herrin, dass ich Euch so großen Schmerz zufügen muss.»

Anselm von Uppsala schwieg erschrocken, als er sah, wie blass die Kaiserin wurde. Er verneigte sich und zog sich zurück. Er konnte nichts tun, um sie zu trösten.

Konstanze legte sich auf ihr Bett. Sie dachte an den pausbäckigen kleinen Guglielmo und seine blauen Augen. Sie sah ihn auf seinen stämmigen Beinchen laufen, hörte, wie er lachte, wenn sie miteinander spielten.

Lange weinte sie. Was würde aus ihm und seinen Schwestern werden, wenn ihr mutiger Vater sie nicht mehr schützen konnte?

Zehn

Heinrich rollte das Pergament in seinen Händen zusammen und bedeutete Walter von Palearia, vor ihm Platz zu nehmen.

Der Kaiser war nicht allein. Hinter ihm stand ein Ritter, dessen Haut gelb war und der mit finsterer Miene und sturem Blick ins Leere starrte. Walter musterte ihn prüfend von oben bis unten, ohne sein Missfallen zu verbergen.

«Kennt Ihr Markwald von Anweiler schon?», fragte ihn Heinrich. «Er führt meine Söldnertruppen an.»

«Wir sind uns noch nie begegnet», erwiderte Walter, «aber wie ich höre, geht er mit seiner Truppe recht grausam vor.»

«Seine Grausamkeiten haben uns zum Sieg verholfen», erwiderte Heinrich.

«Unser Erfolg ist auf Tankreds Tod zurückzuführen, Majestät. Euer Heerführer hat uns nichts als Unannehmlichkeiten bereitet. Mein Schreibtisch ist voller Berichte, die alle den gleichen Inhalt haben. Anweiler hat ganze Dörfer dem Erdboden gleichgemacht, er hat geplündert, Frauen vergewaltigt und die Einwohner niedergemetzelt. So viel unnötige Barbarei wird auch dem Heiligen Vater zu Ohren kommen. Und mit dem sollte man sich besser nicht anlegen.»

«Ihr überbewertet das, Walter. Warum über Methoden streiten, wenn die Ergebnisse hervorragend sind? Ich habe ihn zu unserem Treffen gebeten, weil ich hoffe, dass uns Eure List und seine Stärke gemeinsam ans Ziel bringen.»

«Stärke würde genügen, Majestät», warf Markwald von Anweiler in schlechtem Italienisch ein. «Wenn Ihr meine Vorgehensweise nicht in Frage stellt, befreie ich das Reich in wenigen Wochen von den Rebellen.»

Walter konnte sich ein frostiges Lächeln nicht verkneifen. «Wenige Wochen? Das ist ziemlich lange. Das Problem sollte besser innerhalb weniger Stunden gelöst werden.»

«Stunden, Kanzler?», grinste der Hauptmann. «Wunderbar. Und wie lautet Euer Plan?»

«Er steht in dem Brief in Euren Händen, Majestät.»

«Lächerlich», meinte Anweiler. «Ich habe ihn gelesen und nichts entdeckt, was einem Plan ähnelt.»

«In Anbetracht Eures begrenzten Verstandes hätte mich das auch gewundert.»

Der Kaiser hob die Hand, um den Streit zu beenden. «Es missfällt mir, dass sich zwei zuverlässige Männer meines Stabs miteinander streiten. Deswegen sind wir nicht hier. Andererseits, Kanzler, muss ich Euch sagen, dass auch ich ratlos bin. Bevor ich Eurem Plan zustimme, müsst Ihr ihn mir näher erklären.»

«Dazu bin ich gerne bereit, Majestät», antwortete Walter von Palearia.

«Wir haben uns darauf geeinigt, mit eiserner Faust gegen die Rebellen vorzugehen. Ich habe Euch erklärt, dass Verhandlungen über eine Kapitulation nicht in Frage kommen. Aber hier lese ich …» Heinrich entrollte das Pergament, um im Wortlaut zu zitieren, «wir sollen ‹*Weihnachten in der Kathedrale von Palermo zusammenkommen, um gemeinsam die große Versöhnung zu feiern*›. Und weiter: ‹*Vergeltungsschläge sind nicht zu befürchten, wenn die Mächtigen des Reichs die Waffen niederlegen und die Autorität der rechtmäßigen Herrscherin anerkennen.*› Ihr irrt Euch. Dies entspricht ganz und gar nicht meinen Absichten.»

«Meinen ebenso wenig, Majestät. Aber die Politik ist leider oft ein falsches Spiel.»

«Es geht nicht um Politik, sondern darum, die Aufständischen und ihre Familien loszuwerden», mischte sich Markwald von Anweiler ein, was ihm einen weiteren geringschätzigen Blick des Kanzlers einbrachte.

«Das wäre in der Tat die beste Lösung, Walter», bestätigte der Kaiser. «Unsere tapfersten Kämpfer erhalten ihre Lehen als Lohn, angefangen bei Hauptmann von Anweiler. Auf diese Weise können wir das Reich vollständig unterwerfen und haben Kontrolle über das gesamte Gebiet. Sosehr ich Euren Scharfsinn schätze, ich verstehe einfach nicht, wie Ihr dies innerhalb kürzester Zeit erreichen wollt.»

«Innerhalb weniger Stunden», bestätigte Walter von Palearia geheimnisvoll. «Heucheln. Täuschen. Nachsichtig sein. Die Hand reichen. Versprechungen machen, damit der Gegner Vertrauen gewinnt. Wenn uns das gelingt, werden alle Adligen unsere Einladung annehmen. Es wird ein Kinderspiel sein, die Falle zuschnappen zu lassen. Ihr werdet nicht einmal mehr meinen Rat brauchen. Euer Heerführer wird die Drecksarbeit allein erledigen können.»

«Erklärt das genauer, Walter.»

Der Kanzler lehnte sich zum Herrscher vor und senkte die Stimme.

«Wenn die Adligen des Königreichs den Köder schlucken, werden Weihnachten alle in der Kathedrale sein.»

«Und dann?»

«Sie werden dasitzen wie Lämmer auf dem Weg zur Schlachtbank. Versteht Ihr jetzt, Sire?»

Als Walter Heinrichs leeren Blick sah, wurde er ungeduldig. «Es ist so einfach. Man muss nur die Ausgänge verschließen …»

«Jetzt hab ich's!», rief der Kaiser begeistert und schnippte mit den Fingern. «Wir verrammeln die Türen, damit keiner fliehen kann. Wenn das erledigt ist, taucht Anweiler mit seinen Söldnern auf und bringt alle um, und zwar tatsächlich innerhalb weniger Stunden. Stimmt's?»

«Das habe ich nicht gesagt», entgegnete Walter kühl und stand auf, als wollte er damit nichts zu tun haben. «Es geht mich nichts an, was in der Kathedrale passieren wird. Meine Aufgabe ist es, die Adligen davon zu überzeugen, der Einladung zu folgen, indem ich ihnen Vergebung und neue Lehen verspreche. Was danach geschieht, ist allein Anweilers Sache.»

«Und wie wird die offizielle Version lauten, die das Ganze rechtfertigt?»

Walter seufzte. «Eine Verschwörung gegen den Kaiser natürlich. Ausgerechnet zum Fest der Liebe, angezettelt von genau denen, die vorgaben, das Friedensangebot anzunehmen, um möglichst leichtes Spiel zu haben. Gerade noch vereitelt, bevor sie zur Tat schreiten konnten. Und nun ziehe ich mich mit Eurer Erlaubnis zurück, um zu arbeiten. Es gibt da eine Handvoll Edelmänner, angeführt von Vater und Sohn d'Aiello, die geschworen haben, sich niemals zu ergeben. Davon werden sie nicht so leicht abrücken. Zu ihnen gehört auch Tankreds Schwiegervater, Tommaso d'Acerra.»

«Ich will Roger d'Aiello, um jeden Preis. Er ist der Erste auf meiner Liste. Dann die Gemahlin des Usurpators, Sibilla d'Acerra, und ihren einzigen noch lebenden Sohn Guglielmo.»

«Vielleicht kann ich Sibilla überzeugen zu kommen. Bei Roger d'Aiello mache ich mir kaum Hoffnungen. Er würde sich nie bestechen lassen.»

«Dann übernimmt ihn Anweiler.»

«Noch nicht. Der Graf ist schlau. Er würde das Täuschungsmanöver wittern, die anderen warnen und unseren Plan gefährden. Um ihn kümmern wir uns später.»

Damit und mit einer knappen Verneigung vor dem Kaiser verabschiedete sich der Kanzler, ohne Markwald von Anweiler auch nur eines Blickes zu würdigen.

Am Weihnachtstag zog der Kaiser in die Kathedrale von Palermo ein, die für das Hochamt prunkvoll geschmückt und voller Menschen war. Wie der Kanzler vermutete, hatten die Adligen ihm Glauben geschenkt und waren fast ausnahmslos erschienen. Jetzt drängten sie sich an den Seiten des Mittelschiffs, um dem Kaiser Ehre zu erweisen. Sie ahnten nichts von der Gefahr, in der sie sich befanden.

Heinrich sah sich zufrieden um. Der Verlauf der Ereignisse gefiel ihm sehr.

Konstanze hatte auf ihrem Weg in den Süden die Marken bei Ancona erreicht. Die Reise war anstrengend, und sie fühlte sich sehr schwach. Die Wehen waren immer stärker geworden, und die Ärzte befürchteten das Schlimmste: dass eine Frühgeburt in den kommenden Stunden unmittelbar bevorstand, wenn sie nicht sofort die Reise unterbrächen und sie sich längere Zeit ausruhte. Sie entsandten erneut einen Boten zum Kaiser.

Heinrich gab seiner Frau die Erlaubnis, in Spoleto haltzumachen. Der Herzog von Spoleto, Konrad von Urslingen, der dem Kaiser treu ergeben war, würde sie mit allen Ehren empfangen. Er wäre auch befugt, der Geburt beizuwohnen und sie zu bezeugen, sollte das Kind, wie die Ärzte befürchteten, zur Welt kommen, bevor sie Sizilien erreichten.

«Ich versichere Euch, dass ich den Worten meines Vertrauten Glauben schenken werde», schrieb Heinrich. «Wenn Konrad mir bestätigt, dass das Kind von der Kaiserin geboren wurde, hege ich keinerlei Zweifel an der rechtmäßigen Geburt und werde es als Erben anerkennen. Sollte sich Konstanze jedoch trotz meines großzügigen Entgegenkommens beschweren und behaupten, sie könne auch Spoleto unmöglich erreichen, sehe ich darin den unwiderruflichen Beweis, dass sie lügt, und zwar mit dem Einverständnis der Ärzte.»

Am liebsten hätte Konstanze die Anweisungen des Kaisers ganz genau befolgt. Doch ausgerechnet am Weihnachtstag, weit vor ihrem Ziel, wurden die Wehen wieder stärker, trotz der Arzneien, die man ihr verabreichte.

Anselm von Uppsala sah die Kaiserin prüfend an. Sie lag mit geschlossenen Augen in der Sänfte, ihr Gesicht war blass und eingefallen, und sie hatte dunkle Augenringe. Ihr Atem ging schwer.

Ihm wurde klar, dass eintreten würde, was sie alle befürchtet hatten: Das Kind würde während der Reise zur Welt kommen, ohne einen Zeugen, dem der Kaiser vertraute. Niemand würde bestätigen können, dass bei der Geburt alles mit rechten Dingen zugegangen war.

Wie sollte er Konstanze sagen, dass sie den Kampf verlieren würde und er ihr nicht helfen konnte?

Als hätte sie seine Gedanken gelesen, öffnete sie die Augen und sah ihn an.

«Ich weiß, was Ihr mir raten wollt, Anselm, aber das ist unmöglich. Wir müssen Spoleto erreichen. Ich habe keine andere Wahl.»

Der Arzt trocknete ihr mit einem Leintuch die Stirn, auf der sich trotz der eisigen Kälte Schweiß bildete.

«Majestät», sagte er mit belegter Stimme, «ich gäbe ohne zu zögern mein Leben, um Euch zu helfen. Aber gegen die Natur kann ich nichts ausrichten. Wir werden Spoleto nicht erreichen. Lasst uns die Reise abbrechen und ein Lager aufschlagen. Es ist bereits dunkel und viel zu gefährlich weiterzuziehen. Für Euer Leben und für das des Kindes.»

«Ich schaffe es, noch ein bisschen auszuhalten. Ich kann nicht auf freiem Feld gebären. Das wisst Ihr doch, teurer Freund.»

«Majestät, Ihr müsst an das Wohl des Kindes denken, wenn es überleben soll.»

Konstanze ließ den Kopf zur Seite sinken. Für eine Weile schwieg sie, während ihre Brust von Schluchzern geschüttelt wurde.

«Bringt mich wenigstens zur nächsten bewohnten Ortschaft», flehte sie, «auch wenn es nur ein kleines Dorf ist.»

«Laut Karte ist es noch ein ganzes Stück entfernt. Beim Licht der Fackeln könnte das zu lange dauern. Sollten die Ereignisse sich überstürzen, riskieren wir, unvorbereitet zu sein.»

«Ich vertraue auf Gottes Beistand. Er wird mich nicht im Stich lassen, nachdem er mir ein Kind geschenkt hat.»

Der Tross reiste die ganze Nacht weiter. Im Morgengrauen kam ein kleiner Weiler in Sicht, der eng an einen Berghang geschmiegt Schutz vor dem kalten Nordwind suchte. Sofort wollte Anselm von Uppsala einen Boten losschicken, der eine angemessene Unterkunft für die Kaiserin finden sollte.

Konstanze hielt ihn auf. In den letzten Stunden hatte sie sich zu einer Entscheidung durchgerungen, die zweifelsohne auf Widerstand stoßen würde. Aber alles, woran sie denken konnte, war Konstantins Wohlergehen.

«Ich brauche keine Unterkunft. Lasst ein großes Zelt auf dem Dorfplatz errichten. Wie heißt der Ort?»

«Jesi, Majestät, in der Provinz Ancona.»

«Jesi», wiederholte Konstanze. «Ein wunderschöner Name. Mein Sohn wird nicht vergessen, wo er das Licht ...»

Sie unterbrach sich, hielt sich mit beiden Händen den Bauch und stöhnte laut auf.

Anselm von Uppsala entnahm seinem Beutel ein kleines Fläschchen mit einer dunklen Flüssigkeit.

«Trinkt dies. Es wird den Schmerz lindern.»

«Wird es auch meinen Verstand betäuben?», fragte Konstanze.

«Ja, Majestät, das lässt sich nicht vermeiden.»

«Dann will ich es nicht nehmen. Und ich befehle Euch, mir auch während der Wehen keine solchen Mittel zu verabreichen, so laut ich auch stöhne.»

«Ihr werdet große Schmerzen haben. Diese Arznei würde sie lindern. Warum lehnt Ihr sie ab?»

«Ich muss für meinen Sohn sorgen, Anselm. Ich muss bei Bewusstsein bleiben. Und nun bitte ich Euch: Lasst ein großes Zelt auf dem Dorfplatz errichten. Dort werde ich das Kind bekommen.»

Anselm von Uppsala fuhr mit einem solchen Ruck auf, dass sein Bart wackelte.

«Ein Zelt? Auf dem Dorfplatz? Das ... das ist unmöglich!», rief er aus.

Konstanze tat, als habe sie das überhört.

«Ich bitte Euch außerdem, Herolde durch das Dorf zu schicken. Die Einwohner sollen erfahren, was geschehen wird. Lasst ausrufen, die Kaiserin sei auf dem Weg nach Sizilien von den Wehen überrascht worden und habe beschlossen, ihr Kind in Jesi zur Welt zu bringen. Sagt ihnen, dass ich allein komme und meine Familie nicht bei mir ist. Ich bitte deshalb alle Frauen, mir während der Geburt beizustehen. Was zieht Ihr für ein Gesicht, mein Freund?»

«Majestät, ich glaube nicht, dass der Kaiser das billigen würde. Ihr seid die Kaiserin. Ihr könnt Eure Leiden nicht dem Volk vorführen, Euch nicht in dem dafür notwendigen Aufzug zeigen. Ihr habt keinerlei Vorstellung, in welchen Zustand Frauen bei der Geburt geraten.» Anselm von Uppsala schüttelte entschieden den Kopf, während er das sagte.

«Alle Frauen des Dorfes werden sehen, dass das Kind aus dem Schoß der Mutter kommt und dass sie unter den gleichen Schmerzen gebärt wie eine von ihnen», beharrte Konstanze. «Während der Wehen als auch bei der Geburt müssen mehrere Zeugen im Zelt sein, damit niemand mehr an der Legitimität des Kindes zweifeln kann. Meiner Würde wird das nicht schaden. Tut, was ich Euch befehle, Anselm von Uppsala.»

Beim Ruf der Herolde öffneten sich Türen und Fenster, und die Gassen des kleinen Ortes füllten sich mit Menschen. Die Frauen, die schwere, wollene Gewänder trugen, standen in kleinen Grüppchen zusammen und berieten sich: War Kaiserin Konstanze tatsächlich da? Sie konnten es kaum glauben. Sie trauten sich nicht weit von den Türen ihrer Häuser weg, die murrenden Stimmen der Männer beunruhigten sie, und sie vermuteten eine Arglist. Sogar die Couragiertesten unter ihnen zögerten: War es möglich, dass eine Kaiserin einfache Bäuerinnen an ihre Seite bat? Die Herolde riefen es immer wieder aus: Auf dem Dorfplatz von Jesi warte Kaiserin Konstanze in einem Zelt darauf, den Thronerben des Heiligen Römischen Reiches zur Welt zu bringen. Ihre Majestät bitte alle Frauen des Dorfes, sich einzufinden, um ihr beizustehen und Mut zu machen.

Einige der Frauen wagten sich zum Dorfplatz vor, wo tatsächlich ein Zelt stand, und traten zögernd näher. Eine Dienerin machte ihnen ein Zeichen, ruhig hereinzukommen.

So kamen schließlich ungefähr zwanzig Frauen zu Konstanze, die auf einem einfachen Lager ruhte. Sie trug nichts als ein schlichtes, weißes Hemd, unter dem ihr großer, runder Bauch deutlich zu sehen war. Sie war sehr blass. Lächelnd forderte sie die Frauen auf näher zu treten. Diese zögerten noch immer und knieten in einiger Entfernung nieder.

«Bitte, kommt näher, habt keine Angst», bat sie. «Ich danke euch, dass ihr gekommen seid. Hat eine von euch schon Kinder?»

«Ich habe acht, Majestät.»

«Acht. Dann bist du eine glückliche Frau. Und sehr erfahren. Komm her.» Konstanze nahm die raue, von harter Arbeit gezeichnete Hand der Frau in ihre eigene, um ihr die Scheu zu nehmen, dann legte sie sie auf ihren Bauch.

«Spürst du etwas?»

«Das Kind bewegt sich, Majestät. Es ist kräftig.

Ich weiß nicht, ob es ein Junge ist. Von der Form her würde ich sagen, es ist ein Mädchen.»

«Aber nein», widersprach eine andere energisch. «Glaubt mir, Majestät. Ich habe zwar nur vier Kinder, aber ich weiß es besser als sie. Ich bin die Jüngste von fünf Schwestern und habe allen beigestanden. Lasst mich mal sehen. Was für ein Brocken! Das wird nicht leicht, Majestät. Aber es ist ein Junge. Da bin ich sicher.»

«Ihr anderen, kommt auch her. Keine Angst, fasst mich ruhig an, fühlt meinen Bauch. Das beruhigt mich.»

Inzwischen hatte sich eine noch größere Gruppe von Frauen vor dem Zelt versammelt. Aufgeregt und neugierig standen sie vor dem Eingang und versuchten zu erkennen, was im Zelt vor sich ging. Kurze Zeit später war der Dorfplatz voller Menschen, die rücksichtsvoll und ehrerbietig Ruhe bewahrten. Was aus dem Zelt nach draußen sickerte, war besorgniserregend. Einige der Frauen hatten Tränen in den Augen, andere schüttelten den Kopf, und alle flüsterten, um nicht zu stören.

«Ich werde Assunta holen, die weiß mehr als die ganzen Quacksalber zusammen. Die Arme, das wird eine schwere Geburt. Hoffentlich geht es gut!»

Die Frauen von Jesi wurden nacheinander ins Zelt gelassen. Jede von ihnen durfte bleiben, so lange sie wollte, ihr während der nicht enden wollenden schmerzhaften Wehen beistehen und den Bauch streicheln. Einige versuchten, sich nützlich zu machen, andere gingen besorgt wieder hinaus.

Konstanze gab ihr Bestes, lächelte, dankte ihnen, riss sich zusammen. Sie zwang sich, gegen die Erschöpfung und die Verzweiflung anzukämpfen. Sie betete zu Gott, dass es nicht mehr lange dauern würde.

Doch es gab eine neue Schwierigkeit: Der Muttermund wollte sich nicht weiter öffnen, was eine ernste Gefahr für Mutter und Kind bedeutete.

Emsig berieten sich die Ärzte, und obwohl sie flüsterten, war zu vernehmen, wie besorgt sie waren. Selbst die alte Assunta erschrak. Die Hebamme von Jesi war ans Lager der Kaiserin geeilt, nachdem sie der Frau des Metzgers bei der Geburt ihres Sohnes beigestanden hatte.

Im Zelt angekommen, erkannte sie mit einem Blick, dass Konstanze am Ende ihrer Kräfte war. Sie hatte sich neben sie gekniet, ihre Hand genommen und mit ihrer tiefen Stimme beruhigend auf sie eingeredet, während sie ihr den Schweiß abtupfte.

«Man kann schon den Kopf des Kindes sehen, Majestät. Er ist ganz kahl. Nur Mut!» Sie wusste, wie sehr diese Worte die Mütter anspornten und dass sie ungeahnte Kräfte freisetzten. «Gleich ist es geschafft. Gut so! Noch ein klein bisschen pressen, dann ist der kleine Kahlkopf draußen. Los, Majestät, pressen! Gleich ist es so weit.»

Konstanze hielt Assuntas Hand fest umklammert, als sauge sie daraus Kraft. Die Prozession der Frauen, die in Zehnergruppen ins Zelt kamen und sich abwechselten, war nicht einen Augenblick abgerissen, auch nicht, als die Anspannung wuchs. Es kamen sogar immer mehr, und jede von ihnen wollte im entscheidenden Moment dabei sein. Konstanze, deren Stimme kaum noch zu hören war, wiederholte immer wieder: «Kommt her. Berührt meinen Bauch. Seht euch den Kopf des Kindes zwischen meinen Beinen an.»

Mit einem Mal nickte Anselm von Uppsala entschieden.

«Einverstanden», flüsterte er einem Kollegen zu. «Lassen wir es auf einen Versuch ankommen.»

Der kräftigste von ihnen stemmte seinen Unterarm auf Konstanzes Brustbein und drückte genau auf die Stelle, wo sich die Umrisse des Kindes abzeichneten. Er wiederholte sein brutales Vorgehen noch zwei weitere Male, wobei er sich zwang, nicht auf die erstickten Wehlaute der Kaiserin zu achten.

Beim dritten Mal hatte Konstanze das Gefühl zu zerreißen, als würde sie von innen mit einem scharfen Messer zerschnitten. Sie hielt es nicht mehr aus und schrie lange und durchdringend.

Dann wurde es still im Zelt. Einen endlos langen Augenblick dachte sie, die Welt wäre stehengeblieben und ihr Herz würde aufhören zu schlagen. Bis der laute, schrille Schrei eines Neugeborenen die Stille durchriss.

«Es ist ein Junge, Majestät», rief die Hebamme, die den Ärzten zuvorkam. «Gesund und kräftig. Hört nur, wie er schreit!»

Konstantin war geboren.

Zum ersten Mal hörte sie seine Stimme. Plötzlich waren Schmerz, Erschöpfung und Angst vergessen. Sie wollte ihn sehen, ihn in ihren Armen halten. Die Erste sein, die ihn wärmte und tröstete.

«Gebt mir meinen Sohn», befahl sie mit schwacher Stimme, «wascht ihn nicht, wickelt ihn nicht in Tücher. Ich werde das tun.»

Sie wurde von einem Ansturm von Gefühlen überwältigt, als sie Konstantin an sich drückte, sie konnte nichts sagen, so sehr weinte sie vor Glück. Sie küsste seinen Kopf, seine Wangen, den winzigen Mund. Er sollte spüren, wie sehr sie ihn liebte.

Dann zeigte sie ihn den vielen Frauen, die ebenfalls ganz aufgewühlt und sprachlos waren.

«Dies ist der Sohn von Konstanze von Hautville, Erbe des Normannenthrons», verkündete sie. «Ihr alle habt gesehen, wie ich ihn zur Welt gebracht habe. Ich danke Gott und Euch für Euren Beistand.»

Wenige Stunden nach Konstantins Geburt war die Hebamme nach Hause gegangen. Sie wollte einen Kräutertee zubereiten, den sie allen Wöchnerinnen zur Stärkung verabreichte. Die Kaiserin konnte ihn besonders gut gebrauchen. Assunta, die die kräftigen Bäuerinnen des Dorfes gewohnt war, konnte sich nicht erklären, wie diese schmächtige, zarte und nicht mehr ganz junge Frau es geschafft hatte, ein so großes Kind zur Welt zu bringen.

Sie war schon wieder auf der Schwelle, als drei Gestalten in dunklen Umhängen und mit heruntergezogenen Kapuzen auf sie zutraten.

«Seid Ihr die Hebamme von Jesi?», fragten sie.

«Das bin ich», antwortete sie misstrauisch.

«Habt keine Angst. Wir wollen Euch nichts Böses. Im Gegenteil, wir könnten Euch nützlich sein.»

«Mein ganzes Leben habe ich keine Angst gehabt. Ich brauche von niemandem Hilfe. Ich komme ganz gut allein zurecht. Schönen Tag wünsche ich Euch», erwiderte sie und wollte gehen.

Die Männer umringten sie.

«Nicht so eilig, Alte», sagten sie, nun weniger freundlich. «Wir haben ein paar Fragen an dich. Heute Nacht wurde im Dorf ein Kind geboren. Stimmt das?»

Assunta, der diese Leute immer weniger gefielen, versuchte, ruhig zu bleiben und hielt es für das Beste, nur unbestimmt zu antworten, um herauszufinden, was sie wollten.

«Der Sohn des Metzgers ist geboren. Er heißt Antonio. Ein Prachtjunge.»

«Genau. Der Sohn des Metzgers. Sonst keiner. Das meinst du doch auch, oder?»

Assunta schwieg erstaunt und mit Argwohn. Wie konnte ihnen die Neuigkeit entgangen sein, die auch die abgelegensten Häuser rund um Jesi erreicht hatte?

«Denk gut nach», drängte einer der drei. «Außer dem Sohn des Metzgers ist heute kein Kind in diesem Dorf geboren worden. Nicht wahr? Wenn du das bestätigst, würdest du uns helfen, eine Bande von Übeltätern zu entlarven, die in ebendiesem Augenblick einen dreisten Betrug versucht.»

Der Mann hatte, während er sprach, seine Hand auf ihren Arm gelegt, beinahe freundschaftlich. Allerdings umfasste er ihr Handgelenk so fest, dass es weh tat.

«Diese Bauernfänger behaupten, letzte Nacht sei ein

weiteres Kind, noch ein Junge, zur Welt gekommen. Das ist eine Lüge», fuhr er fort und erläuterte ihr seine Version der Geschichte. «In Wahrheit haben diese geldgierigen Schwindler den kleinen Antonio entführt und wollen ihn als Sohn einer anderen ausgeben: einer reichen und mächtigen Frau, die keine Skrupel kennt. Eine gottlose Person, die schamlos lügt, um ihre Ziele zu erreichen. Du aber weißt, was wirklich passiert ist, du hast es mit eigenen Augen gesehen. Vor der ganzen Welt wirst du es bezeugen. Wenn du dich für die richtige Seite entscheidest, ist dein Glück gemacht.»

Als sie das hörte, wurde Assunta wütend. «Wenn Ihr auf den Dorfplatz von Jesi geht», erwiderte sie und machte energisch ihre Hand frei, «werdet Ihr ein großes Zelt sehen. Darin liegt eine Frau, die erst vor wenigen Stunden niedergekommen ist. Unter großen Mühen und Schmerzen. *Das* habe ich gesehen. Von was für einem Tausch faselt Ihr da? Wenn Ihr mir nicht glaubt, fragt die Frauen von Jesi. Sie waren da, zu Hunderten. Reicht Euch das als Beweis: die Aussage aller Frauen von Jesi?»

«Vielleicht hat sie sie bezahlt. Diese Betrügerin besticht alle. An Geld mangelt es ihr sicher nicht. Du wirst deine Hilfe nicht bereuen. Wir sind im Auftrag mächtiger Leute hier.»

Assunta war empört. Sie hätte diesen hässlichen Menschen gern ein paar Takte gesagt und sie davongejagt. Stattdessen merkte sie, wie sie anfing zu lachen. Sie lachte laut, ein befreiendes Lachen, sie konnte gar nicht mehr aufhören, als sie ihre erstaunten Gesichter sah.

«Das ist der größte Unsinn, den ich je gehört habe», brachte sie hervor, «das schlägt alles. Ein vertauschtes Neugeborenes! Die Kaiserin macht gemeinsame Sache mit allen Frauen von Jesi! Ha! Ich wüsste schon, was gewisse Leute verdient hätten.»

Kopfschüttelnd und ohne die Männer noch weiter zu beachten, ging sie davon. Aber sie unterschätzte den Vorfall keineswegs und beeilte sich, der Herrscherin davon zu erzählen.

Am nächsten Morgen zogen die Herolde erneut durchs Dorf und riefen die Einwohner auf dem Dorfplatz zusammen. Die Frauen waren allerdings ohnehin noch dort, da sie ganz darin aufgingen, der Königin weiterhin mit Rat und Tat zur Seite zu stehen. Nun folgten dem Aufruf auch die Männer, die ebenfalls darauf brannten, die Kaiserin von nahem zu sehen.

Konstanze ließ nicht lange auf sich warten. Sie trat vor das Zelt und zeigte sich der Menschenmenge auf dem Dorfplatz. Sie sah blass aus, hielt sich aber stolz und aufrecht. Um sie herum wurde es still. Alle knieten vor ihr nieder.

«Einwohner von Jesi, ich möchte euch danken, dass ihr mich in einem so schwierigen Moment so herzlich aufgenommen habt. Dank der Hilfe der Frauen, die nicht von meiner Seite gewichen sind, ist mein Sohn zur Welt gekommen und erfreut sich bester Gesundheit. Ich möchte euch meine Dankbarkeit beweisen, und so werdet ihr, die Einwohner dieses Dorfes, die Ersten sein, die die offizielle Bekanntschaft des zukünftigen Kaisers machen.»

Sie ließ sich den kleinen Konstantin bringen, nahm ihn auf den Arm und zeigte ihn der Menge. Das Kind schrie lauthals, es hatte offenbar Hunger.

«Ein gesunder Junge, mit großem Appetit. Seht, wie gierig er meine Milch trinkt.»

Ungeachtet der Kälte öffnete sie ihr Gewand, bot ihre pralle Brust den Blicken aller Anwesenden dar und nahm ihre Brustwarze zwischen die Finger. Ein Schwall weißlicher Flüssigkeit ergoss sich auf den Boden, wo sich ein großer, dunkler Fleck ausbreitete. Als sie sicher war, dass es alle gesehen hatten, gab sie ihrem Sohn die Brust, der gierig daran saugte.

Wenige Tage nach Konstantins Geburt erreichte Walter von Palearia im Palast von Palermo ein langer Brief, der ihn unbeschreiblich wütend machte. All seine Vermutungen hatten sich als falsch erwiesen: nicht nur, dass Konstanzes Schwangerschaft echt war; die erstaunlichen Umstände, unter denen sie ihren Sohn geboren hatte, vereitelten auch jeden Versuch, seine Rechtmäßigkeit anzuzweifeln. Die «normannische Hure», wie er sie insgeheim nannte, ein würdiges Exemplar ihrer charakterlosen Sippe, hatte allen ein Schnippchen geschlagen: dem Kaiser, der Kirche und vor allem ihm selbst. Er hatte sich einfach nicht vorstellen können, dass sie schamlos in aller Öffentlichkeit gebären würde, dass sie sich vor den Augen aller Frauen von Jesi nackt und schreiend in den Wehen wand. Und als wäre das nicht genug, hatte sie am Tag darauf ihren Busen vor dem gesamten Dorf, einschließlich der Männer, entblößt, um ihre Milch zu zeigen. War so viel Unverschämtheit überhaupt möglich?

Aber sie hatte gewonnen. Das war die bittere Wahrheit.

Er würde sich für ihre Überheblichkeit rächen. Als Erstes würde er ihr das Schlimmste zufügen, was einer Mutter geschehen konnte: er würde sie für immer von ihrem Kind trennen. Dann würde er dem Kaiser nahebringen, dass es das Klügste sei, das Kind sofort nach Deutschland zu bringen. Es sollte mit Härte und Disziplin erzogen werden, wie es sich für einen Herrscher gehört, weit weg vom schlechten Einfluss seiner Mutter, einer Hautville.

Konstanze hingegen wollte er nach Sizilien übersiedeln lassen, wo sie unter seiner Aufsicht stand. Er wollte weiterhin Öl ins Feuer gießen, was Heinrichs Eifersucht anging, betonen, wie gut die Verbindung zwischen der Königin und Roger d'Aiello sei, und Heinrich glauben lassen, sie betrüge ihn. Das sollte kein Hindernis sein. Er genoss mittlerweile das uneingeschränkte Vertrauen des Kaisers und besaß immense Macht: Früher oder später würde die Königin in seine Falle laufen und ins Verderben stürzen. Er wollte sie auf dem Schafott sehen, zum Tode verurteilt. Erst dann würde er Genugtuung empfinden.

Er machte sich umgehend ans Werk. Auf ihrer Reise in den Süden wollte Konstanze längere Zeit am Hof von Spoleto verweilen, um sich von der Geburt zu erholen und wieder zu Kräften zu kommen. Stattdessen würde sie eine böse Überraschung erleben.

Er trat an seinen Schreibtisch, tauchte die Gänsefeder in das Tintenfass und schrieb einen langen Brief an Konrad von Urslingen.

Mit allem Nachdruck berufen wir uns auf Eure Loyalität, schloss er den Brief in jenem hochtrabenden Stil, den er als neuer Kanzler so angemessen fand, *um sicherzugehen, dass unseren Anweisungen genauestens Folge geleistet wird. Insbesondere ermahnen wir Euch, die Herrscherin bis in die letzten Einzelheiten von den Ereignissen in Palermo zu unterrichten und sorgfältig auf die Wirkung Eurer Worte, auf jede ihrer Gesten oder Bemerkungen zu achten. Nicht das kleinste Detail darf Eurer Aufmerksamkeit entgehen. Haltet wie immer, wertester Konrad, für den Kaiser Augen und Ohren offen. Wir zählen darauf, dass die Treue, die Ihr bislang unter Beweis gestellt habt, weiterhin vor allen anderen dem Kaiser gilt.*

Er unterschrieb den Brief und fügte nicht ohne Eitelkeit seinen Titel hinzu: erster Kanzler der Krone. Er versiegelte sein Werk und sandte es mit dem schnellsten seiner Kuriere an Konrad von Urslingen.

Ein paar Tage nach der Niederkunft verließ die Kaiserin Jesi, umringt von unzähligen Frauen, die weinten, Tüchlein schwenkten und Segenswünsche für den kleinen Konstantin riefen, und machte sich auf den Weg nach Spoleto. Sie hoffte, dank der Gastfreundschaft und Fürsorge des Herzogs und seiner Gemahlin wieder zu Kräften zu kommen.

Stattdessen wurde sie dort ausgesprochen kühl empfangen.

Steif teilte ihr der Herzog mit, dass der Kaiser das Kind als seinen rechtmäßigen Sohn anerkenne. Er kritisiere jedoch mit aller Schärfe die für eine Kaiserin unwürdigen Umstände der Geburt. Das Kind solle die Namen beider Großväter tragen: Friedrich Roger, wobei Ersterer, der Name des ruhmreichen Ahnen väterlicherseits, sein Rufname sein würde. Ferner müsse es sofort der Obhut des Herzogs und der Herzogin von Urslingen übergeben werden, bevor es in absehbarer Zeit nach Deutschland gebracht werde. Die Kaiserin hingegen müsse unverzüglich nach Palermo aufbrechen. Heinrich sei wie durch ein Wunder einer Verschwörung entkommen, ausgerechnet am Weihnachtstag, als er den Rebellen Generalamnestie angeboten habe. Dieser erneute niederträchtige Verrat sei mit größter Härte bestraft worden, um ein für alle Male ein Exempel zu statuieren. Die Königin würde durch ihre Anwesenheit im Königreich zeigen, dass sie das Vorgehen ihres Mannes uneingeschränkt billige.

Konrads Ausführungen ließen Konstanze verzweifeln: Konstantin war erst wenige Tage alt, und schon wollte Heinrich ihn ihr entreißen. Ohne dem Herzog weiter Gehör zu schenken, ging sie zu der Wiege, in der das Kind friedlich schlief. Sie nahm es auf den Arm und drückte es an sich, küsste seinen kleinen Kopf und streichelte seine rosige Haut.

«Konstantin, mein kleiner Schatz, wenn sie wirklich so weit gehen, darfst du nicht vergessen, wie meine Stimme klingt, wie meine Arme dich halten, wie ich rieche. Ich habe dich als Erste berührt und gehalten, das darfst du nie vergessen. Du gehörst zu mir. Ich werde alles dafür tun, dich wieder in meine Arme zu schließen, mein Sohn. Eines Tages bringe ich dich nach Hause, nach Palermo. Ich weiß noch nicht, wann, mein Liebling, aber ich werde es schaffen. Das schwöre ich, Konstanze von Hautville, Rogers Tochter, beim Andenken meiner Vorfahren.»

«Ich muss Euch auch verbieten, den Prinzen weiterhin zu stillen», fuhr Konrad fort. «Der Kaiser befürchtet, eine zu enge Bindung an die Mutter könne der Entwicklung des künftigen Königs schaden. Es gibt genügend Ammen. Ihr habt Wichtigeres zu tun. Der Kaiser hat mir aufgetragen, Euch genauestens zu berichten, was sich in der Kathedrale von Palermo zugetragen hat. Wie soll mir das gelingen, wenn Ihr so abgelenkt seid? Gebt mir den kleinen Prinzen, ein für alle Mal», verlangte er und streckte die Arme nach dem Kind aus.

Konstanze wandte ihm den Rücken zu und entzog das Kind der Berührung von Konrad von Urslingen. «Bis zu meiner Abreise werde ich mich um meinen Sohn kümmern und ihn auch stillen. Mir ist wohl bewusst, dass schon alles vorbereitet worden ist und mir nur noch kurze Zeit mit ihm bleibt. Seid nicht unnötig grausam, Herzog von Urslingen. Außerdem bin ich bereit, Euch aufmerksam zuzuhören, wenn es denn der Wunsch des Kaisers ist.»

Konstanze zwang sich, Konrads Ausführungen unbewegt zu folgen. Sie wusste, dass jede ihrer Reaktionen weitergeleitet und gegen sie verwendet würde. Sie hatte Walter von Palearias Plan durchschaut: Er wollte ihr den Sohn entziehen, sie des Verrats beschuldigen und schließlich Konstantin töten.

Doch je länger der Herzog die Details der Ereignisse schilderte, desto mehr Entsetzen spürte sie in sich aufsteigen. Sie konnte es nicht verbergen.

Enttäuscht machte der Herzog von Urslingen sie darauf aufmerksam. «Ich sehe, Ihr erbleicht und macht ein finsteres Gesicht. Darf ich daraus schließen, dass Ihr das Vorgehen des Kaisers missbilligt? Es zu hart findet? Ich muss gestehen, das erstaunt mich. Schließlich hat Seine Majestät Eure Interessen verteidigt.»

Da stürzte sich Konstanze wie eine Furie auf ihn. «Wagt das ja nicht, Konrad von Urslingen! Ich verbiete Euch, mich mit diesem vorsätzlichen und derart brutalen Massaker in Verbindung zu bringen!»

Konrad sah sie mit düsterem Blick an und sagte eine Weile lang nichts.

Dann fragte er drohend: «Wollt Ihr nicht wissen, wie es ausgegangen ist? Oder wie es dem Kaiser geht? Ob man die Verschwörer gefasst hat, oder ob sie entkommen sind?»

Konstanze trocknete ihre Tränen und schwieg. Wie es Heinrich ergangen war, interessierte sie überhaupt nicht, sie wollte wissen, was mit Tankreds Familie und dem kleinen Guglielmo war. Mit den Adligen des Reichs, die der Herrscherin treu geblieben waren. Mit Roger d'Aiello.

«Darf ich noch eine Zeitlang hierbleiben, um wieder zu Kräften zu kommen, Herzog?», fragte sie nur. «Das würde mir sehr helfen.»

«Ich kann an den Anweisungen des Kaisers nichts ändern», antwortete Konrad brüsk. «Es ist Euch keine Ruhepause gestattet. Der Kaiser ist der Ansicht, dass

Ihr in Palermo alle Zeit der Welt habt, um Euch zu erholen. In spätestens einer Woche müsst Ihr aufbrechen.»

Sieben Tage also, vielleicht sogar weniger. Dann würde sie ihren Sohn verlieren. Ihren heißgeliebten Konstantin, ihr kleines Lamm unter all den Wölfen.

Elf

Das einfache und schlichte Kloster lag in einer bezaubernden Landschaft, von Hügeln umgeben, in der Ferne das Meer. Konstanze sah von ihrem Fenster aus, wie sich das Licht rötlich auf dem Wasser spiegelte. Das Zimmer war ihr während einer Rast auf der Reise nach Palermo zugewiesen worden.

Einst hätte allein dieser Ausblick gereicht, sie glücklich zu machen. Nun aber konnte nichts ihren Schmerz über die Trennung von Konstantin lindern. Sie litt darunter, und ihre Angst vor der Zukunft war so groß, dass die Last zentnerschwer auf ihrer Brust zu liegen schien.

Als es zweimal leise an der Tür klopfte, wurde sie aus ihren Gedanken gerissen. Es war der Abt, der sie um eine Unterredung unter vier Augen gebeten hatte. Rasch trocknete sie ihre Tränen.

«Nehmt doch Platz, ehrwürdiger Vater. Ich danke Euch für Eure Gastfreundschaft. Entschuldigt, wenn ich sitzen bleibe.»

Der Pater trat zwar näher, sagte aber kein Wort und nahm auch seine Kapuze nicht ab, die er so tief ins Gesicht gezogen hatte, dass seine Augen nicht zu sehen waren. Konstanze blickte ihn prüfend an. Sie hatte ihn kleiner und schmaler in Erinnerung als die Gestalt, die jetzt vor ihr stand.

Dieser Mann war nicht der Vorsteher des Klosters. Ihr Herz klopfte schneller. Womöglich hatte man sie verraten, und vor ihr stand ein Mörder, der im Auftrag Walters von Palearia kam. Erst bedauerte sie, dass sie keinen Dolch in ihrem Gewand versteckt hatte, aber dann fiel ihr ein, dass sie ohnehin nicht die Kraft gehabt hätte, ihn zu benutzen.

«Wer seid Ihr?», fragte sie schroff. «Wer hat Euch erlaubt einzutreten?»

«Ihr selbst, Majestät.»

Konstanze erschrak. Sie kannte diese Stimme nur zu gut, aber sie konnte kaum glauben, dass er es wirklich war.

«Ihr solltet vorsichtiger sein, Herrin», fuhr der Eindringling fort. «Im Königreich Sizilien wimmelt es von Mördern und Spionen. Aber dieses Mal besteht keine Gefahr für Euch.»

Er zog die Kapuze vom Gesicht, kniete vor der Königin nieder, nahm ihre Hand und führte sie an seine Lippen. Konstanze strahlte vor Freude.

«Ich habe mich nicht geirrt! Ihr seid es wirklich, Roger, liebster Freund. Gott segne Euch für diesen Augenblick des Glücks.»

«Ich habe mir große Sorgen um Euch gemacht», erwiderte Roger und sah ihr in die Augen. Er hielt ihre zarte Hand, und sein Herz schlug wild. «Ihr seht blass und krank aus, Konstanze. Heinrich bringt Euch Stück für Stück um. Und Ihr ertragt kampflos jeden seiner Schläge.»

Konstanze legte Roger zärtlich einen Finger auf den Mund, um ihn zum Schweigen zu bringen.

«Es hat keine Bedeutung mehr, was mit mir geschieht», sagte sie so sanft, wie Roger sie noch nie hatte sprechen hören. «Wieder war Gott auf meiner Seite und hat Euch vor dem Massaker gerettet. Nun weiß ich, dass Ihr an meiner Stelle kämpfen werdet, und kann ruhig sterben. Ihr aber müsst leben, Roger. Ihr habt eine wichtige Aufgabe zu erfüllen: Ihr müsst Konstantin retten, den rechtmäßigen Thronerben der Hautvilles.»

«Also ist es wahr?»

«Ja, es ist alles wahr.»

«Gott sei Dank. Die Freude darüber wiegt viel Leid auf. Wo ist das Kind?»

«Es wurde mir genommen. Sein Vater hat beschlossen, es nach Deutschland zu bringen, weit weg von mir. Ich werde es für immer verlieren. Nur Ihr könnt mir helfen. Ich bitte Euch, tut es für mich und für das Königreich.»

«Das Königreich ist zerstört. Die Adligen sind zu Tausenden niedergemetzelt worden. Die wenigen, die sich in der Heiligen Nacht retten konnten, werden verfolgt. Nur der Güte des Abtes, eines Euch treuergebenen Freundes, verdanken wir dieses Treffen. Aber ich bin eine Gefahr für Euch. Ihr seid von Spionen und Männern umgeben, die für Euren Tod bezahlt werden. An Gelegenheiten mangelt es ihnen nicht, noch halten sie sich zurück, weil Heinrich Euch am Krönungstag an seiner Seite im Palast von Palermo wissen will. Vor den Augen der Welt soll es aussehen, als ginge alles mit rechten Dingen zu. Wenn er Euch nicht mehr braucht, wird er einen Vorwand finden,

Euch zu töten. Wir müssen seinen Plan vereiteln. Wir sind nicht mehr viele, aber wir sind fest entschlossen. Dieses Mal haben wir tatsächlich ein Attentat auf Heinrich vor, und wir werden es gut vorbereiten.»

«Das ist Wahnsinn! Heinrich wird es herausfinden und Euch gefangen nehmen. Ihr sagt selbst, dass er überall seine Spione hat. Was wird dann aus meinem Sohn?»

«Nach mir wird jetzt schon im ganzen Reich gefahndet, meine Lage ist hoffnungslos. Alles, was mir bleibt, ist ehrenvoll zu sterben, indem ich bis zum letzten Atemzug kämpfe.»

«Und Euer Vater?»

«Er ist in Gefangenschaft. Man hat verbreiten lassen, dass er grausam hingerichtet wird, wenn ich mich nicht stelle. Aber das kann ich nicht. Wir haben uns gegenseitig geschworen, allein weiterzukämpfen, wenn einer von uns gefasst wird.»

«Was ist mit der Familie meines Neffen Tankred passiert? Mit dem kleinen Guglielmo?»

Roger senkte den Kopf.

«Graf Tommaso d'Acerra, der Schwiegervater von Tankred, ist einer der wenigen, die nicht gefasst wurden. Ich glaube, er ist am Leben und versteckt sich irgendwo, genau wie ich. Tankreds Frau Sibilla hatte zu viel Angst um die Zukunft ihrer Kinder und beschloss, an die versprochene Generalamnestie zu glauben. Sie war in der Kathedrale. Ich fürchte, sie lebt nicht mehr. Und das ist vielleicht auch besser so.»

Roger schüttelte den Kopf, ihm fehlte der Mut weiterzusprechen.

«Was wird denn jetzt aus uns? Aus meinem Sohn? Wie kann ich ihn schützen?»

«Ich wollte, ich könnte Euch darauf eine Antwort geben, Konstanze. Ich weiß nur, dass dies unsere letzte Begegnung sein könnte, die letzte Gelegenheit, die das Schicksal mir gewährt, um Euch ein Geständnis zu machen, Euch ein Geheimnis zu offenbaren, das ich schon seit vielen Jahren in meinem Herzen trage. Bitte hindert mich nicht daran, es auszusprechen. Macht Eurem alten Freund ein Abschiedsgeschenk, schenkt ihm eine Erinnerung, die er im Herzen bewahren kann. Wenn ich unter der Folter sterben sollte, wird mir dies Kraft geben, sie mit Würde zu ertragen. Ich habe nicht einen einzigen Tag meines Lebens verbracht, ohne an Euch zu denken. Ich liebe Euch, seit ich denken kann, daran hat sich nie etwas geändert. Ich verlange nichts von Euch, nicht mal ein Zeichen, dass Ihr meine Worte gehört und verstanden habt. Es genügt mir, Euch mein Herz ausgeschüttet zu haben. Ohne dies hätte ich nicht sterben wollen.»

«Roger, teuerster Freund», flüsterte Konstanze bewegt. «Ich habe Euch gehört. Eure Worte sind mir ein großer Trost und erfüllen mein Herz mit Glück und Frieden. Aber unsere Zeit ist für immer vorbei. Jetzt muss all Eure Liebe Konstantin gelten. Wenn ich Euch wirklich so viel bedeute, müsst Ihr mir helfen, ihn zu retten.»

«Ich werde bis zum letzten Atemzug kämpfen. Für Königin Konstanze und den rechtmäßigen Thronerben.»

Als Konstanze in Palermo ankam, wurde sie zunächst zum ersten Kanzler geführt.

Walter von Palearia saß an seinem imposanten Schreibtisch und ließ sich Zeit, bevor er die Kaiserin ansah. Weder kam er ihr entgegen, noch stand er auf. Diese Respektlosigkeit gegenüber der Königin sollte ihr zu verstehen geben, dass sie bei ihrem Mann in Ungnade gefallen und folgerichtig in Lebensgefahr war. Eine Warnung an alle, die noch immer auf ihre Intervention bei dem «deutschen Tyrannen» hofften.

Es bereitete dem Kanzler Freude, die Herrscherin leiden zu sehen.

«Ich nehme an, Ihr seid sehr stolz, dass Ihr so erfolgreich wart, indem Ihr einmal mehr Moral, Würde und Sittsamkeit mit Füßen getreten habt», fuhr er sie voller Verachtung an. «Was soll man von einer Abtrünnigen, die ihren Eid mit der heiligen Mutter Kirche gebrochen hat, auch anderes erwarten?»

«Ihr macht mir Vorwürfe, der Ihr Euch auf die Seite des Kaisers geschlagen und ihn bei seinen Missetaten unterstützt habt?»

«Missetaten?», wiederholte der Kanzler mit gespieltem Erstaunen. «Allein diese Bezeichnung könnte Euch als Majestätsbeleidigung ausgelegt werden. Ich habe die Kirche nicht verraten. Meine Aufgabe ist es, die Interessen des Papstes so gut wie möglich zu vertreten. Meinen Anweisungen muss selbst der Kaiser Folge leisten. Mir verdankt Ihr, dass Ihr noch am Leben seid. Ich habe Seine Majestät überzeugt, dass Eure Anwesenheit nützlich ist. Zumindest noch einige Zeit.»

«Ich will den Kaiser sprechen.»

«Seine Zeit ist zu kostbar. Eure Klagen würde er ohnehin ignorieren. Ihr seht ihn am Tag der Krönung. Er wird Euch einen ruhmreichen Empfang bereiten.» Walter erlaubte sich ein spöttisches Lächeln. «Heinrich VI. ist wahnsinnig. Wir brauchen auch ihn nicht mehr lange. Alles zu seiner Zeit. Und dann kommt der kleine Thronfolger an die Reihe.»

Die Augen des Kanzlers funkelten so böse, dass Konstanze eine Gänsehaut bekam.

«Ihr seht, ich verberge Euch nichts. Ihr könntet mir nicht im Geringsten schaden. Der Kaiser würde Euch kein Wort glauben. Ihr seid allein, Konstanze, ich habe Euch in der Hand. Eure Liebhaber können Euch nicht mehr helfen.»

Konstanze sagte nichts. Sie drehte dem Kanzler den Rücken zu und ging hinaus.

Die Kathedrale war prunkvoll geschmückt, wie einst in den besten Tage der Hautvilles. Blumen in allen Farben und in jedem Winkel verströmten einen intensiven, süßlichen Duft, der sich mit dem Geruch des Weihrauchs vermischte. Gleichmäßig wurden die Weihrauchkessel durch die Luft geschwenkt und stießen Rauch aus. Goldene Tücher schmückten den Altar, und von den Gewölben des Kirchenschiffs hingen lange, kostbare Stoffbahnen.

Vor dem Hochaltar saß unter einem gold- und purpurfarbenen Baldachin der Bischof mit der Mitra und dem liturgischen Gewand des Hochamts, beides wertvolle Geschenke der Könige aus dem Hause Hautville. Um ihn herum hatten sich die kirchlichen Würdenträger, die Gemeindepfarrer Palermos und die Diakone versammelt. Hinter ihnen hatte der Chor in weißen Hemden und roten Gewändern Aufstellung genommen. Ein Teppich aus rotem Samt mit Stickereien aus Gold und Silber führte zu dem Thron, auf dem der König Platz nehmen würde. Davor lagen auf einem kostbaren Kissen, das mit Gold durchwirkt und mit Perlen bestickt war, ein Fläschchen mit Salböl, die Krone und das Zepter: Preziosen von unschätzbarem Wert, übersät mit unzähligen Perlen und Edelsteinen – Granate, Türkise, Amethyste, Smaragde, Saphire und Rubine. Werke jener Künstler, die ausschließlich für den normannischen Hof tätig waren und diesen nie verließen. Sie lebten und arbeiteten in einem eigens für sie und ihre Kunst vorgesehenen Trakt.

Die Kathedrale war größtenteils mit Menschen gefüllt, deren Gesichter neu waren. Die alten Lehnsherren waren verschwunden. Ihre Plätze hatte der neue Adel eingenommen: grobschlächtige deutsche Kriegsherren, die das Reich gewaltsam an sich gebracht hatten und an deren Schwertern noch Blut klebte.

Sie lächelten sich untereinander zufrieden an und warteten darauf, Heinrich von Hohenstaufen bei seiner Ankunft in der Kirche zuzujubeln. Der Herrscher zog hinter seinem Gefolge durch die Straßen der Stadt. Angeführt wurde der lange Zug auf seinen ausdrücklichen Befehl hin von der traurigen Reihe der Gefangenen, die Weihnachten gefasst und nur deshalb noch nicht hingerichtet worden waren, weil sie heute, am Tag der Krönung, in Ketten gezeigt werden sollten: als Trophäen. Sie waren eine Warnung an die

Besiegten, zugleich stellte der Sieger mit ihnen seine Macht zur Schau.

Das Volk von Palermo drängte sich zwar in den Straßen der Stadt, beobachtete das Schauspiel jedoch in beharrlichem Schweigen. Die Stille war so unnatürlich, dass sie wirkte, als wolle man den Herrscher absichtlich provozieren. Nur einmal erhoben sich aus der Menge Schreie, Schreie des Entsetzens: als zwischen den Gefangenen Guglielmo, Tankreds Sohn, auftauchte. Der Junge war geblendet und grausam entmannt worden – damit seine Familie für immer ausgelöscht war – und taumelte unter dem Gewicht der Ketten mit ausgestreckten Händen vorwärts, um die Hindernisse zu ertasten, die er nicht mehr sehen konnte. Unter Tränen schleppten sich hinter ihm seine Mutter Sibilla und ihre beiden Töchter vorwärts.

Am Ende des Zugs folgte Heinrich von Hohenstaufen, den Blick starr geradeaus gerichtet, unbeeindruckt von den unzähligen Blicken, die wie Messer auf ihn gerichtet waren, völlig unberührt von dem Hass, der ihm aus der Menge entgegenschlug. Selbstgefällig, in einer weiteren Geste der Verachtung, präsentierte er sich im Krönungsmantel der normannischen Könige, dem kostbarsten Stück der Krone, dem Symbol des Herrscherhauses, das nach dem Gesetz ausschließlich von einem Hautville getragen werden durfte.

Einige Schritte hinter ihm ging Konstanze, wie ihr befohlen worden war. Es zerriss ihr das Herz mitanzusehen, was man Tankreds Familie angetan hatte, wie das Volk und die Traditionen des Königreichs mit Füßen getreten wurden. Sie sah, wie Heinrich VI.

unter den Jubelrufen der neuen Lehnsherren in die Kathedrale einzog, niederkniete und sich die Krone ihrer Ahnen aufsetzte. Tränen der Demütigung und des Schmerzes liefen ihr über die Wangen. Sie hielt sie nicht zurück, trotz der drohenden Blicke des Kaisers: Das Volk von Palermo sollte wissen, wie sehr sie mit ihm litt, auch wenn dieser Ungehorsam sie das Leben kosten sollte. Die letzte Königin der Normannen würde ehrenvoll sterben, das war sie der Dynastie ihrer Familie schuldig.

Das Einzige, was sie am Leben hielt, war Konstantin. Als sie sah, was Guglielmo widerfahren war, dachte sie voller Angst und Schrecken an die Zukunft ihres Sohnes. Wieso hatte sie sich so sehr einen Sohn gewünscht, wenn sie ihn gar nicht beschützen konnte? Wenn sie ihn hilflos der Rache ihrer Feinde überließ?

Die folgenden zwei Monate hielt Heinrich sich nicht in Palermo, sondern in Spoleto auf, um dort den Umzug des kleinen Friedrich nach Deutschland vorzubereiten. Die Belange des Königreichs wurden einem Regierungsrat anvertraut, an dessen Spitze der neue König rein nominell die Königin gesetzt hatte. Tatsächlich jedoch übertrug er die Verantwortung dem allmächtigen ersten Kanzler.

Während ihr Gemahl in der Ferne weilte, suchte Konstanze vergeblich nach Trost und Linderung ihres Kummers. Und so nahm sie wieder die alte Gewohnheit auf, die einfachen Viertel der Stadt zu besuchen. Dort erfuhr sie, welches Ausmaß der Hass des Volkes auf den Kaiser und seine Söldner, mit denen er das Land unterdrückte, angenommen hatte.

«Warum bringt Ihr Euren Sohn nicht nach Sizilien, Majestät? Wir haben so lange auf ihn gewartet. Wir brauchen einen normannischen König», flehten sie sie an. «Tut etwas gegen diese Barbaren!»

Ein Mutigerer hatte geraunt: «Einzig Euren Sohn werden wir als König anerkennen. Ein Aufstand steht kurz bevor. Es wird noch viel Blut fließen.»

Konstanze vertraute ihren Kummer den Frauen aus dem Volk an, die wie sie Mütter waren, und bat sie, über Konstantin zu wachen, wenn er eines Tages in seine Heimat zurückkehren und sie nicht mehr vorfinden sollte.

Als Walter von Palearia von den Streifzügen der Königin erfuhr, war er so außer sich, dass er sie sofort zu sich rief. Konstanze kam seiner Aufforderung jedoch nicht nach, sondern ließ ausrichten, dass der Kanzler, wenn er sich mit ihr beraten wolle, um Audienz ersuchen und sich dann gedulden müsse.

«Es ist unter der Würde einer Königin, sich in den Elendsvierteln der Stadt herumzutreiben und unter das einfache Volk zu mischen», warf ihr der Kanzler vor, als er schließlich zu ihr vorgelassen wurde. «Und das auch noch ganz allein, ohne Eskorte! Wisst Ihr eigentlich, wie gefährlich das ist? Ich bin für Eure Sicherheit verantwortlich!»

«Ich wusste gar nicht, dass Euch so viel an mir liegt», erwiderte Konstanze gelassen. «Vielleicht macht es Euch Angst, weil Eure Spione mir nicht folgen können. Sie wissen, dass sie lebend nicht mehr herauskämen.»

«Meint Ihr, ich wüsste nicht, was Ihr bezweckt? Ihr habt nichts anderes als eine Verschwörung im Sinn, trefft Euch mit den Feinden der Krone, geschützt vor neugierigen Blicken. Ich werde dem Kaiser Bericht erstatten.»

«Noch bin ich keine Gefangene, Kanzler.»

«Dafür werde ich schon sorgen», erwiderte Walter von Palearia und ging.

Daraufhin besuchte Konstanze ihre Untertanen noch öfter, als sie es bisher getan hatte. Sie wollte ihnen zeigen, dass sie Heinrichs Grausamkeit nicht billigte, dass auch sie ihr zum Opfer gefallen war. Nur so würde Konstantin eines Tages geliebt werden, als Konstanzes Sohn und Erbe der Hautvilles, nicht als Spross des Hauses Hohenstaufen.

Als sie eines Nachmittags durch die Stadt streifte, näherte sich ihr leise und verstohlen ein Bettler.

«Geht weiter, ohne Euch umzudrehen oder etwas zu sagen», flüsterte er. «Lauft bis zu dem kleinen Votivaltar, dann biegt links ein. Dort werdet Ihr einen Hauseingang mit dem Schild eines Schusters sehen. Tretet ein und wartet.»

Konstanze folgte diesen Anweisungen ohne Furcht: Sie hatte Roger d'Aiellos Stimme erkannt.

Im Hauseingang war es stockdunkel. Sie kniff die Augen zusammen und versuchte, etwas zu erkennen. Aus einer schmalen Tür drang ein Lichtstreifen. Sie stieß sie auf und trat ein.

Die Anwesenden knieten vor ihr nieder. Man hörte Schritte. Kurz darauf tauchte wie aus dem Nichts die imposante Gestalt Roger d'Aiellos auf.

Er gab der Königin einen Handkuss. Bevor auch er niederkniete, suchte er ihren Blick.

«Die Freude, Euch wiederzusehen, wächst mit jedem Mal», flüsterte er.

«Das finde ich auch, mein Freund. Es beweist mir, dass Ihr am Leben seid. Und dass noch nicht alles verloren ist.»

«Wir müssen zur Tat schreiten, Majestät. Wir sind hier, um Euch von unseren Plänen in Kenntnis zu setzen. Diesen Schritt haben wir uns lange überlegt. Wir wissen, dass wir Euch damit in große Gefahr bringen. Wenn man, Gott verhüt's, Euch verdächtigen sollte …»

«Mein Leben hängt sowieso an einem seidenen Faden, Roger. Jeden Augenblick könnte ich umgebracht werden, im Auftrag des Königs oder des ersten Kanzlers. Sie brauchen mich nicht mehr. Ich bin eine Last für sie. Sorgt Euch nicht um mich, sorgt Euch um Euch selbst. Was würde ich dafür geben, Euch weit weg von hier zu wissen, in Sicherheit, außerhalb der Grenzen dieses Reiches.»

«Wenn unser Plan gelingt, werden wir bald alle in Freiheit leben. Und Ihr werdet Euren Sohn wieder in die Arme schließen. Das schwöre ich Euch, Konstanze.»

«Was wird meine Aufgabe sein?»

«Uns rechtzeitig zu sagen, wann Euer Gemahl zurückkehrt.»

«Darüber werde ich nicht informiert. Im Palast gelte ich nichts. Sogar die Diener wissen mehr als ich.»

«Dann müsst Ihr versuchen, es herauszufinden. Es

ist von größter Bedeutung. Ihr seid unsere einzige Hoffnung.»

Konstanze legte sich die Hand auf die Brust, um ihr Herz zu beruhigen, das vor Angst raste. «Ich habe Angst. Nicht um mich, sondern um Konstantin. Was wird aus ihm, wenn wir entlarvt werden?», fragte sie totenbleich und mit Tränen in den Augen.

Roger antwortete nicht. Er nahm nur ihre Hände und drückte sie fest.

Konstanze öffnete das Medaillon, das sie am Herzen trug.

Der Brief, mehrfach gefaltet, war noch da. Sie streichelte mit dem Finger darüber und hörte, wie er leise knisterte. Das Geräusch beruhigte sie. Seit zwei Tagen tat sie das ständig, obwohl sie fürchtete, ihr Geheimnis könne ans Licht kommen. Noch mehr fürchtete sie, der Brief könne sich in Luft auflösen.

Endlich hatte die Herzogin von Urslingen auf ihre Bitten reagiert und war ein großes Risiko eingegangen, um ihr zu helfen. Seit ihrer Ankunft in Palermo hatte sie ihr dreimal geschrieben. Heimlich, um nicht vom Kanzler ertappt zu werden.

Wieder einmal hatte ihr Volk ihr geholfen. Ein paar Händler, die die Stadt betreten und verlassen konnten, ohne den Argwohn der Spione zu wecken, hatten die Briefe unentdeckt nach Spoleto gebracht.

Konstanze hatte die Herzogin – die ebenfalls Mutter war – angefleht, sich ihrer zu erbarmen. Niemand sagte ihr etwas über Konstantin, und es war quälend, keine Nachricht von ihm zu haben: Ging es ihm gut?

Wie entwickelte er sich? War er ein fröhliches Kind? Sie hätte alles gegeben, um ihn einmal an sich zu drücken oder ein kleines Andenken an ihn zu besitzen.

Schließlich, als sie nicht mehr zu hoffen wagte, war die langersehnte Antwort gekommen.

Majestät, nur ein paar Zeilen. Mehr kann ich nicht für Euch tun. Ich vertraue sie Eurem Kurier an und riskiere damit mein Leben. Ihr wisst, dass nicht einmal mein Gemahl mich vor dem Zorn des Kaisers retten könnte. Daher flehe ich Euch an: Schreibt mir nicht mehr. Ich sähe mich sonst gezwungen, Euch zu verraten, um mich und meine Familie zu schützen. Dem kleinen Prinzen geht es gut. Er scheint täglich zu wachsen. Aber Ihr fehlt ihm sehr; was mir selbst ein Rätsel ist. Aber als Mutter weiß ich genau, dass er Euch vermisst. Das Kind spürt, dass es bei Fremden und nicht bei seiner Mutter ist. Daher gerät es häufig in Zorn. Manchmal weint es bis zur Verzweiflung. Ich sorge, so gut ich kann, für ihn. Aber bald wird es nach Deutschland gebracht und meiner Obhut entzogen. Wenn es Euch irgend möglich ist, müsst Ihr das verhindern, Majestät. Ich habe ein ungutes Gefühl. Ich weiß nicht, was aus ihm wird, in Deutschland. Ich schicke Euch ein Zeichen vom kleinen Friedrich, wie gewünscht.

Am Ende des Briefes prangte statt der Unterschrift der Herzogin ein Abdruck von einem winzigen Finger, der in Tinte getaucht und dann auf den Brief gedrückt worden war. Als Konstanze ihn gesehen hatte, hatte sie so sehr geweint und den Abdruck so oft geküsst, dass er bereits zu verblassen begann.

Dieser Brief hatte ihr wieder Mut gemacht. Sie

würde ihren Sohn retten und in ihre Arme schließen. Sie hatte keine Wahl: So gefährlich es war, sie musste sich mit den Verschwörern verbünden. Gegen den Kaiser.

Zwölf

«Was bringt Ihr für Neuigkeiten, Walter?»

«Äußerst erfreuliche, Majestät. Das Geld der Krone war gut angelegt.»

«Nun, es war ja auch eine recht große Summe.»

«Spione sind teuer, Sire. Besonders, wenn sie gut sind. Aber der Einsatz hat sich gelohnt. Wir haben die Verschwörung aufgedeckt und wissen, wer ihre Anführer sind. Es sind vier …»

«Allen voran Roger d'Aiello.»

Walter von Palearia presste die Lippen zusammen und nickte zustimmend. «Außerdem Tankreds Schwiegervater, Tommaso d'Acerra …», fuhr er fort.

«Ein unverschämter Ehrgeizling und Intrigant. Er will einfach nicht akzeptieren, dass er den Thron von Sizilien verloren hat. Seit Tankreds Tod will er ihn sich selbst aneignen.»

«Der Dritte ist der Admiral der Königlichen Flotte, Margitone, ebenfalls treuer Anhänger der Hautvilles. Der Plan sah vor, den Widerstand des Volks von Palermo zu schüren und einen Aufstand voranzutreiben. Mit Hilfe des Pöbels wollten die Rebellen den Palast stürmen. Eure Majestät und meine Person wären das Hauptziel gewesen. Die Verschwörer haben nur noch auf Eure Rückkehr gewartet. Sie hatten den genauen Zeitpunkt in Erfahrung gebracht, obwohl wir ihn aus

Sicherheitsgründen streng geheim hielten. Seit Wochen schon berichteten die Spione Besorgniserregendes. Unser Risiko war groß, Sire. Wir haben den Plan im letzten Augenblick auffliegen lassen.»

«Ihr habt sie alle erwischt, nehme ich an.»

Walter von Palearia sah Heinrich an und schwieg.

«Gibt es da etwas, was Ihr mir lieber verheimlichen würdet, Walter?»

«Tommaso d'Acerra und Margitone wurden gefasst. Roger d'Aiello allerdings …»

«Nein! Nein!», schrie Heinrich und schlug heftig auf den Tisch. «Ich glaube einfach nicht, dass er Euch wieder entwischt ist. Das ist unerhört, Kanzler!»

Walter senkte den Kopf und starrte stumm zu Boden. Ihm war klar gewesen, dass der Kaiser ob des Fehlschlags toben würde. Roger d'Aiello war der Verhaftung entgangen. Um Haaresbreite. Dieser Mann war ein Satansbraten: wendig, schnell und schlau. Er schien Gefahren förmlich wittern zu können.

«Ich verstehe Euren Zorn, Majestät, den ich teile. Aber noch ist nicht alles verloren. Wenn Ihr mir noch einmal vertraut, könnte ich gewiss herausfinden, wie …»

«Ach was! Langsam habe ich genug von Euren abstrusen Plänen! Ich hätte die Sache Anweiler überlassen sollen. Er hätte die Erlaubnis erhalten sollen, den Pöbel von Palermo niederzumetzeln, Haus für Haus. Dieses blasierte Pack! Weint den Hautvilles nach, deckt Verräter wie d'Aiello und will auch noch Widerstand gegen den König leisten.»

Walter von Palearias Miene verschloss sich.

«Meine Einfälle, die Ihr als abstrus bezeichnet, waren es, die Euch alle Adligen des Reiches in die Hände fielen ließen. Ihre scheint das zu vergessen. Wenn Ihr meint, dass Anweiler und seine Methoden Euch nützlicher sind als die Eures Kanzlers …», Walter von Palearia erhob sich von seinem Stuhl, «dann will ich Euch nicht länger aufhalten. Was ich sonst noch herausgefunden habe, interessiert Euch offenbar nicht.»

«Setzt Euch, Walter. Ich habe Euch noch nicht entlassen. Mein Zorn ist groß. Die Festnahme Rogers d'Aiello ist mein Hauptanliegen.»

«Meines auch, Majestät. Jedenfalls habe ich eine so wertvolle und wichtige Information für Euch, dass ich damit gewiss Eure Vergebung verdient habe: den Namen des vierten Verschwörers. Eine Person, die so dreist war, die geheimen Papiere der Kanzlei zu durchwühlen: meine Papiere, in meinem Arbeitszimmer. Diese Person hat den Verschwörern den Zeitpunkt Eurer Rückkehr verraten.»

Heinrich sah ihn wissbegierig an. Walter genoss es, ihn noch ein wenig auf die Folter zu spannen: Was er ihm gleich enthüllen wollte, würde seinen Unmut über die Flucht des Erzfeindes dämpfen.

«Es handelt sich um Eure Gemahlin, die Spionin ist Konstanze von Hautville», raunte er in einem Atemzug. «Die Beweise sind eindeutig. Wir haben sie in der Hand. Wir können sie vor aller Welt anklagen und aufs Schafott bringen. Niemand wird dagegen etwas einwenden. Nicht einmal der Papst.»

Heinrich von Hohenstaufen schoss von seinem Stuhl

hoch und packte Walter von Palearia am Kragen. Sein Gesicht war verzerrt, blutleer, sein Blick finster.

«Das ist nicht wahr!», schrie er. «Ihr seid ein Lügner!»

Dann erschrak er über sich selbst, ließ ihn los und setzte sich wieder.

«Ich verstehe nicht, Majestät», stammelte der Kanzler verwundert. «Seit Monaten verfolgen wir nur ein Ziel: Beweise gegen Konstanze zu finden, um sie der Majestätsbeleidigung anklagen und hinrichten lassen zu können. Waren das nicht Eure Anweisungen?»

Heinrich starrte ihn schweigend an, voller Groll. Seine Hände verrieten, dass er am ganzen Leib zitterte. Walter von Palearia bemerkte es trotz der Versuche des Herrschers, das Beben zu unterdrücken, indem er seine Hände krampfhaft ineinanderpresste.

Vielleicht hatte Heinrich ihn belogen. Vielleicht hatte er auch nur sich selbst belogen: Er wollte Konstanze hassen. Doch in Wahrheit liebte er sie. Eine Liebe, die er verleugnete, die so krank war wie seine Seele: Seine Gefühle waren hoffnungslos und wurden nicht erwidert. Dies machte seinen Wahnsinn noch gefährlicher und unberechenbarer. Walter riskierte, dass der Kaiser seine Enttäuschung an ihm ausließ. Womöglich würde er mit seinem Amt als erster Reichskanzler, das er so mühsam errungen hatte, bezahlen. Und mit seiner grenzenlosen Macht.

Er musste etwas unternehmen.

«Ich sehe, dass Ihr zögert, gerade jetzt, einen Schritt vom Sieg entfernt. Ihr stolpert über Euer weiches Herz und die Zuneigung, die Ihr trotz allem für Eure Gemahlin empfindet. Ehrbare Gefühle, die allerdings fehl am Platz sind. Eine Frau, die ihr Gelübde gebrochen und sich dem ärgsten Feind ihres Mannes bedenkenlos hingegeben hat, verdient kein Erbarmen.»

«Das sind Verdächtigungen, Indizien», schrie Heinrich, der immer wütender wurde. «Bis jetzt hat mir niemand einen eindeutigen Beweis geliefert. Nicht mal Ihr!»

«Ich könnte es aber, Sire», erwiderte der Kanzler ungerührt. «Ich habe es aus Achtung noch nicht getan. Sollte ich unnötigerweise einen Mann verletzen, der sich ohnehin von dem falschen Spiel seiner Frau überzeugt zeigt? Ich habe Euch weiteren Schmerz ersparen wollen. Wenn Ihr es mir befehlt, ist es meine Pflicht, Euch zu gehorchen.»

Walter holte eine der kleinen Ledermappen hervor, die er immer bei sich trug. Er öffnete sie und blätterte in den Dokumenten. Im Zimmer herrschte eine angespannte Stille, in der nur das Rascheln der Papiere zu hören war, die der Kanzler überflog und ordnete. Schließlich legte er einen geschlossenen Umschlag auf den Tisch.

«Hierin befindet sich die gewünschte Bestätigung. Ich möchte nicht dabei sein, wenn Ihr es lest. Eurem Zorn will ich mich nicht erneut aussetzen. Ich habe den Eindruck, Ihr gebt mir die Schuld an der Verderbtheit Eurer Gemahlin. Stattdessen solltet Ihr mir dankbar sein, wie sehr ich mich für Eure Sache eingesetzt habe. Sie ist nicht besser als eine Dirne, die für ihren Liebhaber spioniert. Aber lest selbst, Sire. Und geht behutsam mit dem Dokument um: Ich habe es unter Gefahren dem Feuer entrissen, es ist empfindlich. Wenn Ihr zu dem Schluss kommt, noch immer nicht genügend Beweise in der Hand zu haben, lasst es mich wissen. Eure Nachricht wird mir zu verstehen geben, dass ich mein Amt niederlegen und Sizilien verlassen werde.»

Er deutete eine Verneigung an und ging.

Eine Weile starrte Heinrich auf den Umschlag, ohne ihn zu öffnen. Er streckte die Hand aus und zog sie wieder zurück, über sein eigenes Zittern erschrocken. Auch sein rechtes Augenlid zuckte nervös und unkontrollierbar.

Er konnte verstehen, dass der Kanzler befremdet war. Er konnte sein Verhalten ja nicht mal sich selbst erklären. Diese Frau hatte noch immer Macht über ihn, obwohl er sich weigerte, ihr zu begegnen. Nicht mal nach seiner Rückkehr nach Palermo hatte er ihr eine Audienz gewährt, obwohl sie ihn mit Bittbriefen überschüttet hatte: Es ging ihr nicht darum, ihn zu sehen. Sie wollte wissen, wie es ihrem Sohn ging.

In all den Ehejahren hatte sie nicht ein einziges Mal Zuneigung gegenüber ihrem Mann gezeigt. Nie auch nur einen Anflug von Leidenschaft. Nur Hass – bis hin zum Verrat, mit dem sie sein Leben ihrem Liebhaber ausgeliefert hatte.

Eine Dirne: Walter von Palearia hatte absolut recht. Wie töricht von ihm, dass er den Gedanken nicht ertragen konnte, sie für immer zu verlieren. Diese Frau hatte von ihm Besitz ergriffen, mit Leib und Seele. Er hatte es immer gewusst. Aus diesem Grund musste er sie loswerden.

Endlich fand er die Kraft, den Umschlag zu öffnen. Darin befand sich ein rauchgeschwärztes, brüchiges Stück Pergament voller Brandstellen. Behutsam, wie der Kanzler ihm geraten hatte, nahm er es in die Hand.

Es war nicht leicht, die wenigen Worte zu entziffern, die das Feuer und der Zahn der Zeit verschont hatten. Er musste eine Kerze daran halten und genau hinsehen.

Liebster Roger,

… weil allein die Vorstellung, mit Euch zu sprechen, mich tröstet. Ich tue so, als säßet Ihr hier … Freunde, die sich ihre Geheimnisse erzählen, selbst die verborgensten. So wie in unserer Kindheit. Diese Zeit habe ich nie vergessen … Die Erinnerung daran ist für mich wie eine Quelle … dass sich auch an Euren Gefühlen nichts geändert hat und noch immer …

Seit ich allein hier in Salerno bin, ist mein Leben so ruhig …

Heinrich machte sich nicht die Mühe weiterzulesen. Es war alles vollkommen klar. Er rollte das Pergament zusammen. Dann überlegte er es sich anders, entrollte es wieder und zerriss es in tausend Stücke. Wütend warf er die Schnipsel auf den Boden und trampelte darauf herum. Bei jedem Tritt stieß er eine Beschimpfung aus.

Erschöpft, keuchend und mit rotem Kopf ließ er sich auf seinen Stuhl fallen.

«Für diese Verräter ist noch keine angemessene

Strafe erfunden worden», sagte er mit vor Abscheu verzerrten Lippen und starrte ins Leere. «Aber darum kümmere ich mich. Ich werde mir etwas derart Spektakuläres einfallen lassen, dass die Welt vor Entsetzen erstarrt. Auch für sie. Vor allem für sie.»

Heinrich wusste in seinem hellsichtigen Wahn genau, wie er Konstanze am grausamsten quälen konnte: Sie würde die Hinrichtung der anderen Verschwörer mitansehen müssen, ohne etwas für ihre treuen Freunde tun zu können.

Admiral Margitone war der Erste. Er wurde mit Armen und Beinen an die Hufe von vier scheuenden Pferden gebunden. Sie wurden aufgestachelt und stoben wild geworden in verschiedene Richtungen davon. Sie rissen den Verurteilten in vier Teile. Viele Stunden galoppierten sie weiter orientierungslos durch die Straßen der Stadt und schleppten seine Überreste hinter sich her.

Die Menge wohnte der Hinrichtung in aller Stille bei – auf Befehl des Kaisers, der nur die Schmerzensschreie des Admirals hören wollte. Aber diese Befriedigung gönnte der Verurteilte ihm nicht. Die Folterknechte, die sich in seiner Nähe aufhielten, berichteten, er sei nahezu klaglos gestorben.

Margitones Tod war gegenüber dem, den man für Tommaso D'Acerra vorgesehen hatte, vergleichsweise harmlos. Heinrich selbst hatte sich tagelang damit beschäftigt, sich mit fachkundigen Schmieden beratschlagt und ihnen in Skizzen und Bildern illustriert, was er im Sinn hatte.

In der Mitte eines Raums ließ er einen grobgeschmiedeten Eisenthron aufstellen. Darunter wurde ein Feuer entfacht, wodurch der Thron innerhalb kürzester Zeit glühend heiß wurde. Die Hitze, die er ausströmte, war so groß, dass die Luft flirrte. Nicht weit davon entfernt hielt einer der Kerkermeister einen großen Hammer, einige Nägel und einen wuchtigen Metallreif bereit, der aussah wie eine grobgeschmiedete, schmucklose Königskrone.

Als Konstanze verstand, was dem Grafen d'Acerra bevorstand, verlor sie vor Entsetzen das Bewusstsein, woraufhin ihr unverzüglich Ärzte zu Hilfe eilten.

«Jedes Mal, wenn Euch die Sinne schwinden, wird die Bestrafung Eures Schützlings unterbrochen und erst fortgesetzt, wenn Ihr wieder bei Bewusstsein seid», erklärte Heinrich ungerührt. «Wenn Ihr so weitermacht, verlängert Ihr sein Leiden erheblich. Reißt Euch also besser zusammen. Es wurde Euch doch schon mitgeteilt, dass Ihr bewusst damit gestraft werdet, der Hinrichtung der anderen Verschwörer beizuwohnen.»

Bevor die Henker ans Werk gingen, richtete der Kaiser einen letzten Gruß an Tommaso d'Acerra, der nackt vor ihm kniete.

«Jetzt ist Eure Stunde gekommen. Ich bedaure, aber Ihr müsst zugeben, dass Ihr Euch nicht sehr klug verhalten habt. Ihr wart dumm und stolz. Den Thron von Sizilien wolltet Ihr an Euch reißen, mit allen Mitteln, selbst den niederträchtigsten. Zuerst habt Ihr Euch für Tankred eingesetzt, dann für Eure Tochter Sibilla. Schließlich seid Ihr zum Verschwörer geworden, um den rechtmäßigen Herrscher zu stürzen.»

Er lächelte zynisch. «Tröstet Euch», fuhr er fort. «Im Augenblick des Todes werdet Ihr Euer Ziel erreichen: Ihr werdet Krone und Thron erhalten.»

Tommaso d'Acerra wurde auf den glühenden Eisensitz gehoben. Augenblicklich schrie er vor Schmerzen, ohrenbetäubende Schreie, und sofort erfüllte Geruch von verbranntem Fleisch den Raum. Arme, Beine und Oberkörper wurden mit Ketten befestigt. Währenddessen nagelten die Schmiede geschickt den Metallreif an den Schädel des Verurteilten.

Heinrich sah dem schmerzvollen Todeskampf von Tommaso d'Acerra zu, zufrieden mit dem Ergebnis und belustigt von den Bemerkungen, mit denen die Hofnarren den Sterbenden verhöhnten.

«Ihr dürftet bemerkt haben, dass meine Feinde kein schönes Ende erwartet», sagte er zu Konstanze, als es vorbei war. «Mit Euch werde ich keine Ausnahme machen. Im Gegenteil – angesichts Eurer Stellung muss ich mit Eurer Hinrichtung ein noch größeres Exempel statuieren. Ein paar Tage bleiben Euch noch, diese Gnade gewähre ich Euch, weil ich hoffe, Euren Mitverschwörer Roger d'Aiello bis dahin in die Falle zu locken. Er hat zwar seinen Vater sterben lassen, ohne sich zu ergeben, aber wer weiß, ob er nicht bei seiner Geliebten großherziger ist. Ich habe verlautbaren lassen, dass ich zu einem Tausch bereit wäre. Er hat drei Tage Zeit, um sich zu stellen und Euch zu retten. Mal sehen, ob er Euch wirklich liebt. Dann müsst Ihr wenigstens nicht allein sterben. Aber wir werden ihn auch so erwischen, ganz egal, ob der Pöbel ihn schützt und versteckt.»

«Erlaubt mir, vor meinem Tod noch einmal meinen Sohn in die Arme zu schließen», flehte Konstanze.

«Niemals. Mein Bruder Phillip befindet sich mit einer großen bewaffneten Eskorte höchstens zehn Tage Fußmarsch von Spoleto entfernt. Er hat den Befehl, den Prinzen abzuholen und nach Deutschland in Sicherheit zu bringen. Friedrich wird Sizilien, das verdammte Land der Verräter, niemals kennenlernen. Auch von Euch wird er nichts erfahren. Wir werden einen Weg finden, Euch die Mutterschaft abzusprechen und alles als Betrug darzustellen.»

«Es gibt Hunderte von Zeugen. Das könnt Ihr nicht.»

«Und ob ich kann. Und wenn ich jeden einzelnen Einwohner von Jesi umbringen muss.»

Noch am selben Abend brach Heinrich nach Messina auf. Drei Tage wollte er dort auf die Jagd gehen, sich zerstreuen und eine Hinrichtung ersinnen, die der letzten normannischen Königin würdig war.

Vor seiner Abreise befahl er den Ärzten, sich gut um seine Gemahlin zu kümmern. Nach dem Tod von Tommaso d'Acerra hatte sich die Gesundheit der Kaiserin derart verschlechtert, dass Heinrich befürchtete, um das Vergnügen seiner Rache an ihr gebracht zu werden.

Die drei Tage verstrichen. Auch wenn sie keinerlei Nahrung zu sich nehmen konnte, überlebte Konstanze.

Es verging ein vierter Tag. Und ein fünfter, ohne dass Heinrich sich sehen ließ.

Am sechsten Tag meinte Konstanze in dem Zimmer,

in dem man sie gefangen hielt, aus der Ferne ein undeutliches Grollen zu hören. Sie versuchte aufzustehen: Sie kannte dieses Geräusch nur zu gut. Sie hatte es in Salerno gehört, an dem Abend, an dem der Pöbel von Walter von Palearia gegen sie aufgewiegelt worden war. Es würde wieder geschehen. Das war die Folter, die der Kaiser für sie vorgesehen hatte. Das Volk von Palermo würde sie meucheln. Jene, denen sie die Rettung Konstantins anvertraut hatte. Welche Lügen hatte Heinrich verbreitet, um dies zu erreichen?

Wenn sie also sterben sollte, dann wollte sie es würdevoll tun, wie eine Königin, wie eine Hautville. Niemand würde sie so leidend und ungepflegt sehen. Der Stolz trieb sie aus dem Bett, sie wusch sich Gesicht und Hände und legte ihr schönstes Gewand an. Das Haar flocht sie zu einem ordentlichen Zopf, dann bedeckte sie es mit einem schneeweißen Schleier, auf den sie das Hochzeitsdiadem der Hautvilles setzte, das sie als Braut getragen und ihrem Mann als einziges Stück aus dem Kronschatz hartnäckig verweigert hatte.

Der Lärm auf den Straßen wurde so laut und bedrohlich, dass sie den Eindruck hatte, das ganze Volk von Palermo hätte sich vor dem Palast versammelt. Sie hörte auch heftiges Waffengeklirr, den Widerhall eines immer erbitterter geführten Kampfes. Angstvoll umklammerte sie ihr Kruzifix.

«Herr», betete sie ehrfürchtig, «hab Erbarmen mit Konstantin. Finde Du einen Weg, einen guten Mann und König aus ihm zu machen, so wie ich es erträumte. Gib mir die Kraft, in Würde zu sterben, und nimm meine Seele gnädig bei Dir auf.»

Mittlerweile wurde in unmittelbarer Nähe ihres Zimmers heftig gekämpft. Sie hörte Schreie und Flüche. Bald würden sie sie holen.

Plötzlich, mitten im Kampfgetümmel, erhob sich laut und deutlich eine Stimme, lauter als die anderen.

«Konstanze, Konstanze! Wo hat man Euch eingesperrt? Öffnet die Tür!»

Rogers Stimme.

«Konstanze! Ich bin es, Roger! Ihr seid frei, Konstanze. Der Tyrann ist tot!»

Noch bevor sie antworten konnte, wurde die Tür eingetreten, zwei Arme umklammerten sie fest, und sie fand sich, ohne dass sie wusste, wie es geschehen war, an Roger d'Aiellos Brust gedrückt.

«Heinrich von Hohenstaufen ist tot, Konstanze. Er ist ganz sicher tot.»

Er hob sie hoch, wie ein kleines Kind, und legte sie aufs Bett. Er streichelte ihr zärtlich Gesicht, Stirn und Wangen.

«Konstanze! Konstanze! Ihr seid gerettet.»

Sie öffnete die Augen, sah Roger direkt vor sich und konnte kaum glauben, dass er es wirklich war.

«Wie könnt Ihr da so sicher sein?», fragte sie. «Vor ein paar Tagen ging es Heinrich noch ausgezeichnet.»

«Er ist tot. Eine tödliche Darmerkrankung während der Treibjagd. Leider haben wir keine Zeit, uns lange darüber zu freuen. Walter von Palearia und Markwald von Anweiler verhandeln bereits, wie sie das Land unter sich aufteilen. Sie wollen Euch loswerden, indem sie Euch beschuldigen, Ihr hättet den Kaiser vergiftet. Anweiler hat den Koch festnehmen lassen, der Heinrich begleitete. Unter Folter wird er alles gestehen, was sie hören wollen. Wenn wir sie aufhalten wollen, müssen wir uns beeilen. Das Volk von Palermo kämpft auf den Straßen und ist bereit, für Euch zu sterben. Wir erwarten Eure Befehle, Majestät.»

Konstanzes Wangen bekamen wieder Farbe, sie wirkte weniger blass, und ihre Augen waren hellwach. Sie war aufgeregt und ungeduldig.

«Als Königin des normannischen Reichs befehle ich, den Thronerben zu retten und ihn seiner Mutter zurückzubringen. Die Zeit arbeitet gegen uns. Ich weiß, dass Phillip von Schwaben, der Bruder des Kaisers, noch nicht einmal zehn Tage Fußmarsch von Spoleto entfernt war, als Heinrich Palermo verließ. Ihr müsst ihm zuvorkommen, Roger. Teilt Herzog von Urslingen die Neuigkeiten mit und befehlt ihm, Euch Konstantin auszuhändigen.»

«Er wird nicht an den Tod des Kaisers glauben. Er wird einen Betrug vermuten. Und er wird Euch kaum gehorchen.»

«Das wird er, wenn der Brief vom ersten Kanzler des Reiches mit dessen Siegel eintrifft.»

«Von Walter von Palearia? Er würde so etwas niemals unterschreiben. Es wäre sein eigenes Todesurteil.»

«Das werden wir ja sehen. Seid Ihr bewaffnet?»

«Ja, Majestät.»

«Dann folgt mir.»

Auf Roger d'Aiellos Arm gestützt, eilte Konstanze durch die Flure, die zu den Räumlichkeiten des ersten

Kanzlers führten. Sie gab sich Mühe, keine Schwäche zu zeigen und ihren Gang sicher und würdevoll wirken zu lassen. Und tatsächlich spürte sie in sich eine Energie, von der sie bislang nichts gewusst hatte. Noch nie hatte sie sich so stark und entschlossen gefühlt.

Vor Walter von Palearias Arbeitszimmer hörten sie von drinnen Schreie und Drohungen.

«Öffnet die Tür», befahl sie der Wache vor dem Zimmer des ersten Kanzlers. Die Anwesenden verstummten beim Erscheinen der Königin. Konstanze beachtete Markwald von Anweiler und die anderen Höflinge gar nicht und blieb vor Walter von Palearia stehen. Die beiden musterten sich kühl.

«Schickt diese Herren fort. Auf der Stelle», befahl Konstanze.

«Ihr wagt es, mir Befehle zu erteilen?»

«Von nun an werdet Ihr mich nur noch mit meinem Titel ansprechen.»

Walter von Palearia lächelte spöttisch. «Wie ich sehe, Majestät, habt Ihr Euch einen Gesetzlosen zum Geleit gewählt, den die Gerichtsbarkeit des Königs schon lange verfolgt.»

«Der König ist tot, Walter von Palearia. Jetzt gibt es nur noch meine Gerichtsbarkeit.»

«Ihr lügt. Wachen, ergreift diesen Mann!»

Konstanze hob eine Hand, um die Männer aufzuhalten, die sich sofort in Bewegung gesetzt hatten und nun zögernd stehen blieben.

«Wagt es nicht, Walter von Palearia», warnte sie ihn mit großer Ruhe. «Stellt Euch nicht gegen die Königin. Das steht Euch nicht zu, nicht, bis Ihr mich angehört habt. Das Volk von Palermo ist auf den Straßen. Hört Ihr es? Es bebt vor Verlangen, sich zu rächen. Die Rollen sind vertauscht. Es ist nun an mir, Euch zu warnen und Euch unter Bewachung zu stellen. Wenn Ihr noch am Leben seid, dann nur, weil ich Euch noch brauche. Wagt Ihr es, mir zu trotzen und auch nur einen meiner Befehle zu missachten, werdet Ihr der Erste sein, der dem Pöbel von Palermo überlassen wird. Das sollte allerdings nicht nötig sein», fuhr sie versöhnlicher fort. «Ich vertraue auf Eure Erfahrung und Euer politisches Kalkül, auf die Ihr so stolz seid. Ihr werdet Euch für die vorteilhafteste Lösung entscheiden und Euch mit dem Sieger einig werden. Und jetzt schickt dieses Pack weg.»

Nach kurzem Zögern trat Walter von Palearia zu Markwald von Anweiler und beriet sich kurz mit ihm. Markwald lächelte verächtlich, zog einen großen Schlüsselbund hervor und ließ ihn vor Konstanzes Gesicht baumeln.

«Ihr jubelt zu früh, Konstanze», fuhr er sie an und verneigte sich spöttisch. «Dies sind die Schlüssel zu den Schatzkammern der Hautvilles. Wie Ihr seht, befinden sich all Eure Reichtümer in meinem Besitz. Der Kaiser hat sie mir auf dem Sterbebett anvertraut. Ich kann nach Belieben über das Königreich verfügen. Solange ich Euch nicht anerkenne, seid Ihr nicht die Königin.» Dann verschwand er mit seinen Männern.

«Ich will meinen Sohn Konstantin zurückholen», fuhr Konstanze, zum Kanzler gewandt, fort. «Und Ihr werdet mir dabei helfen.»

«Unmöglich. Phillip von Schwaben ist fast in Spoleto, er kann nicht mehr aufgehalten werden. Weder er noch von Urslingen wissen, was geschehen ist. Für sie gelten nur die Befehle des Kaisers. Ein Brief von Euch würde sie niemals überzeugen.»

«Von mir nicht, von Euch aber wohl. Setzt Euch und verfasst ein offizielles Schreiben an Konrad von Urslingen. Ihr teilt ihm mit, dass Ihr nach dem Tode des Königs auf Seiten der rechtmäßigen Herrscherin steht. Dann befehlt Ihr ihm, das Kind dem Kurier der Krone, Graf Roger d'Aiello, zu übergeben.»

«Warum sollte ich das tun? Was nützt mir das?», entgegnete Walter von Palearia.

«Zunächst einmal könnt Ihr Euer Leben retten», erwiderte Konstanze, ohne sich aus der Ruhe bringen zu lassen. «Ihr habt viele Fehltritte wiedergutzumachen. Vielleicht sehe ich über sie hinweg, wenn Ihr Euch für mich und meinen Sohn ebenso einsetzt wie für den Kaiser. Ferner könnte ich die bisherige Politik gegenüber dem Heiligen Stuhl überdenken. Der Papst wehrt sich dagegen, dass die Königreiche Süditaliens und das Heilige Römische Reich in einer Hand sind. Möglicherweise bin ich bereit, darauf einzugehen. Wenn ich Konstantin zurückbekomme, wird er in der Heimat seiner Ahnen aufwachsen und auf dem Thron der Hautvilles regieren. Er wird seinen Anspruch auf das Kaiserreich fallenlassen. Genau so, wie der Heilige Stuhl es immer wünschte. Im Gegenzug verlange ich vom Heiligen Vater, sich auf Friedrichs Seite zu stellen, des wahren Thronerben von Sizilien, und Markwald von Anweiler und seinen Anspruch auf den normannischen Thron zurückzuweisen. Die deutschen Söldner müssen alle Lehen und Titel zurückgeben, und zwar an die Adligen, die diese vor der Invasion besaßen. Was Euch betrifft, Walter von Palearia, so werdet Ihr nicht nur am Leben bleiben, sondern auch in Eurem Amt als erster Kanzler des Reichs. Überflüssig zu sagen, dass auch diese Vereinbarung nur eingehalten wird, wenn ich meinen Sohn wiederbekomme. Akzeptiert Ihr meine Bedingungen nicht, werdet Ihr dem Volk von Palermo überlassen, das lautstark nach Euch verlangt.»

«Ihr seid viel zu großzügig, Majestät», mischte Roger d'Aiello sich ein und umklammerte den Griff seines Schwertes. «Wir brauchen diesen Mann nicht mehr, und er hat uns allen nur geschadet. Erledigen wir die Sache auf der Stelle.»

Walter von Palearia räusperte sich, bevor er antwortete, gab sich alle Mühe, sich nicht beunruhigt zu zeigen. «Das wäre ein großer Fehler. Ich könnte Euch sehr nützlich sein, Majestät. Ich bin mit allen Geheimnissen des Königreichs vertraut. In den letzten Jahren habe ich nichts als meine Pflicht getan und wollte Euch niemals kränken. Ich bin bereit, Euch so treu und tatkräftig zu dienen, wie ich Heinrich gedient habe. Ihr könnt in den kommenden schwierigen Zeiten auf meine Hilfe zählen. Seid versichert, dass Seine Heiligkeit Euren Vorschlag sehr wohlwollend in Betracht ziehen wird, wenn ich zwischen Euch vermittle. Und um Markwald von Anweiler in Schach zu halten, braucht Ihr die Allianz mit der Kirche und den Schutz des Papstes.»

Er wartete auf ein Zeichen der Zustimmung. Die

Herrscherin nickte kaum merklich: Die Vereinbarung war getroffen.

«Gut. Jetzt müssen wir uns dringend um den kleinen Friedrich kümmern», fuhr Walter ermutigt fort. «In wenigen Minuten werden zwei Briefe von mir unterschrieben und versiegelt sein. Einer geht an Konrad von Urslingen, der andere an Phillip von Schwaben. Erlaubt mir dennoch, ganz offen zu sprechen, Majestät. Ich glaube nicht, dass wir Phillip von Schwaben zuvorkommen werden. Die Zeit arbeitet gegen uns.»

«Unser Kurier wird unverzüglich aufbrechen. Ich setze mein größtes Vertrauen in ihn.»

Als die Briefe fertig waren, übergab Konstanze sie Roger d'Aiello.

«Nehmt so viele Männer mit, wie Ihr braucht. Phillip soll seine Reise an Ort und Stelle unterbrechen. Sobald er die Nachricht erhalten hat, darf er nicht einen Schritt weitergehen. Er muss aufgehalten werden, bevor er einen Fuß in die Stadt setzen kann. Das ist von entscheidender Bedeutung, Roger.»

Als Zeichen seines Gehorsams verneigte sich der Graf d'Aiello. Konstanze sah ihrem alten Freund in die Augen, ohne ihre Rührung und Zuneigung zu verbergen.

«Die Zukunft des Königreichs liegt in Euren Händen, treuer Gefährte.»

Roger kniete vor der Herrscherin nieder, nahm behutsam ihre Hand und legte seine Stirn darauf.

«Ich werde mein Bestes geben, Majestät, so weit meine Kraft reicht und so lange ich lebe. Ich bete zu Gott, dass ich Euer Vertrauen nicht enttäuschen werde. Sollte es so weit kommen, werde ich mit Eurem Namen auf den Lippen sterben.»

«Der Herr segne Euch und bringe Euch gesund und munter zu mir zurück, Roger.»

«Gott schütze Euch, meine geliebte Königin.»

Dreizehn

«Wir sind zum Aufbruch bereit, Herr.»

Phillip von Schwaben nickte. Ihr Ziel war nur noch einen halben Tagesmarsch entfernt. Schon heute Nacht würde er in Spoleto schlafen, in einem weichen, bequemen Bett. Auch die Truppe könnte sich dann nach den vielen anstrengenden Tagen Gewaltmarsch erholen, in denen sie so schnell wie möglich die Mission durchgeführt hatte, die Heinrich ihnen aufgetragen hatte.

Gerade als Phillip den Befehl zum Aufbruch geben wollte, traf ein Kurier ein.

«Es ist ein berittener Bote im Lager angekommen», meldete die Wache. «Er sagt, er sei Tag und Nacht geritten, um Eurer Hoheit eine äußerst wichtige Nachricht zu bringen. Er verlangt, augenblicklich vorgelassen zu werden, und zwar im Namen ...»

«Augenblicklich?», unterbrach Phillip ihn erstaunt.

«So hat er sich ausgedrückt, Herr. Im Namen Ihrer Majestät, Königin Konstanze, hat er gesagt.»

«Königin Konstanze? Bringt den Kerl zu mir!»

Ein blutjunger Ritter wurde zu Phillip von Schwaben vorgelassen. Seine Kleider waren staubig, seine Haare zerzaust, und sein Atem ging keuchend. Offenbar hatte er sich bis ans Ende seiner Kräfte verausgabt. Sein Blick aber war bei aller Jugend und trotz der Erschöpfung fest und entschlossen. Er verneigte sich kurz und nur der Höflichkeit halber. Dann zog er aus seinem Harnisch einen Brief hervor und reichte ihn Phillip, der das Siegel prüfte: Es war vom ersten Kanzler des Kaisers. Also ein weiterer Aufruf zur Eile. Gereizt erbrach er das Siegel und fing gelangweilt an zu lesen.

«Darf ich Euren Namen erfahren, Ritter?», fragte er brüsk, kaum dass er zu Ende gelesen hatte.

«Emanuele di Lauria, mein Herr.»

«Seid Ihr einer der Adligen, die sich gegen die Autorität des Kaisers erhoben haben?»

«Meine Familie erkennt nur eine Autorität an: die der Königin Konstanze.»

«Ein Rebell also. Das war zu erwarten. Ich traue weder Euch noch dem Brief, den Ihr mir gebracht habt. Es handelt sich wohl um ein ungeschicktes Täuschungsmanöver. Ich werde meinen Marsch nach Spoleto fortsetzen. Wachen, ergreift diesen Mann.»

«Der Brief ist vom ersten Kanzler unterschrieben. Das könnt Ihr leicht überprüfen», entgegnete Emanuele di Lauria, ohne sich von Phillips Drohung beeindrucken zu lassen. «Der Befehl ist eindeutig: Ihr müsst Euren Marsch sofort nach Übergabe des Briefes abbrechen. Ihn fortzusetzen, würde als kriegerischer Akt gegen das Königreich Sizilien betrachtet. Folglich würde man Euch wie einen Feind und Eindringling behandeln.»

«Falsch. Ich halte mich an die Befehle Heinrichs von Hohenstaufen.»

«Der Kaiser ist tot. Seine Befehle sind nicht mehr

von Belang. Handelt nicht überstürzt: Es könnte Eure Rückkehr in die Heimat gefährden.»

«Wollt Ihr mich einschüchtern?»

«Ich will, dass Ihr nachdenkt. Ihr seid allein in einem fremden Land. Niemand würde Euch zu Hilfe eilen.»

Phillip nagte an seiner Unterlippe und schwieg.

«Schickt einen Boten nach Spoleto, zum Herzog von Urslingen», befahl er seinen Männern. «Ich will wissen, was er weiß. Was Euch betrifft, Emanuele di Lauria, so bleibt Ihr hier, bis der Bote zurück ist. Solltet Ihr gelogen haben, überstelle ich Euch Heinrich.»

«Nein, mir wurde befohlen, sofort zurückzureiten. Daran könnt Ihr mich nur mit Gewalt hindern. Der erste Kanzler würde allerdings ein derart feindseliges Verhalten gegenüber einem Kurier der Krone höchstwahrscheinlich sehr missbilligen. Und erst der Heilige Vater …»

«Ihr habt es sehr eilig fortzukommen. Das zeigt mir, dass Ihr lügt.»

«Mein Herr», antwortete Emanuele di Lauria ungeduldig, «hört auf meinen Rat. Kehrt nach Hause zurück, solange es noch möglich ist. Ihr seid in großer Gefahr. Die Staufer haben sich hierzulande nicht besonders beliebt gemacht.»

Eine angedeutete Verneigung, dann saß der junge Ritter auf und ritt in aller Ruhe davon, ohne dass jemand ihn aufzuhalten wagte.

Am nächsten Morgen beschloss Phillip, nicht länger herumzusitzen und mit größter Eile auf Spoleto zuzuhalten. Er war es leid, auf die Rückkehr seines

Boten zu warten. Auf dem Weg nach Spoleto gab es keine weiteren Zwischenfälle, was ihn gänzlich davon überzeugte, dass sein Bruder gar nicht tot war und die ganze Angelegenheit ein Versuch der Rebellen, ihn aufzuhalten.

Als er den Palast des Herzogs erreichte, traf er Konrad und seine Gemahlin bestürzt an.

«Herzog von Urslingen, Herzogin», begrüßte Phillip die beiden, deren erschrockene Mienen ihn irritierten. «Zweifellos kennt Ihr den Grund meines Kommens. Auf Wunsch Seiner Majestät des Kaisers werde ich Prinz Friedrich von Hohenstaufen in meine Obhut nehmen.»

«Hoheit», stammelte Konrad von Urslingen mit weitaufgerissenen Augen, «das muss ein Missverständnis sein. Prinz Friedrich ist nicht mehr hier. Gerade eben haben wir ihn Roger d'Aiello, dem Gesandten von Königin Konstanze, anvertraut. Die Anweisungen des ersten Kanzlers waren eindeutig. Ich bin untröstlich, aber ich kann nichts dafür.»

Phillip wurde rot vor Wut. «Ihr lügt, Herzog! Ich glaube Euch kein Wort. Sie können unmöglich vor uns hier gewesen sein.»

«Verzeiht, mein Herr», beeilte sich Konrad zu erklären. «Aber genau so ist es. Der Graf d'Aiello ist Euch um Haaresbreite zuvorgekommen. Vor noch nicht einmal einer Stunde. Wenn Ihr sofort die Verfolgung aufnehmt, könntet Ihr ihn noch einholen. Mit dem einjährigen Kind in ihrer Obhut werden sie nicht sehr schnell vorankommen. Dennoch steht fest, dass der Kaiser tot ist. Überlegt Euch also gut, was Ihr tun werdet, seine Truppen werden Euch beim Rückzug nicht mehr decken. Im Königreich herrscht großes Durcheinander. Die deutsche Armee ist zerschlagen und ohne Führung, das sizilianische Volk und der Adel wollen Rache. Die größte geschlossene Einheit untersteht Markwald von Anweiler, aber auf den sollte man sich besser nicht verlassen. Ich weiß nicht, was er vorhat. Sogar Walter von Palearia hat sich auf Konstanzes Seite geschlagen. Ihr habt also auch den Papst gegen Euch. Traurige Umwälzungen stehen bevor, insofern empfehle ich Euch, vorsichtig zu sein. Aber darf ich nach dem Grund für Eure Verspätung fragen? Ihr wart doch so dicht vor Eurem Ziel. Wenn Ihr gestern Abend eingetroffen wäret, oder heute Morgen ...»

Phillip, dessen Wut auf sich selbst größer war als die auf den Herzog von Urslingen, zog sein Schwert.

«Ihr wagt es, mir daran die Schuld zu geben? Ihr seid ein Feigling! Ihr lügt, um Euch selbst zu schützen. Warum hattet Ihr es so eilig, das Kind auszuhändigen? Was war der Preis für diesen Verrat?»

«Der Kanzler war in seinem Brief sehr deutlich, und Roger d'Aiello ließ sich nicht beirren», erwiderte der Herzog knapp, ohne auf Phillips Unterstellungen einzugehen. «Da ich keine anderen Befehle hatte, hielt ich es für ratsam zu gehorchen.»

«Warum habt Ihr meinen Boten nicht sofort wieder zurückgeschickt?»

«Hier ist kein Bote eingetroffen», versicherte Konrad nachdrücklich. «Sonst hätte ich versucht, Zeit zu gewinnen. Woher sollte ich wissen, dass Ihr so nah seid?»

Was der Herzog von Urslingen Phillip nicht gestand, war, dass Walter von Palearias Schreiben sehr überzeugende Argumente enthalten hatte, zu gehorchen. Wenn Friedrich gesund und munter in Sizilien eintraf, würde die Königin dem Herzog und seiner Gemahlin verzeihen. Sie würden das Lehen, das ihnen von Heinrich zugesprochen worden war, behalten und ungestört weiterleben können wie bisher. Wenn nicht, würden sie ihren Titel ablegen und verbannt. Was den Boten betraf, hatte Konrad nicht gelogen: Er war nie in Spoleto angekommen, da Emanuele di Laurias Schwert ihn niedergestreckt hatte.

Eine einzige Stunde also hatte über das Schicksal von Konstantin Friedrich Roger entschieden, den Sohn, den Konstanze von Hautville so sehr liebte.

Nachdem Roger d'Aiello aufgebrochen war, konnte Konstanze an nichts anderes mehr denken als an ihren Sohn und daran, wie das Ganze ausgehen würde. Sie schwankte zwischen Zuversicht und Pessimismus und betete viel. Die Zeit war ihr ärgster Feind: immer wieder rechnete sie nach und malte sich aus, was für einen Verlauf die Dinge wohl nahmen. Sie beneidete Roger, der zwar in Gefahr war, aber wusste, was vor sich ging. Sie aber musste tatenlos abwarten, in Gesellschaft ihrer Zweifel und Ängste und der Bilder in ihrem Kopf.

Roger hatte es vorgezogen, außer dem jungen Emanuele di Lauria niemanden mitzunehmen.

«Ich brauche keine bewaffneten Eskorten, Majestät», hatte er Konstanze erklärt. «Emanuele di Lauria hat alles, was wir brauchen: Er ist mutig und loyal. Auf ihn kann ich mich verlassen wie auf mich selbst. Außerdem hat er, obwohl er noch jung ist, eine sehr entschiedene Art, mit der er sich Respekt verschafft und durchsetzt. Emanuele ist genau der richtige Mann, andere benötige ich nicht.»

«Aber wie wollt Ihr Euch verteidigen, wenn Ihr angegriffen werdet? Meint Ihr etwa, dass Eure Reise lange geheim bleiben wird? Dass Markwald von Anweiler nicht versuchen wird, Euch aufzuhalten? Ohne Eskorte aufzubrechen, ist viel zu gefährlich. Für Euch und für meinen Sohn.»

Roger hatte ihre Hände genommen.

«Das stimmt, Konstanze. Aber mit einer Eskorte von zehn oder zwanzig Mann würde es viel länger dauern. Wir kämen niemals rechtzeitig an, dabei wissen wir genau, dass die Zeit unsere einzige Hoffnung ist. Wir müssen schneller sein als Phillip von Schwaben.»

Schweren Herzens hatte sie zugestimmt. Aber je mehr Tage verstrichen, ohne dass etwas passierte, desto schuldiger fühlte sie sich wegen ihres Leichtsinns.

Markwald von Anweiler, der sich in Palermo bedroht fühlte, hatte sich dort nicht mehr sehen lassen. Auf dem Land hatte er leichteres Spiel, zu plündern und Schrecken zu verbreiten. Konstanze bezweifelte nicht, dass er auf die eine oder andere Weise von Rogers Auftrag gehört hatte und versuchen würde, die kostbare Geisel an sich zu bringen.

«Glaubt Ihr, er will auf den Thron?», hatte sie Walter von Palearia gefragt.

«Er ist habgierig, und es mangelt ihm an jedwedem Ehrgefühl. Es steht also zu befürchten; Heinrich hat ihm mit den Schlüsseln zum Kronschatz große Macht verliehen. Ohne einen rechtmäßigen Erben hätte er freie Bahn.»

«Was können wir tun?»

«Wir müssen abwarten. Unser aller Schicksal hängt allein von Rogers Mut und Geschick ab. Wenn uns der Thronerbe gesund und munter übergeben wird, muss Anweiler verhandeln, und Eure Majestät kann sicher sein, dass der Kerl einen erbitterten Gegner in mir finden wird. Vergesst nicht, dass auch der Papst Euch seinen besonderen Schutz zugesagt hat. Wir müssen zuversichtlich sein und auf Rogers Rückkehr warten, Majestät.»

Es war Nacht.

Konstanze war vollständig angekleidet und saß auf einem Sessel vor dem großen, weitgeöffneten Fenster. Der Himmel war mit funkelnden Sternen übersät, und der Vollmond erleuchtete die Nacht. Sein Licht spiegelte sich in einem silbernen Streifen auf dem Meer, das in der Ferne glänzte. Aus den Gärten stiegen schwere, betörende Düfte zu ihr empor, die sie an glücklichere Zeiten erinnerten. Dies war das Land, von dem sich ihre Vorfahren so sehr angezogen fühlten, obwohl es ihnen fremd war. Hierfür hatten sie die Normandie und ihre beschauliche Heimat in Cotentin verlassen und sich aufgemacht, es zu erobern.

Wie gern hatte sie dem alten Margesio zugehört, der als Soldat so tapfer für die Normannen gekämpft hatte, dass ihm die Hautvilles wegen seiner treuen Dienste eine bescheidene Bleibe im Schlosspark zugestanden hatten.

Als Konstanze und Roger Kinder und unzertrennlich waren, war er ihr bester Freund gewesen. Wie oft hatte er ihnen seine Geschichte erzählt.

«Vor langer, langer Zeit lebten die Hautvilles am nördlichen Ende der Welt: im ewigen Eis. Aber immer schon sehnten sie sich nach dem Süden. Eure Vorfahren waren abenteuerlustige, junge Männer und ziemlich dreist, kleine Herrin.»

«Was bedeutet ‹dreist›, Margesio?», erkundigte sich Roger mit gespielter Unschuld.

«Dass sie wagemutig waren», hatte Konstanze geantwortet, die keine Abschweifung duldete. «Sei still, Roger, unterbrich ihn nicht immer.»

«Du lügst. ‹Dreist› bedeutet, dass sie nicht zu den Guten gehörten.»

«Aber sie waren Edelmänner, oder, Margesio? Und sie waren reich!», hatte sie widersprochen.

«Tankred von Hautville war zwar adliger Herkunft, aber er kam mit nichts außer seinen Kindern in die Normandie. Alles Söhne. Zwölf Bengel, die sich gleich sahen: blonde Haare und blaue Augen. Und alle waren stark und gesund. Wie jeder in Eurer Familie. Ich kann mir überhaupt nicht erklären, wie Ihr auf die Welt kamt: ein so zartes kleines Mädchen ...»

«Zart, Margesio? Da kennst du sie aber schlecht. Sie ist rechthaberisch und überheblich», widersprach Roger, und Konstanze funkelte ihn böse an.

«Als die zwölf Lausbuben größer wurden, fing für

den armen Tankred der ganze Ärger an. Sie waren laut, wild und ungezogen und prügelten sich ständig. Die Burg von Cotentin war einfach zu klein für eine solche Bande. Also schwärmten sie in die umliegenden Ländereien aus. Doch schon bald wusste Tankred nicht mehr, was er den Bauern sagen sollte, die sich immer häufiger beschwerten. So rief er eines schönen Tages die älteren der Brüder zu sich und erklärte ihnen ohne große Umschweife, dass sie, da sie so vor Kraft strotzten und ihr Hunger nach Abenteuern so groß sei, zu neuen Horizonten aufbrechen müssten.»

«Er hat sie rausgeworfen?»

«Ganz genau. Raus mit ihnen, sie sollten ihr Glück machen.»

«Und sie sind wirklich losgezogen?»

«Zuerst die drei ältesten Brüder, Wilhelm, Drogo und Humfred. Auf der Suche nach einem Land mit fruchtbarem Boden und mildem Klima, das leicht zu erobern war, jedenfalls mit ein bisschen Mumm. Das erzählten sie zumindest den anderen, als sie zurückkamen. Ihre Brüder waren sofort Feuer und Flamme und stürzten sich kopfüber in das Abenteuer. Sie waren wie junge Löwen, furchtlos und unerschrocken.

Doch bis auf zwei kamen sie alle um, bevor ihr Traum in Erfüllung ging. Übrig blieben Robert, den man Guiscard nannte, was auf Normannisch so viel wie ‹Schlaukopf› bedeutet, und der Jüngste der Brüder, Roger. Die Normannen waren unerfahren und schlecht ausgestattet, dennoch besiegten sie die mächtigen Araber. Sie mussten ihnen weichen, diesen seltsamen Wesen mit den bleichen Gesichtern, deren

Augen die Farbe des Himmels und deren Haar die Farbe reifen Korns hatten.

Aber wisst Ihr, was dann geschah? Die Eroberer wurden von der Welt, die sie zerstören wollten, in die Knie gezwungen. Als sie vor den arabischen Sultanspalästen standen, verschlug ihnen deren Pracht und Schönheit die Sprache. Und dann erst die riesigen Bibliotheken voller Bücher! Alle waren fasziniert, und besonders Robert und Roger waren begeistert. Und weil sie die Besiegten so sehr bewunderten, behandelten sie sie mit großem Respekt. Wer in Sizilien bleiben wollte, durfte Hab und Gut behalten und seine Religion ausüben, obwohl der Papst lautstark protestierte. Die Araber von Sizilien haben ihnen das nie vergessen. Deshalb können wir heute in Frieden mit ihnen leben.»

Die Geschichten des alten Margesio, die Kabbeleien mit Roger d'Aiello! Sie erinnerte sich an keinen einzigen Tag ihrer Kindheit, den sie ohne ihren Gefährten, ohne ihre Spiele und Abenteuer verbracht hatte.

Ihre Freundschaft hatte gehalten, bis sie größer geworden waren und sich ihren ersten Kuss gegeben hatten. Von da an war Roger ihr immer häufiger aus dem Weg gegangen. Vielleicht machten ihn das ständige Erröten und die peinlichen Momente des Schweigens zwischen ihnen verlegen.

Sie hatte nichts dagegen unternommen, weil sie schon damals ihre Berufung spürte. Ihre Freundschaft war genau in der Zeit zerbrochen, als sie einen Vertrauten am nötigsten gebraucht hätte. Ihr Stiefbruder, der König, machte keinen Hehl aus seiner Leidenschaft für sie und verfolgte sie mit aufdringlichen Aufmerksamkeiten. Um sich vor ihm zu schützen, hatte sie versucht, ihren Eintritt ins Kloster zu beschleunigen, was ihn nur noch rasender gemacht hatte.

Auch damals war sie ihrem Peiniger entkommen, weil er plötzlich starb.

Während sie tief in Gedanken versunken war, kam eine warme Brise auf. Es war, als würde der afrikanische Wind sie liebkosen. Sie schloss die Augen und fiel in einen Schlummer voller seltsamer Traumbilder. In diesem halbwachen Zustand hörte sie plötzlich lautes Wehgeschrei, ein Kind rief nach seiner Mutter.

Sie schrak hoch und rief den Namen ihres Sohnes: «Konstantin, Konstantin, hier bin ich!»

Angestrengt lauschte sie: Um sie herum schien alles still. Es war nur ein böser Traum gewesen. Oder eine Vorahnung?

Noch einmal lauschte sie ängstlich.

Und tatsächlich schienen da undeutlich und weit entfernt Stimmen zu sein. Sie rannte los, atemlos, auf die Stimmen zu, voller Hoffnung und Vorfreude.

«Konstantin, Konstantin!», rief sie immer wieder. «Konstantin!»

Plötzlich tauchte ein fremder Ritter aus der Dunkelheit auf und kam auf sie zu. Er trug ein Kind auf den Armen, das wild um sich schlug und verzweifelt schrie. Es hatte so helles Haar, dass es fast weiß schien, und seine Augen waren leuchtend blau. Durch einen Schleier von Tränen sah das Kind sie an. Es hörte auf zu weinen, auch wenn seine Brust sich weiter hob und senkte und sein Mund aussah, als würde es jeden Moment wieder losschreien. Konstanze war so aufgewühlt, dass sie sich wie gelähmt fühlte, unfähig, etwas zu tun oder zu sagen. So starrte sie das Kind nur beklommen an. Schließlich streckte sie ihre Arme aus und wartete: Würde ihr Sohn sie wiedererkennen oder abwehren? Konstantin sah sie noch einen Augenblick ernst an und zog die Nase hoch. Dann warf er sich ihr entgegen und schlang seine kleinen, rundlichen Arme um ihren Hals.

Konstanze drückte ihn an sich und überschüttete ihn mit Küssen. Sie trocknete seine Tränen, streichelte und wiegte ihn, bis er sich beruhigt hatte. Als er eingeschlafen war, berührte sie ihn weiter ungläubig, als wollte sie sich vergewissern, dass er echt war, aus Fleisch und Blut.

Erst nach einer ganzen Weile fiel ihr der Ritter wieder ein, der sich erschöpft auf den Boden hatte fallen lassen. Als er bemerkte, dass Konstanze ihn ansah, kniete er mit gesenktem Kopf vor ihr nieder und wartete auf ihre Fragen.

«Setzt Euch neben mich, Ritter, und sagt mir Euren Namen.»

«Emanuele di Lauria, meine Herrin.»

«Emanuele di Lauria», wiederholte Konstanze bewegt und nahm die Hände des jungen Mannes in die ihren. «Ihr habt Roger begleitet und ihm geholfen. Das Königreich schuldet Euch unendlichen Dank. Ihr habt ihm einen unschätzbaren Dienst erwiesen. Genau wie mir, Emanuele, einer Mutter, der ihr Kind grausam entrissen wurde. Ich kann Euch gar nicht genug für das Glück danken, das ihr mir beschert habt.»

«Ich habe nur meine Pflicht getan, Majestät. *Ich* muss mich bedanken, dass Ihr mich für diese Mission auserwählt habt. Es ist eine große Ehre für mich. Roger d'Aiello verdient Euren Dank mehr als ich.»

«Ich will ihn sofort sehen. Warum ist er noch nicht hier?»

Der Ritter antwortete nicht, sondern senkte den Kopf. Eine böse Vorahnung ließ Konstanzes Lächeln gefrieren.

«Ist Roger etwas zugestoßen? Ist er verletzt? So sprecht doch, ich bitte Euch!»

Emanuele di Lauria wusste nicht genau, welches Schicksal Roger d'Aiello ereilt hatte. Er versuchte, nicht allzu besorgt zu klingen, als er ihr berichtete, wie sie von Anweilers Truppen verfolgt und schließlich eingeholt worden waren. Roger hatte sich viele Listen einfallen lassen, um ihnen zu entgehen. Er war nachts geritten, hatte falsche Fährten gelegt, immer nur kurze Zeit gerastet, in abgelegenen Häusern auf dem Lande oder in einsamen Klöstern und nur des Kindes wegen. Er hatte niemandem vertraut.

Erst in der Burg von Marino Capece, einem treuen Gefährten, als sie dachten, sie hätten es fast geschafft, wurden sie eingeholt. Während von Anweilers Männer eine Blockade errichteten, um ihnen jeglichen Fluchtweg abzuschneiden, hatte Roger Emanuele zu sich gerufen.

«Ich brauche dich jetzt, Emanuele.»

«Ich bin bereit, mein Herr.»

«Es wird gefährlich sein.»

«Nicht gefährlicher als für Euch.»

«Ich gebe den künftigen König in deine Hände. Du musst ihn schützen und der Königin zurückbringen, selbst wenn es dich das Leben kostet. Du wirst sofort aufbrechen, bevor Anweilers Männer uns ganz umzingelt haben. Wir werden dir Deckung geben. Marino Capece wird dir einen Geheimgang zeigen, der dich hinter die Reihen des Feindes bringt. Zumindest hoffen wir das. Wenn du hinauskommst, musst du die Lage einschätzen und die beste Möglichkeit wählen. Nimm dir das schnellste und ausgeruhteste Pferd aus dem Stall. Dann reitest du im gestreckten Galopp nach Palermo. Für den Kleinen wird das hart sein, aber er wird es schaffen. Gott schütze dich.»

«Warum flieht Ihr nicht mit uns?»

«Ich bleibe hier, damit Anweiler etwas hat, in das er sich verbeißen kann und das ihn aufhält. Er ist davon überzeugt, dass ich den Kleinen aus persönlichen Interessen entführt habe und ihn keinem anderen überlassen würde. Glücklicherweise ist er nicht besonders klug.»

«Müssen wir einander Lebewohl sagen?», hatte Emanuele mit Tränen in den Augen gefragt.

«Kein Grund zu verzweifeln. Alle Menschen müssen sterben, aber nicht alle sterben ehrenvoll.»

Daraufhin war Emanuele aufgebrochen und, wie es ihm gesagt wurde, ohne zu rasten bis nach Palermo geritten.

Er wusste nicht, was in der Burg von Capece geschehen war.

«Aber Roger hat mir eine Botschaft für Euch mitgegeben», schloss Emanuele. «‹Sollte mir etwas zustoßen, erinnere die Königin an mein Versprechen›.»

Die quälende Frage nach Rogers Schicksal wurde schon kurze Zeit später beantwortet. Vier Tage nach Konstantins Rückkehr traf ein Korb im Palast ein, in dem die abgeschlagenen Köpfe von Roger d'Aiello und Marino Capece lagen.

Dritter Teil

Lamm unter Wölfen

Vierzehn

Meine liebe Tochter Konstanze,
unser Gesandter hat uns wenig tröstliche Nachrichten über Euren gesundheitlichen Zustand gebracht. Wir beten zu Gott, dass Ihr Eurem lieben Sohn Friedrich noch lange erhalten bleibt. Sein zartes Alter macht uns große Sorgen. Nichts wird uns von der schwierigen Aufgabe abhalten, väterlich für den Thronerben, Euren geliebten Sohn, zu sorgen und über seine körperliche und geistige Entwicklung zu wachen. Wir werden ihn nach den Prinzipien und Lehren der heiligen Mutter Kirche erziehen und uns schützend vor ihn stellen, sollte jemand das Königreich angreifen oder einen unanfechtbaren Anspruch auf den Thron anfechten, der ihm vor Gott aufgrund seiner mütterlichen Abstammung her zusteht. Dies versprechen wir feierlich, liebste Tochter, im Namen unseres Herrn Jesus Christus.

Wir bitten Gott, den Allmächtigen, um seinen Segen, für Euch und für Friedrich.

Innozenz III., Bischof von Rom und Papst

Konstanze faltete den Brief sorgfältig wieder zusammen und legte ihn in den Kasten, in dem sie alle Dokumente aufbewahrte, die nach ihrem Tod dazu beitragen konnten, dass ihr Sohn am Leben blieb und in Sicherheit war. Sie hütete dort auch den Beweis dafür, dass sie sich demütig der Kirche und dem Papst unterworfen und auf Friedrichs Anspruch auf das Heilige Römische Reich verzichtet hatte.

Diese Kapitulation war unvermeidlich gewesen. Sizilien war arm und mittellos, zudem gebeutelt von den Truppen deutscher Söldner, die sich nach Heinrichs Tod zwar offiziell aufgelöst hatten, jedoch genauso grausam vorgingen wie zuvor und sich mit dem Verlust ihrer Macht nie abgefunden hatten. Der Thron wurde durch Markwald von Anweilers Ansprüche bedroht, die der Kaiser ihm mit den Schlüsseln zu den Schatzkammern quasi übertragen hatte. Und dann war da noch Walter von Palearia, so scheinheilig, heimtückisch und bedrohlich wie eh und je.

Sie hatte also keine andere Wahl, als Konstantin dadurch zu retten, dass sie ihre Feinde gegeneinander ausspielte und zumindest eine Seite dazu zwang, sich auf ein starkes und sicheres Bündnis einzulassen. Sie hatte sich für Walter von Palearia und die Kirche entschieden: Innozenz III. hatte sich als tatkräftiger und durchsetzungsfähiger Papst erwiesen. Sie hoffte, dass er seinen ehrgeizigen und mächtigen Gesandten zur Räson bringen konnte.

Lange würde sie nicht mehr leben. Das spürte sie deutlich. Ihr Körper wurde von Tag zu Tag schwächer. Trotz ihrer unermüdlichen Bemühungen, dagegen anzukämpfen, wurde es immer schlimmer. Nach Roger d'Aiellos Tod, mit dem auch ein Teil von ihr gestorben war, war ihre Bindung an Konstantin noch enger geworden. In ihrem Kummer war er ihr einziger Trost und Lichtblick.

Die Ammen, ihre Dienerinnen, die Priester, selbst Walter von Palearia machten ihr wegen dieser blinden Liebe Vorwürfe. Mit den fadenscheinigsten Begründungen redeten sie auf sie ein, ohne ihr je den wahren Grund ihrer Befürchtungen zu nennen: Ihr Leben hing an einem seidenen Faden. Was sollte aus dem Dreijährigen werden, wenn die sonst nie abwesende Mutter plötzlich nicht mehr da war? Schon jetzt wurde Konstantin unruhig und nervös, wenn sie sich nur für wenige Augenblicke entfernte.

Konstanze war die Einzige, die sich darum keine Sorgen machte, vielleicht weil sie sich ihm so eng verbunden fühlte. Sie war sicher, dass Konstantin ahnte, dass sie bald nicht mehr da sein würde. Deshalb schien er entschlossen, so viel Zeit wie möglich bei ihr zu sein, als würde ihm das die Kraft geben, sich in Zukunft allein der Welt zu stellen. Manchmal, wenn sie ihm in die Augen sah, hatte sie den Eindruck, ihr Sohn wolle sie ermutigen: Mach dir keine Sorgen, schienen seine Augen zu sagen, aus mir wird ein Mann werden, der die Führung seines Reichs in die Hand nimmt.

Von diesem Gefühl konnte sie niemandem erzählen. Man hätte sie ausgelacht, sie für verrückt erklärt. Dabei wurde Friedrichs Intelligenz schon jetzt weit und breit gerühmt: Was war von einem Kind zu halten, das mit drei Jahren bereits fehlerlos lesen und schreiben konnte? Walter von Palearia hielt das für ein Wunder und nannte es ein Gottesgeschenk, das er gleichwohl ein wenig besorgniserregend fand: Dieser Knabe würde nicht leicht zu lenken sein.

«Seine ungeheure Intelligenz muss streng beobachtet werden», wiederholte er immer wieder. «Der Papst darf nicht zulassen, dass eine so große Gabe verkümmert, weil er schlecht unterrichtet wird. Wir müssen gut auf ihn aufpassen.»

Konstanze verursachte das eine Gänsehaut. Was erwartete ihren Sohn, wenn sie nicht mehr für ihn da war? Konstantin schien ganz nach seinen Ahnen zu geraten. Was würde Walter von Palearia tun, wenn er nicht nur ein normannischer «Schlaukopf» war, sondern auch die Fehler seiner Ahnen geerbt hatte, wenn aus ihm ein Draufgänger und Frauenheld würde? Würde er ihn dann dahin gehend beeinflussen, dass er die Hautvilles, die «getauften Sultane», hasste?

Sie hatte darauf keine Antwort. Glücklicherweise hatte sie auch gar nicht viel Zeit, sich mit solchen Fragen zu quälen. Seit ihr Kind wieder bei ihr war, flogen die Tage dahin, es gab so viel zu tun, und sie war fast gezwungen, in Laufschritt zu verfallen, um seiner unersättlichen Neugier und seinem unerschöpflichen Tatendrang nachzukommen.

Die einzigen ruhigen Minuten waren die, in denen sie ihm die Geschichte ihrer Familie erzählte. Konstanze berichtete ihrem Sohn, was der alten Margesio ihr erzählt hatte. Lebhaftes Interesse zeigte er auch an Büchern über Tiere und die Natur. Er stellte ihr tausend Fragen, die sie nicht immer beantworten konnte.

Abends, wenn Konstantin erschöpft einschlief, verbrachte Konstanze trotz ihrer eigenen Müdigkeit fast die ganze Nacht damit, ihn zu streicheln, sein Gesicht, die Hände, die stämmigen Beinchen, ihm leichte Küsse mit dem Finger aufzudrücken und zu beten, dass Gott ihn schützen möge.

Die Regierungsgeschäfte waren nahezu vollständig Walter von Palearia übertragen worden, der uneingeschränkte Macht besaß. Nur selten, und auch nur, um den Schein zu wahren, traf der Kanzler die Königin, um ihr Bericht zu erstatten und sie nach ihrer Meinung zu fragen. Auch bei diesen Gelegenheiten war Konstantin bei ihr. Konstanze war sich sicher, dass ihr kluges Kind intuitiv begriff, wie sehr sie diese Gespräche belasteten. Konstantins strenge Blicke ließen keinen Zweifel daran, dass er dem Kanzler misstraute und ihn nicht mochte.

Unter großen Anstrengungen hatte Friedrich einen Stuhl vor den riesigen Schreibtisch in der Mitte des Raumes gezogen. Erst vor ein paar Tagen hatte seine Mutter ihm diesen Teil des Palastes gezeigt und ihm erklärt, dass es sich um eine der vielen königlichen Bibliotheken handelte.

«Hier werden Bücher gesammelt und aufbewahrt», hatte Konstanze gesagt und über die Begeisterung ihres Sohnes lächeln müssen. «Aber du darfst nicht allein hierherkommen. Verstanden, Konstantin? Versprichst du, artig zu sein?»

«Ja, Mutter. Aber ich will wissen, warum.»

«Siehst du, wie viele Zimmer es sind, eins nach dem anderen? Allein würdest du dich darin verlaufen. Und dann sieh mal, wie viele Regale es hier gibt, Tausende von Büchern. Es wäre sehr gefährlich, wenn du versuchen würdest, hinaufzuklettern, um an sie heranzukommen. Du bist noch zu klein, um allein hier zu sein.»

Aber er hatte ihr nicht gehorcht, ohne ein schlechtes Gewissen zu haben. Seit seine Mutter das Bett nicht mehr verließ, war ihm sterbenslangweilig. Die letzten drei Tage hatte er sie nur ganz selten gesehen. Sie hatte ihn angelächelt und beruhigt.

«Ich bin müde, das ist alles. Die Ärzte haben mir Ruhe verordnet. Bald können wir wieder zusammen spielen. Bist du auch brav?»

«Ja, Mutter.»

«Wer kümmert sich denn um dich?»

«Ein paar Diener.»

Alles Lügen. Es gab niemanden, der sich um ihn kümmerte. Außer Walter von Palearia kannte Konstantin keine Menschenseele im Palast, weil er sonst die ganze Zeit mit seiner Mutter zusammen war. Vielleicht wussten die anderen gar nicht, wer er war. Am schwierigsten war die Essensfrage, er hatte keine Ahnung, wie er sie lösen sollte. Um sich abzulenken, flüchtete er in die Bibliothek, wo er sich wohl fühlte. Er war sicher, dass er sich dort nicht verirrte, wie seine Mutter befürchtete, weshalb er sich traute, ungehorsam zu sein.

Er kletterte auf einen der Lehnstühle. Von da aus kam er an die Schreibtischplatte heran, auf der zahllose Bücher lagen. Aufs Geratewohl fing er an, in einem zu lesen, das zufällig aufgeschlagen war: «... eine vornehme, alte Stadt, die einen in aller Pracht freundlich empfängt, stolz auf ihre Plätze im Zentrum, während die umliegenden Parkanlagen wie ein einziger Garten wirken. Prachtvoll sind sowohl die großen wie auch die kleinen Straßen angelegt, und ihre seltene Schönheit bezaubert jeden Besucher. Der Stil ihrer Gebäude, sämtlich Steinmetzarbeiten, erinnert an Córdoba. Die Paläste des Königs liegen um das Zentrum wie Juwelen, die das Dekolleté eines schönen Mädchens zieren, sodass der Herrscher von einem Punkt der Hauptstadt zum anderen gelangen kann, indem er durch seine Paläste und lieblichen Gärten …»

Konstantin drehte das Buch, um den Umschlag zu sehen und den Titel zu lesen: «Chroniken der Stadt Palermo» von Ibn Gubayr.

Er las weiter. Er war so versunken, dass er nicht merkte, wie es dunkel wurde, bis er die Worte nicht mehr entziffern konnte.

Wahrscheinlich war es sehr spät geworden. Vielleicht würde seine Mutter böse werden, wenn sie erfuhr, wo er sich herumtrieb, auch wenn das noch nie vorgekommen war. Auch weil sie immer lächelte, fand er sie so schön.

Als er zurückging, kam ihm Walter von Palearia entgegen. Er versteckte sich schnell, um nicht mit dem widerlichen Mann sprechen zu müssen. Aber der hatte ihn gesehen und packte ihn. Er griff ihn so fest am Handgelenk, dass es weh tat.

«Da ist ja der kleine Taugenichts. Den ganzen Nachmittag haben wir nach dir gesucht. Wo hattest du dich versteckt? Die Königin stirbt, und was machst du? Verschwindest stundenlang.»

Stirbt.

Dieses Wort hatte er schon mal gehört, aber was es

bedeutete, hatte er nicht verstanden. Er durfte nicht vergessen, seine Mutter danach zu fragen. Warum hatte sie Walter von Palearia geschickt, um nach ihm zu suchen?

Der Kanzler beruhigte sich erst, als sie das Schlafgemach erreicht hatten. Mit einem Finger auf den Lippen wies er ihn an, still zu sein. Konstanze lag im Bett. Sie sah winzig aus, als würde sie unter der Decke verschwinden. Er konnte nur ihren Kopf sehen und am unteren Ende die kleine Erhebung, wo ihre Füße lagen.

Walter von Palearia bedeutete ihm, an der Tür zu warten.

«Rühr dich nicht vom Fleck, bis ich dich rufe», flüsterte er ihm ins Ohr. «Ich möchte dich noch nicht einmal atmen hören.»

Konstantin presste die Lippen aufeinander und hielt die Luft an. In der Zwischenzeit war der Kanzler zur Königin getreten.

«Majestät, der kleine Friedrich ist jetzt hier. Verzeiht mir, meine Königin, wenn ich trotzdem dagegen bin. Ich verstehe ja Euren Wunsch, ihn ein letztes Mal zu sehen, aber überlegt es Euch gut. Er ist zu klein für das Mysterium des Todes.»

Friedrich beobachtete, wie Konstanzes Lippen sich bewegten, konnte aber nicht verstehen, was sie sagte. Dann verließen alle Anwesenden den Raum, und er war mit ihr allein.

Friedrich sah sie an, und sie erwiderte seinen Blick. Er mochte ihre Augen. Sie waren wie zwei kleine Münder, die mit ihm redeten, auch wenn sie gar nichts sagte. Jetzt zum Beispiel sprachen sie von Liebe und Traurigkeit.

«Seid Ihr traurig, Mutter?»

«Ein bisschen. Wo hast du dich versteckt, Konstantin?»

«In der Bibliothek.»

«Das hatte ich doch verboten.»

«Es ist sehr schön da, und ich habe mich nicht verlaufen.»

«Man wollte mich daran hindern, dir Lebewohl zu sagen. Man ist der Meinung, du bist zu klein, um mich sterben zu sehen. Aber ich möchte, dass du derjenige bist, der mir die Augen schließt. Hast du Angst?»

Konstantin antwortete nicht sofort, da ihn ihre schwache und heisere Stimme beunruhigte.

«Sterbt Ihr, Mutter?», fragte er schließlich.

«Ja.»

«Was bedeutet das?»

«Ich werde an einen Ort gehen, an den du mir nicht folgen kannst, jedenfalls noch nicht. Aber auch wenn wir uns nicht mehr sehen können, werde ich immer bei dir sein. Immer wenn dir danach ist, kannst du mich im Herzen spüren. Du rufst mich, und schon bin ich da. Das ist genauso schön.»

«Geht Ihr bald fort, Mutter?»

«Ich glaube, ja.»

«Muss denn das sein? Könnt Ihr nicht noch warten?»

«Das geht nicht, Konstantin. Wenn Gott mich zu sich in den Himmel ruft, muss ich gehorchen.»

«Ich verstehe», murmelte der Junge, keineswegs

überzeugt. «Und was geschieht dann? Verschwindet Ihr?»

«Nein. Ein Teil von mir fliegt zum Himmel. Wenn du gut aufpasst, kannst du es vielleicht sehen. Aber meinen Körper kann ich nicht mitnehmen. Er ist zu schwer und kann nicht fliegen. Ich lasse ihn hier. Wenn ich dich darum bitte, drückst du mir die Augen zu und wartest, bist du merkst, dass ich weggeflogen bin.»

«Kann ich deinen Körper behalten?»

«Du kannst ihn begraben, an der Stelle, die ich Walter von Palearia gezeigt habe. Wenn du möchtest, kannst du ab und zu dorthin gehen und ihn besuchen. Aber vergiss nicht, dass ich nicht dort bin, sondern im Himmel. Deshalb musst du dir auch keine Gedanken machen, was mit ihm geschieht. Er ist nicht mehr wichtig. Er hat ausgedient, wie ein altes Kleid.»

«Ihr werdet mich allein lassen, Mutter», meinte Konstantin und kämpfte gegen die Tränen, die ihm in den Augen brannten. Er wollte sie jetzt nicht noch trauriger machen mit seinem Gejammer. «Wer wird mir Geschichten erzählen, wenn Ihr nicht mehr da seid?»

«In den Büchern wirst du Geschichten finden, Konstantin. Deshalb habe ich dir das Lesen beigebracht», antwortete Konstanze.

«Muss ich dann auch allein schlafen?»

«Von nun an bist du ein Mann. Es geht nicht anders.»

«Ich will aber nicht Walter von Palearia gehorchen, ich hasse ihn. Oh, nicht weinen, Mutter, bitte nicht.

Ich wollte Euch nicht weh tun. Ich werde artig sein, ich verspreche es.»

«Das sind nur Freudentränen, Konstantin, mein geliebter Junge … mein Lamm unter den Wölfen.» Ihre Stimme wurde immer dünner, so als müsse sie sich sehr anstrengen. Sie stockte wieder und wieder, um Luft zu holen.

«Versprich mir, wenn du Angst hast, dann denkst du daran, dass du ein Hautville bist … und einer Familie voller mutiger, unbezähmbarer Männer entstammst. Du wirst wie sie werden, ein großer, edler König. Lass nicht zu, dass deine Feinde dir etwas antun: wehre dich, verteidige dich und kämpfe. Wenn nötig, musst du fliehen, dich verstecken, auch bei einfachen Leuten, aber du musst überleben … Du musst standhalten, bis du groß genug bist, dir das Reich deiner Vorfahren anzueignen. Du gehörst zu mir, vergiss das nicht … zu Konstanze von Hautville. Du bist der einzige und wahre König. Niemand darf es wagen, Hand an den von Gott gesalbten König zu legen …»

Ängstlich beobachtete Friedrich, wie sich die Brust der Königin immer schneller hob und senkte und sie die Augen aufriss, als würden sie nichts mehr erkennen. Ihre Stimme war zu einem leisen Röcheln geworden, und ihre Worte waren kaum noch zu verstehen.

«Flieh, versteck dich … Versuche, irgendwie zu überleben. Versprich mir das, versprich … Und jetzt leg deine Hände auf meine Augen …», murmelte sie.

Friedrich näherte seine Finger Konstanzes Gesicht, streichelte sie kurz und legte sie dann vorsichtig auf ihre Augen. Sein Gesicht war jetzt so dicht an dem seiner Mutter, dass er ihre letzten Worte deutlich verstehen konnte: «Vergiss nie, dass du die größte Freude meines Lebens warst.»

Im nächsten Augenblick tat sie ihren letzten Atemzug, und ihr Kopf sank zu ihm. Tiefe Stille breitete sich im Zimmer aus. Konstantin sah rasch nach oben, weil er hoffte, sie ein letztes Mal zu sehen, während sie aus ihrem Körper flog.

Dann trat der erste Kanzler ins Zimmer und kniete vor der Königin nieder. Nachdem er ihren Leichnam mit dem Kreuzzeichen gesegnet hatte, führte er den Jungen fort.

Im Hinausgehen drehte Friedrich sich noch einmal zu ihr um und warf seiner Mutter eine Kusshand zu: Er wusste, er würde sie nie mehr wiedersehen.

Fünfzehn

Walter von Palearia brach das Siegel des Briefes von Papst Innozenz, der ihm soeben von einem Boten überbracht worden war.

Unser lieber Sohn,

wir danken Euch für den ausführlichen Bericht über den Tod unserer lieben Tochter Konstanze von Hautville. Wir beten zu Gott, dem Allmächtigen, dass er sich ihrer Seele erbarmen möge und sie in das Himmelreich aufnimmt.

Wie Ihr wisst, hat die Königin seinerzeit bestimmt, dass uns die Sorge für ihren Sohn Friedrich übertragen wird, und wir haben geschworen, uns dieser schwierigen Aufgabe anzunehmen.

Aber niemand verstünde besser als Ihr, dass es uns unmöglich ist, unsere Staatspflichten zu vernachlässigen. Daher vertrauen wir darauf, dass Ihr, in Eurer Eigenschaft als unser Vikar und als hervorragender Kenner der palermitanischen Verhältnisse, uns in dieser ehrenvollen Aufgabe mit dem Eifer und der Weisheit vertreten werdet, die wir von Euch gewohnt sind. Gott möge Euch dabei helfen und inspirieren. Wir wissen, dass wir Euch eine weitere Pflicht aufbürden, zusätzlich zu den zahlreichen anderen Aufgaben, mit denen die Regierung des Reichs verbunden ist. Aber wir wissen auch, dass Euch weder die Kraft noch die Fähigkeit fehlen …

Der erste Kanzler übersprang die Schlussphrasen

und konzentrierte sich auf die eigentliche Botschaft des Schreibens: Er konnte machen, was er wollte, und er hatte den Segen des Papstes.

Den jungen König würde er vorerst am Leben lassen, nicht nur, um keinen Verdacht zu wecken, sondern auch, weil es für ihn am günstigsten war.

Markwald von Anweiler, dieser habgierige und grobschlächtige Söldner, weigerte sich nämlich, sich mit ihm über die Aufteilung des Reiches zu einigen. Vermutlich hoffte er, alles an sich reißen und ihn beseitigen zu können. Daher brauchte er Friedrich lebend: Er würde ihn vorschieben, um Anweiler den Weg zu versperren, bis er mit sich reden ließ.

Allerdings hatte er keine Zeit, sich um die Erziehung des jungen Königs zu kümmern. Abgesehen davon kam der Junge ganz und gar nach seiner Mutter, ein Hautville eben. Wie konnte man da von ihm erwarten, sich verpflichtet zu fühlen oder sich an die Abmachungen zu halten? Welche Abmachungen auch? Mit ihm hatte Konstanze keine getroffen, nur mit Papst Innozenz, der nun seine Hände in Unschuld wusch. Also hatte er sich nicht das Geringste vorzuwerfen. Er würde ihn gar nicht beachten, am besten vergessen, dass es ihn gab. So sah er die Dinge, und in Anbetracht der Tatsache, dass er eine Waise war, sollte Friedrich ihm dankbar sein.

Friedrich verbrachte seine Tage sehr einsam. Er irrte durch den Palast, in der Hoffnung, etwas zu essen zu finden oder jemanden, der sich ein bisschen um ihn kümmerte. Sein Selbstvertrauen, sich überall zurechtzufinden, war dahin. Nie wusste er, wo er sich befand oder wie er zurückfinden sollte. Hier und da begegnete er Erwachsenen, die ihn neugierig ansahen, sich aber davonstahlen, ohne ihn auch nur zu fragen, wer er sei. Wenn er sie um Hilfe bat und ihnen sagte, dass er Friedrich sei, der Sohn der Königin, der sich verlaufen habe und sehr hungrig sei, dann taten sie so, als hörten sie ihn nicht oder glaubten ihm nicht. Oft wurde er davongejagt oder ausgelacht.

Vor lauter Hunger und Einsamkeit wünschte er sich am Ende sogar, Walter von Palearia zu begegnen. Aber auch von ihm fand er keine Spur.

Eines Morgens verließ er in der Hoffnung auf Nahrung den Palast und stromerte durch die Stadtviertel von Palermo, die er schon viele Male mit seiner Mutter besucht hatte. Bei der ersten Tür, aus der ein verlockender Duft drang, blieb er stehen und steckte den Kopf hinein. Im Innern des Hauses stand eine wohlgenährte Frau, umringt von ihren Kindern. Sie sah ihn, kam auf ihn zu und erkannte ihn.

«Das gibt's ja nicht! Der kleine König! Was machst du denn hier ganz allein? Und wie du aussiehst, wo warst du denn? Komm herein, iss was mit meinen Kindern. Hast du Lust?»

Das ließ er sich nicht ein zweites Mal sagen. Diese Frau kümmerte sich mit der gleichen Hingabe um ihn wie um ihre eigenen Kinder. Sie gab ihm zu essen, wusch ihn und ließ ihn mit den anderen Kindern auf der Straße spielen. Als Friedrich am Abend keinerlei Anstalten machte, nach Hause zu gehen, steckte sie ihn zu ihrer Kinderschar ins Bett, wünschte ihm gute

Nacht und strich ihm über den Kopf: «Wenn Königin Konstanze wüsste, wie man dich behandelt, würde sie sich im Grab umdrehen. Sie hat ja gesagt, dass wir dich beschützen müssen. Du kannst bleiben, solange du willst, kleiner König. Wir sind zwar nicht reich, aber für einen Teller Suppe reicht es allemal.»

So begann für Friedrich ein neues, aufregendes Leben.

Er war für Wochen und Monate nicht im Palast, ohne dass es jemandem auffiel. Nicht mal sein Vormund, Walter von Palearia, vermisste ihn. Friedrich verbrachte seine Zeit in den Gassen der Armenviertel, zog von einem Haus zum anderen, von einer Familie zur nächsten. Mal waren es Araber, mal Juden, dann Sizilianer oder Normannen, dann wieder Griechen. Sie alle behielten ihn eine Weile bei sich, die einen eine Woche, die anderen einen Monat, wie es ihnen möglich war oder wie es ihm selbst gefiel. Jede Familie sprach in ihrer eigenen Sprache mit ihm und lehrte ihn ihre eigene Religion und Kultur. Er wusste, wie man zum Gott der Araber, der Juden und der Christen betete, und lernte die jeweiligen Rituale mühelos. Er gewöhnte sich an die verschiedenen Sitten und Gebräuche und auch an die dazugehörigen Speisen und Kleider. Ihm fehlte nichts, außer einer Mutter. Nur eine Mutter, ganz gleich, aus welchem Volk, konnte ihm die Liebe und Aufmerksamkeit schenken, die er brauchte. In den kalten und einsamen Palast, wo sich niemand um ihn kümmerte, wollte er nie wieder zurück.

Schon bald beherrschte er alle Sprachen, die in Palermo gesprochen wurden. Da er oft am Hafen war und mit anderen, meist älteren Kindern spielte, eignete er sich auch viele Schimpfwörter und Flüche in den unterschiedlichsten Dialekten an. Unablässig sprach er nach, was er von seinen Spielgefährten hörte, und bemühte sich, alles richtig auszusprechen. Selten kannte er die Bedeutung der Wörter, aber er fand es aufregend, sich wie die Großen zu verhalten und verbotene Sätze in den Mund zu nehmen.

Nach einiger Zeit hatte Friedrich eine ganz eigene Sprache entwickelt, in der sich die elegante Ausdrucksweise seiner Mutter, die Sprache am Hofe und die seiner Bücher mit dem vulgären Idiom und den seltsamen Ausdrücken mischte, die er in der Gosse gelernt hatte.

Walter von Palearia fand das heraus, als er dem Jungen bei einem seiner seltenen Ausflüge in den Palast begegnete.

Als Friedrich mit dem Kanzler zusammenstieß, traf es beide gleichermaßen unerwartet.

«Sieh mal an! Der kleine Taugenichts lebt also noch! Wo seid Ihr denn die ganze Zeit gewesen? Ich habe Euch in jedem Winkel des Palastes gesucht. Schaut Euch nur an! Ihr seht aus wie der Sohn eines Hafenarbeiters. Und gewachsen seid Ihr auch. Wie alt seid Ihr inzwischen?»

Alles wäre glattgegangen, wenn Walter von Palearia, der an dem Tag schlecht gelaunt war, ihn einfach nicht weiter beachtet hätte, anstatt auf die Idee zu kommen, ihn am Handgelenk zu packen und in den Palast zu zerren. Als Friedrich seinen Griff spürte, schoss Angst in ihm hoch, weil es ihn an den Todestag seiner Mutter erinnerte. Also wehrte er sich und wollte flüchten, und als Walter von Palearia ihn, ohne lange nachzudenken, einfach weiter hartnäckig festhielt, da überschüttete er ihn mit einer kleinen Auswahl der ihm bekannten Kraftausdrücke: «Arschloch, Schwanzlutscher, Arschficker, Stinker …»

Auf der Stelle ließ Walter von Palearia ihn los, entsetzt darüber, dass ein kleiner Junge schon so verdorben sein konnte. Sein Eindruck hatte ihn nicht getäuscht, er kam ganz nach den «getauften Sultanen». Friedrich nutzte die Gelegenheit, um wegzurennen und erneut in den verwinkelten Gassen zu verschwinden, in denen er sich so sicher fühlte.

Während die Tage und Monate vergingen, fühlte sich Friedrich immer wohler in den Armenvierteln, in denen er aufwuchs. Es gab so viel zu entdecken und zu lernen, er machte seine Erfahrungen und eignete sich viel Neues an. Oft nahmen ihn die Freunde mit in zwielichtigere Gegenden wie die Hafenviertel. Gefährliche Orte, an denen man Ohren und Augen offenhalten musste, zwischen all den betrunkenen Seeleuten und bedrohlichen Sträflingen, die zu allem fähig waren. Sie spuckten Feuer, und sie schlitzten jemandem den Bauch auf, nur um ihm ein Hemd oder einen Teller Suppe zu stehlen.

Und da es in diesen Vierteln notwendig war, flink zu sein und sich verteidigen zu können, lernte er, Gefahren auszuweichen, Fallen zu stellen und schnell wie der Blitz zu verschwinden. Er lernte tausend Tricks und Kniffe. Besonders talentiert war er in der Kunst des Stehlens, bei der man sich vor allem nicht erwischen lassen durfte. Er wandte sie erfolgreich an, um sich Leckereien von den Marktständen der fliegenden Händler oder eine Münze aus den Taschen betrunkener Matrosen zu ergaunern.

Immer war er dabei, wenn es etwas Neues zu wagen gab. Manchmal kehrte er verdreckt, mit blauem Auge und sonst wie übel zugerichtet in sein jeweiliges Zuhause zurück. Fast immer wurde er dafür gescholten und bestraft. Die Ersatzmütter nahmen keinerlei Rücksicht darauf, dass er der König war, und behandelten ihn nicht anders als ihre eigenen Kinder.

«Wie du wieder aussiehst! Die Hose ist ja ganz zerfetzt. Dabei hätte die noch lange halten können. Zieh sie sofort aus, ich werde die halbe Nacht brauchen, um sie zu flicken. Was denkst du dir eigentlich dabei, so spät nach Hause zu kommen? Wir haben schon lange zu Abend gegessen! Du wäschst dich jetzt, und ab ins Bett. Ohne Essen, das fällt für heute aus. Morgen werde ich mit den Nachbarinnen sprechen. Wir müssen entscheiden, was wir mit dir machen sollen. Sonst endest du noch als Straßenjunge. Und das, wo deine Mutter eine Heilige war!»

Wie froh er war, wenn die jeweilige Mama ein Auge zudrückte. Wenn sie ihn, statt hungrig ins Bett zu schicken, an ihren großen Busen drückte, der so fremd und gut roch. Friedrich legte dann sein Ohr daran, hörte ihr Herz schlagen, spürte die Beschaffenheit ihrer Brüste und fühlte sich auf rätselhafte Weise wohl.

Es gefiel ihm sehr, von einer Familie zur nächsten zu

ziehen und zu ergründen, wie sie lebten. Sie schienen ihn gern zu verwöhnen, jedes Volk tat sich in einem anderen Bereich besonders hervor, in dem er von ihm lernen konnte. Er war wissbegierig und immer auf der Suche nach neuen Entdeckungen und Dingen, die er lernen konnte.

Ein bisschen mehr als die anderen mochte er die arabischen Familien. Die Muslime besaßen viele Geheimnisse. Die Frauen wussten, wie man Düfte herstellt, Stoffe färbt und Teppiche knüpft. In ihren kleinen Gärten bauten sie seltene Pflanzen an, aus denen sie Arzneien und Umschläge machten und mit denen sie Wunden heilten und Schmerzen und Krankheiten linderten. Manchmal wurden daraus auch köstliche Speisen zubereitet.

Die Männer kannten sich gut mit Tieren aus, für die sich Friedrich so begeisterte. Sie wussten besser als alle anderen, wie ein Schwert geschärft und geführt wurde. Sie fertigten tödliche Waffen an, deren Herstellung sonst niemand kannte, zum Beispiel das seltsame Feuer, erzeugt aus schmutzigem Öl, das sie in Schächten bei Palermo gewannen und Petroleum nannten und mit Schwefel vom Fuße des Ätna vermischten.

Viele der Araber waren gebildete Männer: Sie kannten sich in Mathematik, Astronomie und Physik aus, Wissenschaften, die den kleinen König begeisterten. Er verbrachte ganze Nachmittage damit, zu Füßen eines Gelehrten zu sitzen und aufmerksam seinem Unterricht zu folgen.

Als er ihnen sagte, dass er in vielen Sprachen lesen und schreiben konnte, glaubten sie ihm zuerst nicht und stellten ihn auf die Probe. Dann aber staunten sie über seine Fähigkeiten und behandelten ihn von da an mit großem Respekt.

Sie erklärten sich sogar bereit, ihm Bücher zu leihen, wenn er vorsichtig damit umging und auch wirklich verstand, was dort geschrieben stand.

Die arabischen Familien hatten auch die gastlichsten Häuser, in deren Innenhöfen sich kleine Gärten mit Brunnen befanden. An warmen Tagen trafen sich die Frauen dort, legten ihre Schleier ab und erfrischten Schultern und Brüste mit dem Wasser. An dem Jungen mit den unschuldigen blauen Augen und den langen, blonden Locken, der sie zwischen den Sträuchern beobachtete, störte sich keine.

Die meiste Zeit verbrachte er mit einem etwas älteren Jungen, der Giovanni hieß und «der Mohr» genannt wurde. Sie hatten viel Spaß daran, heimlich Frauen zu beobachten.

Einmal nahm Giovanni ihn mit zum Hafen, um sich bei einem Haus herumzutreiben, in dem Seeleute und üble Kerle ein und aus gingen. Sie sahen nicht sehr vertrauenerweckend aus. Giovanni schwor, dass es in diesem Haus Frauen gab, die mit allen mitgingen und sich jedem nackt zeigten, ohne dass man sie heimlich beobachten musste.

Den ganzen Nachmittag drückten sie sich an diesem vielversprechenden Ort herum und hofften, dass sich ihnen eine der Bewohnerinnen zeigen würde. Hinein trauten sie sich nicht. Als sie am Abend nach Hause gingen, bekam Giovanni von seiner Mutter eine

Tracht Prügel, jemand hatte sie gesehen und verpetzt. Friedrich kam mit einer Strafpredigt davon: Ziemte es sich für einen König, seine Zeit vor Freudenhäusern totzuschlagen?

Die beiden Freunde stritten sich sehr, weil Giovanni es ungerecht fand, dass nur er bestraft wurde.

«Du wolltest doch auch da hin, ich hab dich ja nicht gezwungen. Und dann wolltest du bleiben. Hättest du auf mich gehört, wären wir nie erwischt worden. Und ich steck für uns beide die Prügel ein. Blödmann!»

«Du bist der Blödmann von uns beiden», gab Friedrich zurück, froh, dass er ungestraft davongekommen war. «Ich bin der König, mich darf man nicht verhauen!»

«Arschloch!»

«Selber Arschloch, stinkendes! Wenn ich groß bin, zeig ich's dir!»

«Dreckiger Schwanzlutscher!»

Nachdem Giovanni der Mohr ihn so tödlich beleidigt hatte, war er heulend vor Zorn weggelaufen.

Am nächsten Morgen kniete der Freund zerknirscht vor Friedrich nieder: «Verzeih mir das von gestern Abend, Majestät.»

Die Büßermiene und die komischen Worte seines Freundes brachten Friedrich so sehr zum Lachen, dass Giovanni sich schließlich von seiner Heiterkeit anstecken ließ. Sie grinsten sich an, verneigten sich voreinander und sagten immer wieder:

«Verzeih mir, Majestät!»

«Du kannst mich mal, Majestät.»

Sie kriegten sich gar nicht wieder ein vor Lachen.

Viele Male kehrten sie zusammen zum Freudenhaus zurück, dessen Anziehungskraft viel größer war als die Angst vor Giovannis Mutter. Schließlich wurden sie von den Frauen bemerkt. Augenzwinkernd ließen sie sie in das Paradies eintreten. Besonders entzückt waren sie von dem hübschen, blonden Jungen, der mit großen Augen auf ihre nackten Brüste und Schenkel starrte und die Stelle berühren wollte, an der weiche, dunkle Locken ein Dreieck bildeten.

Wenn er zu weit ging, taten sie entrüstet und gaben ihm einen Klaps auf die Hand.

«Lass das! Seht euch diesen Schwerenöter an: Sieht aus wie ein Engel und hat's faustdick hinter den Ohren!»

Dann lachten sie aus vollem Hals. Giovanni aber, vielleicht weil er eifersüchtig war, drohte ihnen.

«Dieser Schwerenöter ist der König von Palermo! Und von ganz Sizilien und von ganz Italien! Wenn er groß ist, wirft er euch alle ins Gefängnis!»

Doch die Damen glaubten ihm kein Wort.

Während ihrer zahlreichen Besuche erreichten die Jungen nie mehr als die eine oder andere Liebkosung und manchmal auch die Erlaubnis, Busen und Schenkel zu berühren. Friedrich mit seinem ausgeprägten Geruchssinn genoss den süßlichen, ein wenig fauligen Geruch des Hauses. Nachts, wenn es dunkel war, versuchte er, ihn wieder heraufzubeschwören.

«Kommt in ein paar Jahren wieder, ihr kleinen Könige», zogen die Frauen sie auf, «dann bringen wir euch viele schöne Dinge bei.»

Hin und wieder ging Friedrich in den Palast. Er benutzte nie den Haupteingang und passte immer gut auf, nicht gesehen zu werden.

Jedes Mal begriff er aufs Neue, dass der Palast ein Ort der Ränke und Intrigen war, in dem man in aller Heimlichkeit zusammentraf. Langsam verstand er, was Konstanze ihm auf ihrem Sterbebett hatte sagen wollen: «Lass nicht zu, dass deine Feinde dir etwas antun: Wehre dich, verteidige dich und kämpfe.» Aber sosehr er sich auch bemühte, unentdeckt zu bleiben, ein paarmal stieß er mit seinem Vormund Walter von Palearia zusammen, der dann ganz interessiert tat.

«Sieh an, sieh an, der kleine König. Er wächst, verwildert und verroht zusehends. Ihr seht aus wie ein Bettler. Darf man erfahren, wo Ihr Euch wochen- und monatelang versteckt habt?»

Friedrich ließ sein Geschwätz stumm über sich ergehen.

Er wusste sehr gut, dass Walter von Palearias Interesse nur von kurzer Dauer war. Am Ende fand er immer eine gute Ausrede, sich davonzumachen.

«Ihr habt Glück, dass ich so beschäftigt bin, mich um Euer Reich zu kümmern. Nur Ärger habe ich damit, lauter Unannehmlichkeiten. Ich frage mich, warum ich das eigentlich tue. Ich wette, Ihr seid kein bisschen dankbar, dass ich unter so großen Opfern die Krone für Euch rette. Wenn es nach Papst Innozenz ginge, müsste ich auch noch die Zeit finden, Euch zu erziehen und zu unterrichten. Aber Eure Ferien sind bald vorbei. Ich habe dem Heiligen Vater geschrieben, dass ich keine Zeit habe, mich um Euch zu kümmern, und er hat mich wissen lassen, dass er Euch einen erstklassigen Erzieher schickt.»

«Ich brauche keinen. Ich habe meine arabischen Lehrer», entfuhr es Friedrich unüberlegt.

«Arabische Lehrer? Wie könnt Ihr es wagen, Euch mit Heiden abzugeben! Untersteht Euch! Wagt ja nicht, noch einmal zu diesen Leuten zu gehen! Das kommt also bei der Erziehung Eurer Mutter heraus, einer Frau übrigens ...»

Walter von Palearia sprach nicht weiter, als er das wilde Funkeln in Friedrichs Augen bemerkte, sah ihn aber drohend und voller Verachtung an.

«Ihr seid ein Hautville. Ganz und gar. Ich werde nicht zulassen, dass einer wie Ihr, ein weiterer getaufter Sultan, auf dem Thron von Sizilien sitzen wird.»

Nach diesem Zwischenfall war Friedrich noch seltener in den Palast gegangen. Dennoch zog es ihn manchmal dorthin.

Er verstand nicht, wieso dieser Ort einen so starken Reiz auf ihn ausübte. Nach kürzester Zeit fühlte er sich dort weitaus nichtswürdiger und gefährdeter als in den Gassen Palermos. Im Palast war er allein, keiner seiner Freunde war da, um ihn zu beschützen, während seine Feinde – heimtückische Diener, intrigante Geistliche, illoyale Adlige, bestechliche und skrupellose Palastwachen – ihn ohne große Mühe überwältigen konnten. Er hasste all diese Leute und merkte sich ihre Namen und Gesichter. Eines Tages würden sie alle büßen.

Dennoch faszinierte ihn der Königspalast wie ein geheimnisvoller Garten Eden, der ihn unwiderstehlich lockte.

So riesig der Palast war, er versuchte, ihn ganz zu erkunden und sich eine Art innere Karte davon anzulegen. Er kam dahinter, dass mit «Königspalast» eigentlich mehrere Paläste gemeint waren, die alle miteinander verbunden waren, aber eigene Namen hatten: Cuba, Zisa, Favara, Menani, Maredolce.

Jetzt konnte er nachvollziehen, was der arabische Schriftsteller Ibn Gubayr meinte, dessen Buch er an jenem Nachmittag gelesen hatte, als seine Mutter starb.

Rundherum erstreckte sich ein riesiger Park mit Bäumen und Sträuchern aller Art, dessen intensive Gerüche und Farben der junge König besonders liebte. Mit nackten Füßen ging er über das Gras der Rasenflächen, sammelte Blätter, um später die Namen der Pflanzen nachzuschlagen, beobachtete die Tiere, vor allem die Vögel, und genoss den Frieden, der so weit weg schien vom ohrenbetäubenden Durcheinander in den Gassen Palermos.

Ihm war, als könne er in dieser Stille die Natur atmen hören, und er wäre am liebsten für immer dort geblieben. Manchmal legte er sich ins Gras und presste sein Ohr auf die Erde, als könne er die Pflanzen wachsen hören. Oder er legte sich auf den Rücken, streckte alle viere von sich und ließ sich mit geschlossenen Augen den afrikanischen Wind um die Nase wehen, der ihn warm und sanft liebkoste wie die Finger einer Göttin.

Aber auch in den Palästen gab es Schätze, die seine Phantasie beflügelten und seine Neugier weckten. Wenn die Sonne schien, wurden die Mosaiken in den

Räumen mit den hohen Decken, all die fremdartigen, buntgefiederten Vögel, die Bäume, Blumen und Früchte lebendig.

Wenn er sie dann betrachtete, vergaß er die Zeit.

«Das sind meine Pflanzen!», widersprach Friedrich der Dienerin und umklammerte die Frucht, die er gerade gestohlen hatte. «Alles hier gehört mir, du dumme Nutte.»

«Das sagst du», entgegnete die Frau. «Aber ich kenne dich nicht. Du bist ein Dieb, und deshalb bringe ich dich jetzt zum ersten Kanzler. Der wird dich auch dafür bestrafen, wie du mich genannt hast.»

«Du bringst mich nirgendwohin, du hässliche, stinkende Kuh. Du weißt ganz genau, dass ich der König bin.»

Dann verschwand er schnell wie der Blitz, während sie ihm hinterherrief, dass die Matrosen am Hafen sich so vulgär ausdrückten, aber ganz sicher nicht der König.

Als er in einem Gang um die Ecke bog, stieß er mit einem Mann in Mönchskutte zusammen, der so klein und zierlich war, dass er ihn fast umgerannt hätte. Zwei lebhafte und durchdringende Augen musterten ihn aus einem Gesicht, das so winzig war, dass es fast in der Ordenstracht verschwand.

«Da seid Ihr ja. Endlich habe ich Euch aufgestöbert. Euer Vormund hatte mich schon gewarnt. Aber ich konnte nicht glauben, dass ein Kind in Eurem Alter … Übrigens, junger Mann: Wie alt seid Ihr eigentlich?»

Friedrich sah ihn misstrauisch an und antwortete nicht.

«Ihr habt recht», sagte das Männlein geduldig. «Ich habe mich noch nicht vorgestellt. Ich bin Pater Guglielmo Francesco und werde Euer Lehrer sein. Ich hoffe, dass wir uns gut verstehen werden. Es wäre schön, wenn ich Euch davon überzeugen könnte, im Palast zu bleiben und so zu leben, wie es für einen Jungen in Eurem Alter und in Eurer Stellung angemessen ist. So, und nun hoffe ich, dass Ihr so höflich seid, meine Frage zu beantworten.»

«Du kannst mich mal, Schwanzlutscher», war das Erste, was Friedrich zu ihm sagte. «Ich kenne genug Gelehrte, die mich unterrichten. Einen weiteren Schmarotzer kann ich hier nicht gebrauchen. Du bist genau wie alle anderen. Aber eines Tages werdet ihr das bereuen, ihr alle.»

Pater Guglielmo Francesco zuckte nicht mit der Wimper und wirkte keineswegs empört. In seinen Augen blitzte es sogar amüsiert auf.

«Nun, Eure Manieren lassen zweifellos zu wünschen übrig, kleiner König. Ganz zu schweigen von Eurer Sprache. Aber ich habe davon schon gehört. Darf ich fragen, wer sich momentan um Eure Ausbildung kümmert?»

«Sehr fähige Lehrer», erwiderte Friedrich. Dann fügte er, während er sich schon auf die entsetzte Reaktion freute, mit diebischem Lächeln hinzu: «Araber.»

Pater Guglielmo Francesco zeigte aber überhaupt keine Reaktion.

«Hast du verstanden?», hakte Friedrich enttäuscht

nach. «Ich habe ‹Araber› gesagt. Und spar dir die übliche Litanei, ich soll nicht mit Heiden verkehren. Ihr blöden Popen habt doch nur Angst, weil sie viel mehr wissen als ihr auf jedem Gebiet …»

«Zweifellos finden sich unter den Arabern große Gelehrte. Ich möchte nur wissen, ob du auch mit den Richtigen Umgang hast», erwiderte Pater Guglielmo und schlug den gleichen zwanglosen Ton an wie Friedrich. «Aber auch ein Priester kann dir etwas beibringen. Sag mal: Kannst du so gut Latein, dass du jedes Buch in dieser Sprache lesen könntest?»

Friedrich musste zugeben, dass er kein Latein konnte, obwohl er alles dafür gegeben hätte.

«Dann treffen wir eine Vereinbarung», fuhr Pater Guglielmo Francesco fort. «Wenn du zufällig mal wieder hier bist, sag Bescheid. Sollte ich Zeit für dich haben, bringe ich dir das beste Latein der ganzen Stadt bei. Aber Achtung: Wenn du ein Dummkopf bist, solltest du nicht zu viele Fortschritte erwarten.»

Friedrich zuckte mit den Achseln: «Falls ich Lust habe – und ich sage: falls –, dann lerne ich den ganzen Quatsch in einer Woche.»

«Wenn du meinst. Ich muss dir ja nicht glauben. Überzeugt bin ich erst, wenn ich sehe, was du kannst. Also, bis bald.»

Pater Guglielmo Francesco ging davon, ohne sich noch einmal umzusehen. Friedrich stand da und hätte ihn am liebsten aufgehalten und angefleht, sofort mit dem Unterricht anzufangen. Er wollte unbedingt diese neue Sprache lernen: Dann gäbe es für ihn keine Geheimnisse mehr. Andererseits wollte er nicht so schnell klein beigeben. Also ging er auch davon. Aufrecht, stolz und in die entgegengesetzte Richtung.

In den nächsten Wochen, nachdem er seine Bedenken über den Haufen geworfen hatte, begann er mit dem Unterricht bei Pater Guglielmo Francesco. Während sie sich immer besser kennenlernten, entstand so etwas wie Freundschaft zwischen den beiden, spröde und misstrauisch von Friedrichs Seite aus, der sich hartnäckig weigerte, auf die Anrede «blöder Pope» zu verzichten, aufmerksam und fürsorglich auf Seiten des Lehrers. Pater Guglielmo übte keinerlei Druck auf seinen Schüler aus. Er weigerte sich auch, Walter von Palearias Anweisungen zu folgen, der über den Unterrichtsstoff wachen und vor allem wissen wollte, was Friedrich so trieb und wann genau er kam.

Pater Guglielmo Francesco spürte, wie seine Zuneigung zu diesem tapferen, frühreifen Knaben von Tag zu Tag wuchs, sodass er schließlich bereit war, alles zu tun, um ihn vor den Gefahren zu schützen, die sich offensichtlich über ihm zusammenbrauten. Obwohl er so klug und von Natur aus argwöhnisch war, hätte Friedrich sich nie vorstellen können, welche Kämpfe um sein Erbe ausgetragen wurden. Mittlerweile waren die Intrigen und Verstrickungen so undurchschaubar, dass zwischen all den Betrügereien, Streitigkeiten und ständig wechselnden Bündnissen niemand mehr Freund von Feind unterscheiden konnte.

Beispielsweise hätte Pater Guglielmo schwören können, dass erst vor ein paar Nächten Markwald von Anweiler höchstpersönlich durch den Palast geschlichen war. Er hatte ihn gesehen, so unwahrscheinlich das auch war, war der Hauptmann der Söldner doch Walter von Palearias ärgster Feind, wie dieser immer wieder beteuerte. Schließlich war Pater Guglielmo selbst überzeugt, sich geirrt zu haben. Aber er machte sich Sorgen. Gegen das, was hier an verräterischen Dingen vor sich ging, konnte er als Mann der Kirche und der Bücher nichts tun außer beten.

Friedrich brauchte tatsächlich nur wenige Wochen, um Latein zu lernen.

«Was hab ich dir gesagt?», war sein stolzer Kommentar, als er merkte, dass er die neue Sprache bereits beherrschte.

«Ich gebe zu, dass Ihr eine recht gute Auffassungsgabe habt, mein Sohn. Daher werden wir nun ein weiteres Unterrichtsfach hinzunehmen: den Schliff Eurer Sprache und Eurer Umgangsformen.»

«Jetzt fang nicht mit dem gleichen Quatsch an wie alle anderen. Du bist doch viel besser als die.»

Pater Guglielmo mochte Friedrich viel zu gern, als dass er ihn ernsthaft hätte verändern wollen. Es wäre sowieso aussichtslos gewesen, und weshalb sollte Friedrich sich länger als nötig an einem gefährlichen Ort wie diesem aufhalten?

Daher blieb der Unterricht weiterhin unregelmäßig.

Friedrich blätterte missmutig in einem Buch von Virgil und sah seinen Lehrer argwöhnisch an.

«Was ist das?», fragte er.

«Poesie, mein Junge. Habt Ihr noch nie von dieser Art Literatur gehört?»

«Willst du mir etwa ein Buch mit Gebeten andrehen? Das kannst du dir hinten reinstecken …»

«Ich bin entsetzt über Eure erschreckende Unwissenheit, kleiner König», unterbrach ihn Pater Guglielmo. «Was Eure Ausdrucksweise betrifft, nun ja, dazu sage ich schon seit einiger Zeit nichts mehr. Dies hier ist die *Aeneis*: Poesie, Kunst, geistige Nahrung.» Er schüttelte den Kopf. «Aber eigentlich ist dieses Werk an Euch verschwendet. Und für mich stellt es eine Gefahr dar. Sollte Walter von Palearia herausfinden, dass ich Euch so etwas zu lesen gebe, würde er sofort zu Papier und Feder greifen und vom Papst meinen Kopf verlangen, da ich offensichtlich nicht in der Lage bin, die mir anvertraute Aufgabe zu erfüllen. Und er hätte gar nicht mal so unrecht. Es war nur ein sinnloser Versuch, auch Euer Herz ein wenig zu bilden und Euch die Schönheit der Poesie nahezubringen. Ach, genug, es war ein Fehler. Gebt es mir am besten gleich zurück. Wo wollt Ihr denn hin? Kommt zurück!»

Aber Friedrich hatte sich schon aus dem Staub gemacht und kam wie gewöhnlich erst nach einigen Wochen in den Palast wieder zurück. Er ging schnurstracks in die Bibliothek, wo Pater Guglielmo arbeitete, und knallte ihm das Buch mit solcher Wucht hin, dass der ganze Tisch wackelte.

«Habt Ihr es gelesen, junger Mann?», fragte der Pater.

Friedrich antwortete nicht. Er kam auf ihn zu, legte ihm den Kopf auf die Schulter und umarmte ihn.

«Du bist in Ordnung», flüsterte er ihm ins Ohr. «Zu gegebener Zeit werde ich daran denken.»

Dann schnappte er sich das Buch und rannte wieder weg, während sein armer Lehrer allein zurückblieb und mit den Tränen kämpfte, die ihm in den Augen brannten.

Pater Guglielmo wusste es noch nicht, aber es war seine letzte Begegnung mit dem jungen König. Wenige Tage darauf zwang Walter von Palearia ihn, so überstürzt abzureisen, dass er noch nicht einmal einen kurzen Abschiedsbrief an seinen Schüler schreiben konnte. Die gesamte Heimreise betete Pater Guglielmo. Er hatte keine andere Möglichkeit, Friedrich zu helfen, über dem sich, das spürte er, die Rache seiner Feinde zusammenbraute.

Sechzehn

Walter von Palearia packte Markwald von Anweiler mit ungeahnter Kraft am Arm und hielt ihn mit seinen knotigen Fingern fest.

«Wenn Ihr mit mir verhandeln wollt, werden wir zunächst ein paar Regeln aufstellen», erklärte er kühl und unterdrückte mühsam seine Abneigung gegen den Mann. «Erstens: Achtet auf Eure Sprache. Ich bin nicht einer Eurer vulgären Söldner, und mit Eurem barbarischen Benehmen werdet Ihr mich kaum einschüchtern. Zweitens: Sprecht leise. Es gibt auf der ganzen Welt keinen Ort, der geheim genug für unsere Zwecke wäre, auch wenn wir im Haus eines treuen Untergebenen sind. Ich habe in meinem Leben schon scharenweise treue Untergebene ihren Herrn verraten sehen.»

«Habt Ihr Angst?», grinste Anweiler. «Das freut mich, dann werdet Ihr bescheiden sein.»

«Ihr seid es, der sich in Bescheidenheit üben sollte, Hauptmann», entgegnete Walter trocken.

«Der Papst will nichts mehr von Euch wissen», stichelte Anweiler. «Er hat Walter von Brienne und seine französischen Horden nach Italien gerufen, um seinen mächtigen Legaten loszuwerden, der nach eigenem Belieben schaltet und waltet. Das weiß ich aus sicherer Quelle. Oder könnt Ihr das abstreiten?»

«Zweifellos kann ich das. Als der Papst die Hilfe der Franzosen annahm, hatte er nur ein Ziel, nämlich Sizilien von brutalen Söldnern wie Euch zu befreien. Ihr verwüstet die Insel und führt Euch auf, als seien die Befehle des Reichskanzlers nicht viel mehr wert als das Papier, auf dem sie stehen.»

«Sie sind weniger wert als das Papier, auf dem sie stehen.»

«Wenn das so ist, besteht für Euch keinerlei Notwendigkeit, Euch mit dem Unterzeichner dieser Befehle einig zu werden. Wir verschwenden also unsere Zeit.» Ohne ein weiteres Wort nahm Walter von Palearia seine Papiere und ging entschlossen zur Tür.

«Jetzt seid doch nicht so empfindlich! Das steht Euch nicht», hielt ihn Anweiler auf. «Glaubt Ihr immer noch an Märchen? Oder hat Euch Euer politischer Instinkt, auf den Ihr so stolz seid, diesmal verlassen? Der Papst beabsichtigt zweierlei: Erstens will er Euch loswerden, da Ihr zu viel Macht habt und Euch als alleiniger Herrscher aufführt. Zweitens will er Friedrich loswerden, der zu jung ist, um Euren Platz einzunehmen, und ohnehin nicht lange am Leben bleiben wird. So sehe ich das. Was meint Ihr, verehrter Herr Kanzler?»

«Wahnvorstellungen eines verwirrten Geistes. Dennoch biete ich Euch noch einmal an, mit Euch eine Einigung zu finden. Ihr werdet mir doch zustimmen, dass das für uns beide von Vorteil wäre.»

«Das hängt von Eurem Angebot ab.»

«Ich unterstütze Euch gegen Walter von Brienne und mache Euch den Weg zum Thron frei.»

«Wie das?»

«Ich erlaube Euch, vor der Ankunft Walter von Briennes den jungen König als Geisel zu nehmen. Wenn Friedrich von Hohenstaufen in Euren Händen ist, werde ich gezwungen sein, offiziell mit Euch zu verhandeln, um das Leben des Thronerben zu schützen. Der Papst kann ihn nicht einfach seinem Schicksal überlassen, er würde sein Gesicht verlieren. Also muss er mich bevollmächtigen, mit Euch zu verhandeln. Und mir bleibt nichts anderes übrig, als Eure Bedingungen zu akzeptieren: Friedrichs Leben im Tausch gegen den Thron. Ich werde den Papst überzeugen, dass er seine Zustimmung geben muss. Eines Tages, nach Eurem Tod, könnte der Thron dann wieder an den rechtmäßigen Erben zurückgehen. Das wäre ja noch nicht mal völlig aus der Luft gegriffen. Offen gestanden, Hauptmann, sieht Eure Gesichtsfarbe sehr ungesund aus. Könnte es sein, dass ich mit einem Bündnispartner verhandle, der schon mit einem Bein im Grab steht? Das wäre für mich ein schlechtes Geschäft.»

«Macht Euch keine Hoffnungen, Kanzler. Vorher bringe ich Euch unter die Erde. Lasst jetzt lieber die Katze aus dem Sack. Was wollt Ihr im Gegenzug?»

«Dieselbe Stellung, die ich schon heute innehabe, die gleiche Macht. Außerdem die Schlüssel zum Kronschatz, die Euch Heinrich so unüberlegt anvertraute und die Euch so außerordentlich habgierig machten. Wenn ich das Reich verlasse, entgleitet es Euch in weniger als einem Jahr. Bleibe ich aber hier, an Eurer Seite, könnt Ihr die Lorbeeren einstreichen, ohne etwas dafür tun zu müssen. Kein schlechter Handel für einen Söldner und Abenteurer.»

«Der Rotzbengel muss weg. Wenn er nicht verschwindet, lasse ich mich auf gar nichts ein. Das Königreich wird nicht mir gehören, solange Friedrich von Hohenstaufen lebt.»

«Einverstanden. Ich allein werde mich um die Einzelheiten des Plans kümmern, und Ihr werdet ihn genauestens ausführen. Wir werden den Jungen nicht ohne entsprechende Vorsichtsmaßnahmen los. Der Papst würde Verdacht schöpfen. Vor allem aber würde das Volk von Palermo aufbegehren und sich gegen Euch stellen. Wir müssen also sehr vorsichtig sein.»

«Wer garantiert mir, dass ich Euch trauen kann?»

«Das Gleiche könnte ich fragen. Habt Ihr Euch mal im Spiegel gesehen, Markwald von Anweiler? Nur ein Verrückter würde sich auf ein Bündnis mit Euch einlassen. Wer garantiert mir, dass Ihr mir keinen Dolchstoß versetzt, sobald ich den Fuß auf die Schwelle dieses Zimmers setze?»

«Warum verhandelt Ihr dann überhaupt mit mir?»

«Weil ich Walter von Palearia bin und keine Angst vor Euch habe. So dumm Ihr seid, Euch wird nicht entgangen sein, dass Eure letzte Hoffnung auf einen Sieg in einem Bündnis mit mir liegt. Ich war sehr großzügig Euch gegenüber. Daher werdet Ihr meinen Anweisungen bis ins Letzte Folge leisten. Sucht mich nicht auf. Ich lasse Euch wissen, was zu tun ist und wann. Aber haltet Euch bereit. Wenn ich es Euch sage, müsst Ihr ohne zu zögern handeln.»

Kaum war der Kanzler gegangen, ließ Markwald von Anweiler sich auf eine schmale Liege fallen und presste die Hände auf seinen Bauch. Er biss die Zähne zusammen und versuchte, der Schmerzen Herr zu werden, die ihn quälten, der immer heftigeren Fieberkrämpfe. Er hatte sich sehr bemüht, seine Qual zu verbergen, aber er befürchtete, dass Walter von Palearia sein Geheimnis trotzdem bemerkt hatte. Hatte er es so erkannt, oder hatte ihn jemand verraten? Wenn ja, wer könnte das getan haben? Von seinen Männern wusste nur seine rechte Hand davon, Guglielmo di Capparone, dem er blind vertraute.

Die Ärzte, die ihn während seiner letzten, heftigeren Anfälle untersucht hatten, konnten es auch nicht gewesen sein. Sie wurden auf seinen Befehl hin getötet, noch bevor sie sein Krankenlager verließen. Es ging nicht anders, sonst hätte das ganze Reich von seiner Krankheit erfahren. Außerdem war das seine Rache an den Scharlatanen, für ihre Diagnose.

«Die Harnsteine, die Euch quälen, können mit Arzneien nicht mehr geheilt werden, Hauptmann», hatten sie behauptet. «Ihr müsst Euch einem Chirurgen anvertrauen, das ist Eure letzte Chance.»

«Wie wahrscheinlich ist es, dass ich den Eingriff überlebe?», hatte er sie gefragt.

Da waren sie blass geworden, zitterten und stammelten. Ein sicheres Zeichen dafür, dass es kaum Hoffnung gab. Aber er scherte sich nicht um die Meinung dieser durchtriebenen Quacksalber. Sie wollten ihm bloß Angst machen, weil sie ihn verabscheuten und ihn gerne leiden sahen. Sie verdienten also den Tod.

Trotz seiner Vorsichtsmaßnahmen konnte er nicht ausschließen, dass der Kanzler Bescheid wusste. Dieser Mann war eine Schlange, aalglatt und wendig. Hatte er nicht auch im Falle des Rebellen Tankred als Erster gewusst, was passieren würde?

Vielleicht beruhte der Entschluss, ein Abkommen mit ihm – seinem ärgsten Feind – zu treffen, darauf, dass er wusste, wie krank er war.

Der Kanzler suchte verzweifelt jemanden, der den Rotzbengel umbrachte, weil er selbst es nicht tun konnte. Der Hauptmann der Söldner war dafür genau der Richtige: Er machte die Drecksarbeit und zog allen Hass und Zorn auf sich. Früher oder später würde die Krankheit dann auch ihn aus dem Weg räumen, den unbequemen Verbündeten und Mitwisser.

Aber dieses Mal hatte Walter von Palearia sich verrechnet. Markwald von Anweiler würde die Krankheit besiegen, wie er all seine Feinde besiegt hatte. Und dann wäre er König von Sizilien.

Es musste etwas passiert sein. Die ganze Nacht herrschte ein ständiges Kommen und Gehen, und im Haus von Giovanni dem Mohren, Friedrichs bestem Freund, bei dem er fast immer wohnte, wurde unentwegt geflüstert. Am nächsten Morgen beim Frühstück hatte Giovannis Mutter nicht mal ein bisschen geschimpft.

Das alles machte ihn misstrauisch. Noch bevor sie zu Ende gefrühstückt hatten, traf Mustafa, einer von Friedrichs Lehrern, in Begleitung etlicher anderer Männer aus den Armenvierteln ein.

«Majestät», begann der Gelehrte und sprach ihn mit dem Titel an, den er noch nie zuvor verwandt hatte.

«Es gibt einige sehr ernste Entwicklungen, über die wir mit Euch sprechen müssen. Markwald von Anweilers Truppen marschieren auf Palermo zu. Wir alle sind in großer Gefahr, aber Ihr braucht ganz besonderen Schutz. Dieser Wahnsinnige will Euch töten und sich das Reich aneignen. Walter von Palearia ist in großer Sorge. Seine Boten haben die Viertel der Stadt Haus für Haus durchkämmt, um alle Familien Palermos zu warnen. Der Kanzler tut, was er kann, um zur Verteidigung zu rüsten. Er behauptet, dass Schutztruppen auf dem Weg nach Palermo sind. Aber …»

«Aber?»

«Er weiß nicht, ob er allen Stadtvierteln Schutz gewähren kann. Die Zeit ist zu knapp. Anweiler rückt schnell vor, mit einer gewaltigen Armee. Wenn es zu wenig Truppen gibt, lässt der Kanzler nur den Palast verteidigen. Das Volk muss einen Weg finden, sich selbst zu schützen. Wir werden Straße um Straße kämpfen.»

«In Ordnung. Was noch?»

«Ihr müsst Euch in Sicherheit bringen, Junge. Ihr könnt nicht hierbleiben. Das wäre reiner Wahnsinn. Walter von Palearia will, dass wir Euch überreden, nein, zwingen, in den Palast zurückzukehren. Anders könne er Euch nicht schützen. Tut Ihr das nicht, übernimmt er keine Verantwortung.»

«Schwachsinn! Wenn Anweiler in Palermo einfällt, wird er mich im Palast suchen, doch nicht in den Gassen der Stadt! Der Hauptmann und der Kanzler müssen ein Abkommen getroffen haben. Darauf wette ich.»

«Ihr irrt Euch. Walter von Palearia und Anweiler sind Erzfeinde. Was hätte der erste Kanzler davon, mit einem Söldner, der ihn am liebsten tot sähe, ein Abkommen zu treffen?»

«Das weiß ich nicht, aber ich traue der Sache nicht. Vielleicht ist etwas passiert, von dem wir nichts wissen. Als meine Mutter noch lebte, habe ich die größten Schweinereien erlebt. Ich war noch sehr klein, aber entgangen ist mir nichts. Und ich habe mir alles gemerkt. Eines Tages werden diese Hurensöhne dafür bezahlen.»

«Ich weiß nicht, was ich davon halten soll, Majestät. Die Gefahr ist groß und steht unmittelbar bevor. In den Straßen von Palermo könnte viel Blut fließen. Wir haben uns beraten und sind zu dem Schluss gekommen, dass Ihr hier bei uns nicht sicher seid. Im Palast seid Ihr besser aufgehoben. Wenn Ihr das bezweifelt, schlage ich vor, noch heute eine Abordnung zu Walter von Palearia zu schicken und seine Absichten zu prüfen.»

Walter von Palearia empfing die Repräsentanten des Volkes überaus herzlich, was von den Männern nicht erwidert wurde, da die ungewohnte Situation sie einschüchterte. Mustafa, der Anführer der Gruppe, war verlegener als alle anderen, weil er glaubte, seine Anwesenheit missfalle dem Kanzler.

«Ich freue mich, Euch kennenzulernen», grüßte sie der erste Kanzler. «Ich weiß, wie sehr der junge König dem Volk vertraut und mit welchem Einsatz Ihr bei der Erziehung des lieben Friedrich mithelft. Wie ich

Euch mitteilen ließ, stehen uns schwere Zeiten bevor. Hier ist ein Schreiben meines Bruders Gentile von Manuppello, das ein Eilbote überbracht hat. Er bestätigt, dass er sich bereits auf dem Weg nach Palermo befindet, um uns mit seinen Truppen gegen Anweilers Söldner zu verteidigen.»

«Verzeiht, mein Herr», erwiderte Mustafa, nachdem er sich kurz verneigt hatte. «Darf ich fragen, was mit dem König geschieht, wenn die Verteidigung dem Ansturm des Feindes nicht standhält? Wir kennen die Absichten dieses Schurken.»

«Beten wir, dass es nicht dazu kommt. Sollte das Schlimmste jedoch eintreten, wäre Friedrich hier viel sicherer als in den Gassen der Stadt. Ich weiß, dass Ihr ihn mit Eurem Leben schützen würdet, aber ich befürchte, dass die Angreifer nicht zögern würden, Palermo dem Erdboden gleichzumachen, Haus für Haus, um ihn zu finden. Wenn der junge König im Palast ist, gibt es für Anweiler keinen Anreiz, die Stadt heimzusuchen: Warum sollte er sich seine zukünftigen Untertanen zum Feind machen? Er weiß, dass die Einwohner Palermos ohnehin nicht viel von ihm halten. Er wird seine Söldner im Zaum halten und direkt auf den Palast zuhalten, in der Hoffnung, Friedrich gefangen nehmen zu können. Aber das wird ihm natürlich nicht gelingen.»

«Was macht Euch da so sicher?», fragte Mustafa erstaunt.

«Sicher wisst Ihr, dass einer der Paläste einen Geheimgang hat, der zum Meer führt», antwortete Walter von Palearia. «Anweiler wird einige Zeit brauchen, um alle Fluchtwege einzunehmen. Wir werden unseren Schützling in jenem Flügel verstecken. Sollte das Schlimmste eintreten, wird er in Sicherheit gebracht, auf ein Schiff nach Rom zu seinem Vormund, dem Heiligen Vater. Solange Friedrich am Leben bleibt, ist der Thron dieser Hautvilles, die ihr ja so verehrt, in Sicherheit. Was haltet Ihr davon?»

Darauf antwortete keiner von ihnen sofort. Alle hatten gehört, mit welcher Verachtung Walter von Palearia von der Familie Hautville sprach. Außerdem hatten sie nicht den Eindruck, dass der Kanzler aufrichtig und vertrauenswürdig war. Schließlich ergriff der Anführer der Delegation das Wort: «Wir werden über Euren Vorschlag nachdenken und Euch so schnell wie möglich unsere Entscheidung mitteilen. Natürlich werden wir mit dem König sprechen und versuchen, ihn davon zu überzeugen, dass dies die beste Lösung wäre. Aber wir werden ihn nicht dazu zwingen. Es liegt an ihm. Wie Ihr wisst, ist es vollkommen unmöglich, ihn von etwas zu überzeugen, was er nicht will.»

«Das weiß ich sehr gut», bestätigte Walter. «Er ist ein eigensinniges und störrisches Kind, das gebändigt werden sollte.»

«Gebändigt?» Mustafa erlaubte sich, kurz und verhalten aufzulachen. «Niemand wird Konstanze von Hautvilles Sohn je bändigen. Er scheint ein Kind zu sein, in Wirklichkeit ist er bereits ein König. Fragt mich nicht, wie das möglich ist. Ich kann es Euch nicht erklären. Friedrich wird selbst entscheiden, und wir werden uns seinem Willen beugen. Dennoch wissen wir Eure Bemühungen zu schätzen.»

«Gut. Ich verlasse mich auf Eure Überredungskünste. Es ist die einzige Möglichkeit, meine Herren, Friedrich von Hohenstaufen und Euch zu retten. Aber die Zeit ist knapp: Vielleicht ist die Gefahr schon näher, als wir glauben.»

«Gewiss, Herr Kanzler. Wir werden uns bemühen, Euch so schnell wie möglich Antwort zu geben.»

Dann verneigten sich Walter von Palearia und die Abgeordneten des Volkes voreinander und gingen ihrer Wege.

Das Haus von Giovanni dem Mohren platzte aus allen Nähten. Unzählige Menschen drängten sich im Hof und draußen auf der Straße. Drinnen gab Mustafa Friedrich gerade in allen Einzelheiten wieder, was Walter von Palearia gesagt hatte.

«So lauteten seine Worte. Jetzt müssen wir eine Lösung finden.»

«Was denkt denn Ihr, Mustafa?»

Der alte Lehrer senkte den Kopf und strich sich über den Bart. Ein Mann in seinem Alter, der zudem für weise gehalten wurde – es fiel ihm schwer zuzugeben, dass er nicht wusste, was er dem jungen König raten sollte. Er hielt beide Alternativen für gefährlich, und ihre jeweiligen Folgen waren unabsehbar. Schließlich entschied er sich, aufrichtig zu sein.

«Majestät, erlaubt mir, Euch mit diesem Titel anzureden. Er steht Euch jetzt mehr denn je zu. Ich muss zugeben, dass ich nicht weiß, was ich Euch raten soll. Bitte verzeiht mir meine Unschlüssigkeit. Sagt uns Eure Befehle, und wir werden sie ausführen, wie auch immer sie lauten. Möge unser aller Vater Euch Klarheit schenken.»

Friedrich legte seinem alten Lehrer, dessen Verzweiflung ihn rührte, die Hand auf die Schulter. Dann wandte er sich zu den anderen.

«Ich werde bis morgen früh darüber nachdenken. Dann werde ich Euch wissen lassen, wie wir vorgehen werden.»

Als sie im Bett lagen, sah Giovanni der Mohr Friedrich angestrengt nachdenken. Eigentlich wollte er ihn nicht stören, aber er konnte nicht anders. Er lehnte sich aus dem Bett und flüsterte: «Nimmst du mich mit in den Palast?»

«Nein.»

«Warum nicht?»

«Weil es zu gefährlich ist.»

«Schwachsinn. Ich hab keine Angst.»

«Jetzt jammer nicht rum. Ich hab dir gesagt, es ist zu gefährlich.»

«Ich komme trotzdem mit, egal, ob du es willst.»

«Dein Pech. Aber du solltest dich nicht erwischen lassen. Der Kanzler, dieser Kinderschänder, reißt dir den Kopf ab, wenn er dich sieht.»

«Warum befiehlst du den Wachen nicht, ihn zu töten? Du bist doch der König!»

Friedrich schwieg eine Weile. Als er wieder sprach, war Giovanni von der Härte, die in seiner Stimme lag, so eingeschüchtert, dass er sich nicht traute, ihn mit weiteren Fragen zu belästigen.

«Es kommt schon noch der Moment der Wahrheit

für ihn, genau wie für alle anderen Verräter. Und jetzt schlaf.»

Zum ersten Mal seit dem Tod seiner Mutter brauchte Friedrich ihre Hilfe. Wie Konstanze ihm geraten hatte, beschwor er ihr Bild herauf und vertraute ihr seine Ängste und Sorgen an: Was hätte ein großer König wie Robert Guiscard, was hätte sein Großvater Roger an seiner Stelle getan? Wäre er in den Palast gegangen und hätte sich Walter von Palearias Händen anvertraut? Und wenn der Kanzler ihm eine Falle stellte?

«Was soll ich tun, Mutter?»

Als Mustafa und die anderen sich am nächsten Morgen mit ihm trafen, wirkte Friedrich gefasst. Er hatte seine Habseligkeiten zusammengepackt und sie Giovanni zur Aufbewahrung gegeben. Mustafa gab er einen Stapel Bücher.

«Bewahre sie für mich auf, Mustafa. Einige gehören dir, einige sind von mir. Achte darauf, dass sie nicht beschädigt werden. Ich bleibe nur so lange im Palast wie unbedingt nötig.»

«Habt Ihr Euch also entschieden zurückzugehen, Majestät?»

«So lautet mein Entschluss. Ihr werdet mich begleiten.»

Zum ersten Mal, seit der Junge die Gassen und Häuser Palermos betreten hatte, knieten alle Anwesenden vor ihm nieder. Nur die Mutter von Giovanni dem Mohr umarmte ihn weinend und bestand darauf, dass er einen Korb mit seinen Lieblingsspeisen mitnahm.

«Ich wette, im Palast geben sie dir nichts zu essen», sagte sie schniefend.

Giovanni der Mohr hielt sich abseits in einer Ecke und war gekränkt, weil Friedrich ihn nicht dabeihaben wollte. Bevor dieser aufbrach, legte er ihm einen Arm um die Schultern und flüsterte ihm ins Ohr: «Mach hin und wieder einen Spaziergang im Palast. Du wirst sehen, früher oder später laufen wir uns über den Weg. Aber sei vorsichtig. Es wimmelt von Idioten da drinnen. Und lass dich nicht von deiner Mutter erwischen, sonst sieht's düster für uns beide aus.»

Der Hof und die Gassen waren voller Menschen. Das Volk von Palermo war auf den Straßen, um zu erfahren, wie der König entschieden hatte. Nun wollten sie ihn verabschieden. So traf Friedrich mit einem großen Geleit aus Frauen, Männern und Kindern im Palast ein. Die Frauen strichen ihm über den Kopf, gaben ihm tausend Ratschläge mit auf den Weg und steckten ihm alle möglichen Leckereien zu. Die Männer verabschiedeten sich schulterklopfend von ihm, ohne ihre Angst vor der näher rückenden Gefahr zu verbergen. Die Kinder hingegen, seine alten Freunde, sparten nicht mit derben Bemerkungen in ihrer Gossensprache.

«Jetzt, da der Augenblick des Abschieds gekommen ist», sagte Mustafa, «überkommen mich Zweifel: Vielleicht wäre es besser gewesen, Euch bei uns zu behalten. Ich fürchte, ich war ein Feigling, als ich Euch die Entscheidung überließ. Wollt Ihr es Euch nicht noch einmal überlegen? Noch können wir umkehren.»

«Nein, ich bin mir ganz sicher, Mustafa. Wenn ich nicht da bin, ist es ungefährlicher für Euch.»

«Deshalb also begebt Ihr Euch in die Hände des Kanzlers: um uns zu schützen. Das hätte ich mir denken können», rief der Alte kopfschüttelnd aus.

«Mustafa, ich bin der König. Es ist meine Pflicht, mich so zu entscheiden, dass es meinem Volk am wenigsten schadet. Das hat meine Mutter mich gelehrt. Dieser Schurke würde Palermo Haus für Haus niederreißen, nur um mich zu finden. Er verfolgt mich schon seit vielen Jahren. Jetzt wird diese Geschichte ein Ende finden. Und weißt du was?»

«Was, Majestät?»

«Meine Mutter … Lach nicht, wenn ich dir jetzt etwas anvertraue. Sie war es, die mir geraten hat, mich so zu entscheiden. Ich vertraue darauf, dass sie mir helfen wird. Sie hat es versprochen. Hältst du mich jetzt für einen Schwachkopf, Mustafa?»

«Ich halte Euch für einen sehr klugen und mutigen Jungen und für einen wahren König. Möge Allah Euch segnen und ein langes Leben schenken.»

«Also, bis bald.»

Dann ging Friedrich auf direktem Weg in den Park, um ein sicheres Versteck für den Korb mit all den Köstlichkeiten zu suchen. Er wusste, dass er im Palast Gefahr lief zu verhungern.

Siebzehn

Zwei Wochen nach Friedrichs Rückkehr an den Hof trafen Markwald von Anweilers Truppen in Palermo ein. Eine kleine Schar schlechtausgerüsteter und verängstigter Wachen stand zum Schutz des Aufenthaltsortes des Königs bereit. Keine Spur von Gentile von Manuppello und seinen Truppen. Als ein Bote im Palast eintraf und atemlos verkündete, die Deutschen stünden vor der Stadt, stürzte Friedrich in das Zimmer des ersten Kanzlers, um zu erfahren, wo die Verstärkung blieb und welche Vorkehrungen er zum Schutz der Stadt getroffen hatte. Aber er fand nur seinen Sekretär vor, der ihm mitteilte, Seine Exzellenz habe unvermittelt abreisen müssen.

«Abreisen? Der Feind steht vor der Tür, und der erste Kanzler verschwindet? Und wohin?»

«Ich bin nicht befugt, Euch das mitzuteilen. Aber der Kanzler hat mir aufgetragen, Euch diese Nachricht zu übergeben.»

Friedrich erbrach das Siegel und las den Brief:

Unaufschiebbare Verpflichtungen zwingen mich, nach Rom zu reisen, wo Seine Heiligkeit höchstpersönlich nach mir verlangt. Ich weiß, dass Anweilers Truppen Palermo erreicht haben, doch muss Euch dies nicht beunruhigen. Er wird sich mit einer Belagerung begnügen. Es bleibt mir genügend Zeit, zum sizilianischen Hof zurückzukehren. Außerdem bin ich zuversichtlich, dass Kampfhandlungen gänzlich unnötig sind und mit dem Feind verhandelt werden kann: Dies ist einer der Gründe, warum Seine Heiligkeit dringend um eine Unterredung ersucht hat. Markwald von Anweiler ist darüber in Kenntnis gesetzt und wird keinen Angriff wagen, bevor er erfahren hat, was der Papst ihm vorschlägt. In jedem Fall stehen die Truppen, die um den Palast zusammengezogen wurden, zur Verteidigung bereit und werden Euch vor jeder Gefahr schützen. Ihr mögt mir verzeihen, wenn ich dennoch angeordnet habe, dass Ihr Euch in den Räumlichkeiten, die Königin Konstanze bewohnte, aufzuhalten habt. Es ist Euch untersagt, im Palast herumzustreifen. Ihr müsst verstehen, dass es zu Eurem Schutz unerlässlich ist, zu wissen, wo Ihr Euch befindet. Ich hoffe, diese vorübergehende Freiheitsberaubung verursacht Euch nicht allzu viele Unannehmlichkeiten. Wie Ihr sicher begreifen werdet, habe ich nur Euer Wohl im Sinn.

Friedrich fuhr den Sekretär an, für den die verbalen Entgleisungen des jungen Königs ein beträchtlicher Schock waren.

«Dieser Kinderschänder will mich doch tatsächlich einsperren lassen! Ich wusste es. Er hat mich verschachert. Besser, ich hau sofort ab.»

«Ich fürchte, das geht nicht, mein Herr», widersprach der Sekretär empört. «Das ist gegen die Befehle des Kanzlers.»

Friedrich hatte gerade den Mund geöffnet, als ihn schon ein Trupp Männer ergriff und in die Gemächer sperrte, in denen er von nun an unter Bewachung gehalten wurde.

Er wusste, dass nun der Zeitpunkt der Abrechnung gekommen war.

Drei Tage nach Walter von Palearias Abreise griff Markwald von Anweiler im Morgengrauen den Palast an. Er wusste, dass er auf keinerlei Widerstand stoßen würde. Und tatsächlich flohen die Wachen, die den König verteidigen sollten, sobald sie den ersten deutschen Helm sahen.

Um den Schein zu wahren, stürzten die deutschen Söldner mit wildem Kriegsgeschrei in den Palast, trieben ihre Pferde zum Galopp an und schlugen jedem armen Diener, der nicht rechtzeitig fliehen konnte, den Kopf ab. Dann hielten sie zielstrebig auf den Flügel des Palastes zu, in dem sie den jungen König gefangen wussten.

Markwald von Anweiler selbst war nicht in der Lage, diese letzte Etappe des Angriffs anzuführen. Er vertraute sie seiner rechten Hand Guglielmo di Capparone an: Seine Krankheit äußerte sich wieder einmal in einem schweren Anfall, und er litt große Schmerzen. Er biss die Zähne zusammen und weigerte sich nach wie vor, zu einem Chirurgen zu gehen. Erst wollte er Friedrich von Hohenstaufen gegenübertreten. Seine Rechnung mit Konstanze von Hautville war noch nicht beglichen.

Friedrich flüchtete sich ins Schlafgemach der Königin und lauschte, wie die feindlichen Truppen mit schweren Schritten und unter Waffengeklirr näher kamen. Es war so weit: Gleich würde er seinem Feind Anweiler gegenüberstehen. Vielleicht sollte er getötet werden, aber er hatte nicht vor, sich kampflos zu ergeben: Unter seinem Hemd hatte er einen Dolch. Er hoffte, den Bastard damit verwunden zu können. Wenn, dann wollte er ehrenhaft sterben wie ein König, wie ein echter Hautville.

Auch wenn er Friedrich von Hohenstaufen, Herzog von Schwaben, war, hielt er sich nicht für einen Staufer. Er gehörte zur Familie seiner Mutter. Seines Vaters schämte er sich, er hatte ihn aus seinen Gedanken verbannt und sprach nicht über ihn.

Als die Schreie und Schritte der Kämpfenden lauter wurden, flüchtete sich Friedrich in das Bett, in dem Konstanze gestorben war. Fast konnte er ihren schmalen Körper unter der Decke sehen. Ihm war, als wäre sie da, um ihm, wie sie es immer getan hatte, Mut zu machen. Wenn er wirklich starb, würde er sie wiedersehen: Vielleicht würde sie ihm entgegenkommen, wenn er seinen Körper verließ, und sie würden sich endlich wieder in die Arme nehmen.

Das Kampfgetümmel war nun in unmittelbarer Nähe. Friedrich sprang auf und umklammerte den Dolch unter seinem Hemd, dann gab die Tür mit einem lauten Knall nach.

Ohne zu zögern zog Friedrich seine Waffe und schoss mit gesenktem Kopf auf den Erstbesten los, der ihm in den Weg kam, um ihm den Dolch in den Unterleib zu stoßen. Guglielmo di Capparone, der den Trupp anführte, wich ihm geschickt aus, hob Friedrich hoch und brach in schallendes Gelächter aus.

«Hallo, Kleiner, was hast du denn vor? He, schön brav, ganz ruhig, leg dich ja nicht mit mir an.»

Guglielmo di Capparone, ein Söldner aus Neapel, war schon seit vielen Jahren nicht mehr in seiner Heimat gewesen. Aber er sprach noch immer den neapolitanischen Dialekt, wenn er sich nicht unbedingt auf Deutsch verständigen musste. Er mochte die fremde Sprache mit ihren kehligen Lauten nicht. Deutsch hatte er lernen müssen, als er sich vor vielen Jahren in Anweilers Dienste begab und dessen unverzichtbarer Stellvertreter wurde.

Sosehr Friedrich auch zappelte und sich abmühte, diesen Riesen mit dem Dolch zu erwischen, es war aussichtslos, er saß so fest wie in einem Schraubstock.

«Du Rotzlöffel, halt still, hab ich gesagt, ruhig, ganz ruhig», mahnte der Riese. «Jetzt guckt Euch diesen Knirps an!», rief er und lachte erneut laut auf. Das Ganze schien ihn sehr zu amüsieren. Da Friedrich keine Chance hatte, seinen Gegner zu verletzen, fiel ihm nichts Besseres ein, als ihn aus voller Kehle zu beschimpfen und ihm alle möglichen Beleidigungen an den Kopf zu werfen.

«Du Schwanzlutscher, lass mich sofort runter. Arschloch! Lass mich los, du dreckiger Hurensohn.»

«He, du Rotzlöffel, wo hast du denn das gelernt? So viele schöne Wörter. Willst du jetzt stillhalten?»

«Ich bin der König. Du darfst mich nicht festhalten. Der König ist eine unantastbare Person. Ich wurde vom Herrn gesalbt, und du bist bloß ein stinkender Bastard und Hurensohn. Du machst mir keine Angst.»

«Vom Herrn gesalbt? Hurensohn? Was redet dieser Rotzlöffel denn da?» Capparone lachte immer lauter. «Na, du bist mir ja ein Spaßvogel, Kleiner. He, hörst du jetzt auf oder nicht? Halt still! Sonst muss ich wirklich böse werden.»

Plötzlich hörten Capparone und seine Männer auf zu grölen und wurden still. Nur Friedrich, noch immer im eisernen Griff des Söldners, trat weiter um sich und boxte sinnlos in die Luft, während er ihn beschimpfte. Schließlich drückte ihm Capparone eine Hand auf den Mund und setzte ihn mit einem entschlossenen Griff um den Brustkorb ganz außer Gefecht.

Friedrich, der sich nun gar nicht mehr bewegen konnte, bemerkte den Mann, der vor ihm stand. Er war nicht ganz so groß und kräftig wie Capparone, sah aber um einiges furchteinflößender aus. Sein Gesicht war totenbleich, sein Bart war ungepflegt und spross nur hier und da spärlich. Seine kalten, blauen Augen lagen in dunklen Höhlen und waren von lauter geplatzten Äderchen rot gefärbt. Der schmale, kaum vorhandene Mund grinste böse. Friedrich erstarrte.

Anweiler wandte sich in barschem Tonfall an ihn. «Du weißt, wer ich bin, oder?»

Aufbrausend, wie Friedrich nun einmal war, antwortete er: «Klar weiß ich das! Ihr seid ein Hurensohn …»

Bevor Capparone einschreiten konnte, versetzte Anweiler Friedrich eine schallende Ohrfeige, packte ihn an den Haaren, riss seinen Kopf an sich und sah ihn aus seinen irren Augen hasserfüllt an.

«Wir haben eine Rechnung zu begleichen, Rotzlöffel! Du weißt, was ich meine, oder? Deine Hurenmutter Konstanze war damals ziemlich clever. Ich werde mir von dir holen, was sie mir verweigert hat!»

Als Friedrich ihn so über seine Mutter sprechen hörte, wurde er noch wütender. Obwohl ihm die Augen vor Schmerz tränten, versuchte er, sich auf ihn zu stürzen.

«Du Bastard, du bist es noch nicht einmal wert, meine Mutter überhaupt zu erwähnen!», schrie er und spuckte ihm ins Gesicht.

Ohne ein Wort packte Markwald von Anweiler ihn an der Gurgel und zog seinen Dolch. Capparone griff nach seinem Arm, bevor er dem jungen König die Kehle durchtrennen konnte.

«Wir haben mit unserem Verbündeten etwas anderes vereinbart, Herr», ermahnte er ihn auf Deutsch. «Wir riskieren, den gesamten Handel aufs Spiel zu setzen. Überlasst mir diesen Rotzlöffel, ein oder höchstens zwei Tage, bis der Alte wieder da ist. Ihr werdet doch nicht kurz vor dem Ziel unseren Sieg gefährden.»

Anweiler, dem die Augen aus dem Kopf traten und dessen Gesicht sich zu einer grauenhaften Grimasse verzogen hatte, zögerte. Dann ließ er seine Hand sinken und steckte seinen Dolch in aller Ruhe wieder ein.

«Ich bringe dich um, und zwar eigenhändig», sagte er zu Friedrich. «Darauf kannst du dich verlassen. Es wird bald so weit sein. Werft diesen Schwachkopf in den Kerker des Palasts!», befahl er Capparone. «Legt ihn in Ketten. Kein Essen.» Dann ging er hinaus.

Capparone wandte sich wieder Friedrich zu, der erneut um sich trat und auf die Brust des Riesen einzuschlagen versuchte. «Du darfst mich nicht festhalten, du Hurensohn!»

«Ja, ich weiß. Du bist der Gesalbte des Herrn», bestätigte Capparone amüsiert, und wieder war sein dreckiges Lachen zu hören. «Aber jetzt hörst du mir mal zu! Wir beide machen gleich einen schönen Spaziergang durchs Schloss. Du zeigst mir die ganzen hübschen Sachen, die's hier gibt.»

Dann packte er seinen Gefangenen am Arm und schleifte ihn mit sich, ohne auf dessen lautstarke Proteste zu achten.

«He, schön brav, Rotzlöffel. Ich hab dir gerade das Leben gerettet. Zeig mir den Palast. Bring mich zu den Weibern.»

Wie es ihm befohlen worden war, sperrte Capparone Friedrich in den Kerker, suchte allerdings das Verlies aus, das ihm am wenigsten dunkel und unheimlich vorkam. Außerdem ließ er dicke Ketten an seinen Hand- und Fußgelenken anbringen.

Er wagte gegenüber seinem Hauptmann keinen Ungehorsam. Dabei hätte er das durchaus tun können, die Söldner respektierten ihn inzwischen genauso wie Anweiler, wenn nicht sogar mehr: In letzter Zeit übernahm er wegen Anweilers Krankheit häufig das Kommando. Aber Capparone war ihm, auf seine Art, treu ergeben und wollte seine Macht nicht missbrauchen. Anweiler hatte mit seiner erniedrigenden Krankheit schon genug zu kämpfen.

Allerdings widerstrebte es ihm, diesen amüsanten kleinen Jungen zu quälen, der so von sich selbst überzeugt war. Und so mutig.

Friedrich lernte einen Teil des Palasts kennen, den er nie erkundet hatte. Er entdeckte, dass das Kellergeschoss dunkel, feucht und kalt war. Seltsame, übelriechende Pfützen bildeten sich auf der nackten Erde, und alle möglichen Tiere huschten umher. Die schlimmsten, die ekelhaftesten darunter waren die Mäuse, manche so groß wie Katzen. Er zwang sich, zu stehen, bis seine Kräfte nachließen und er kapitulieren musste. In dem fauligen Brackwasser sitzend, verscheuchte er die Tiere, die an ihm schnupperten und über seine Füße und zwischen den Beinen herumliefen.

Einmal war er kurz davor, seiner Mutlosigkeit Luft zu machen und in Tränen auszubrechen. Aber dann dachte er an seine Mutter und die letzten Worte, die sie ihm zugeflüstert hatte: «Vergiss nie, dass du die größte Freude meines Lebens warst.»

Markwald von Anweiler blieb keine Zeit, seinen Sieg zu feiern. In der Nacht nach der Eroberung des Palasts und Friedrichs Gefangennahme brach die Krankheit den eisernen Willen des Hauptmanns, der jahrelang alles Erdenkliche ertragen hatte. In dieser Nacht schrie er zum ersten Mal vor Schmerzen. Er verlangte nach einem Chirurgen.

«Bringt einen dieser Metzger her! Soll er mich doch aufschlitzen, soll er mich in Stücke schneiden!»

Capparone war so bestürzt, dass er den gesamten Palast in Aufruhr versetzte: Er fluchte und schimpfte und bedrohte die Diener so lange, bis schließlich der fähigste Medicus von Palermo bei ihm erschien.

«Wir müssen den Eingriff sofort vornehmen. Oder es zumindest versuchen», murmelte der Pechvogel, der wie Espenlaub zitterte.

Capparone war es, der den Befehl dazu gab. Der Hauptmann selbst war nicht mehr bei Bewusstsein, vor lauter Schmerzen und wegen des Weins, den seine Männer ihm in Unmengen eingeflößt hatten, um ihn zu beruhigen. Er kam erst wieder zu sich, als er mit dicken Stricken auf die Pritsche gefesselt wurde, auf der er operiert werden sollte. Anweiler versuchte mit rollenden Augen, sich herauszuwinden. Er spürte, dass er diesen Kampf nicht überleben würde: nur einen Schritt vor dem Ziel, für das er betrogen und gemordet hatte.

Zwei Tage später starb er an einem hohen Fieber, in dem er unablässig deliriert hatte. In seinem Todeskampf erkannte er niemanden mehr und vergaß auch seine kostbare Geisel, sodass er seinen Männern keinerlei Anweisungen hinterließ.

Genau wie Konstanze wurde Friedrich durch den Tod seines Verfolgers gerettet.

Capparone übernahm die Führung der deutschen Söldner, doch er besaß weder Anweilers Grausamkeit noch dessen beharrlichen Ehrgeiz. Außerdem hegte er keinerlei Groll gegen Friedrich und dessen Mutter Konstanze. Warum hätte er sie hassen sollen? Er war ein Söldner, und so lange er in dem herrlichen Palast bleiben und den Luxus genießen konnte, war es ihm gleich, wer auf dem Thron von Sizilien saß.

Seine erste Amtshandlung bestand also darin, den kleinen Schlingel aus seinem Gefängnis zu befreien. Er hatte viel Spaß an dessen unerschöpflichem Repertoire an Schimpfwörtern, die er in jeder Sprache kannte. Der Bengel war frech und hatte so viel Mut, dass es an Leichtsinn grenzte, wie er bewiesen hatte, als er Anweiler ins Gesicht spuckte.

«Versuch ja nicht abzuhauen, Rotzlöffel!», ermahnte er ihn von Zeit zu Zeit, «sonst schnappen wir dich und schneiden dir deinen Zipfel ab. So kurz», sagte er und deutete Friedrich die schreckliche Verstümmelung an. «Oder wir reißen dir die Augen raus und legen sie dir in die Hand.»

«Arschficker, Schwanzlutscher» oder «Besorg's doch deiner Mutter», antwortete Friedrich unbeeindruckt und erntete brüllendes Gelächter. Im Augenblick hatte der junge König nicht die Absicht, den Palast zu verlassen. Nicht etwa aus Angst vor den Drohungen Capparones. Der neue Befehlshaber feierte gerne mit Musik und Tanz und mit schönen, jungen und geschmeidigen Tänzerinnen in durchsichtigen Schleiern, mit denen er sich nach seinen Festen vergnügte. Friedrich, in irgendeinem Winkel des Bankettsaals versteckt, ließ sich keine dieser Darbietungen entgehen und beobachtete begeistert, wie die betörenden Mädchen leichtfüßig und anmutig umherwirbelten. Er beneidete die Soldaten, die sie anfassen, umarmen und mit ihnen jene Spiele treiben konnten, die er schon aus dem Haus am Hafen kannte.

Auch sein Freund Giovanni der Mohr hatte mittlerweile einen Weg in den Palast gefunden. Nach vielen vergeblichen Versuchen war es ihm schließlich gelungen, die Wachen zu umgehen. Deren Wachsamkeit hatte allerdings inzwischen auch ziemlich nachgelassen.

«Du hast dir aber Zeit gelassen. Dabei solltest du

doch sofort nachkommen!», zog ihn Friedrich auf, als sie sich trafen.

«Ich hab's ja versucht, aber du hast dich nicht blicken lassen. Wo warst du denn?»

«Im Kerker.»

«Im Kerker? Warum hast du mir nicht Bescheid gesagt? Wir hätten viel Spaß haben können.»

«O Mann! Der Kerker ist ein dunkles, stinkendes, arschkaltes Loch. Anweiler ist tot. Und wie ist es euch ergangen?»

«Wir haben gar nicht gemerkt, dass die Hurensöhne in der Stadt waren.»

Dann vergnügten sie sich damit, auszuspähen, was am Hofe alles vor sich ging. Jedes Mal, wenn Giovanni der Mohr bei seiner Mutter war, erzählte er, unter was für schrecklichen Bedingungen der König leben musste. Eine ganze Weile glaubte sie ihm. Dank seines kleinen Schwindels bekam Giovanni der Mohr etliche Leckereien zugesteckt. Die beiden Jungen wussten, dass sie damit nicht lange durchkommen würden.

«Wenn deine Mutter dahinterkommt, was wir ihr für 'nen Scheiß erzählt haben, sieht es düster für uns aus. Und wenn sie erst von den nackten Frauen und so hört ...»

«Sie wird es erfahren. Wir verduften uns besser vorher.»

«Hmmhmm.»

In aller Stille verschwanden die beiden aus dem Palast. Keiner machte sich auch nur die Mühe, nachzufragen, wo eigentlich die kostbare Geisel geblieben war.

Achtzehn

Der Diener klopfte an die Tür, verneigte sich vor dem ersten Kanzler und wartete auf Anweisungen.

«Das Licht hier drinnen ist schummrig. Ihr zwingt mich, im Dunkeln zu arbeiten. Wer hat euch angewiesen, nur so wenige Lichter anzuzünden?»

«Ihr, mein Herr. Gestern Abend. Ihr habt Euch beklagt, dass die Luft so verraucht und stickig ist wegen der vielen Fackeln.»

«Unverschämter Lügner! Tu, was ich dir gesagt habe, und verschwinde.»

«Sofort, mein Herr.»

Der Diener tat, wie ihm geheißen, und zog sich zurück. Er war die Launen des ersten Kanzlers gewöhnt.

Walter von Palearia setzte sich wieder an den Tisch und griff nach den Papieren. Wie sinnlos, sich vorzumachen, dass es am Licht lag. Es lag einzig und allein am Lauf der Dinge. Das Lesen fiel ihm immer schwerer, vor allem, wenn die Dokumente in kleiner Schrift abgefasst waren.

Nachdenklich lehnte er sich zurück. Die Zeit verging, und die Natur verlangte ihr Recht. Nicht einmal vor ihm, dem großen Kanzler des Reiches, machte sie halt. Es war beinahe eine Beleidigung für jemanden, der sich immer für unangreifbar gehalten hatte. Wie alt war er jetzt? Genau hätte er es nicht sagen können. Das Wort «Alter» hatte er aus seinem Wortschatz gestrichen.

Seit Markwald von Anweilers Tod fühlte er sich stärker und unersetzlicher denn je. Er fürchtete niemanden, am allerwenigsten den Thronerben. Auch wenn Friedrich noch am Leben war, weiterhin ungerührt sein Vagabundendasein in den Gassen von Palermo führte und sich mit dem Abschaum der Stadt und des Hafens herumtrieb. Er musste mittlerweile dreizehn Jahre alt sein.

Eine Zeitlang hatte er sich häufiger im Palast blicken lassen. Aber nach dem Angriff der deutschen Söldner war er vorsichtiger geworden. Wenn er es sich genau überlegte, hatte er ihn schon seit Jahren nicht mehr gesehen. Seine Spione hatten den Verdacht, dass er Kontakte zu den Adligen hatte, die ins Ausland geflohen waren. Viele von ihnen waren immer noch treue Anhänger der Hautvilles, trotz der Verfolgungen, denen sie all die Jahre ausgesetzt waren.

Aber auch das machte ihm keine Angst. Sie waren keine Bedrohung, selbst wenn dieser Hitzkopf Emanuele di Lauria sie anführte, dem er noch immer übelnahm, dass er Konstanze den Jungen gesund und munter zurückgebracht hatte.

Sicher, wenn Anweilers Putschversuch wie gewünscht verlaufen wäre, wäre er den Thronerben elegant losgeworden, und zwar endgültig. Stattdessen hatten die Hautvilles wieder einmal unverschämtes Glück gehabt, der Feind war gestorben.

Wenn es nicht Ketzerei gewesen wäre, hätte er behauptet, dass der Allmächtige sie beschützte. Aber das konnte nicht sein. Schließlich war *er* der Mann Gottes, er war der treue Diener der heiligen Mutter Kirche. Niemals würde der Thron an diesen zerlumpten, ungehobelten Bengel gehen. Er war genau wie seine Vorfahren verdorben bis ins Mark.

Eines Morgens im September wachten Giovanni und Friedrich erst auf, als die Sonne bereits hoch am Himmel stand. Das war ungewöhnlich. Normalerweise pochte Giovannis Mama schon im Morgengrauen mit dem Stock gegen die Decke.

«Das Frühstück steht nur noch so lange auf dem Tisch, wie ihr braucht, um nach unten zu kommen», drohte sie dann. «Ansonsten räume ich ab, und es gibt gar keins. Habt ihr das da oben gehört? Es gibt viel zu tun, und abnehmen wird's euch keiner.»

Sie wussten, dass sie es ernst meinte. Zwar hätten sie sich immer noch etwas vom Markt stehlen oder ein Stück Focaccia bei einer der anderen Mütter bekommen können, aber der Duft, der ihnen in die Nase stieg, war so verlockend, dass sie im Nu vor ihren Tellern saßen.

Giovannis Mutter hatte zu dieser Uhrzeit immer schon tausend Dinge verrichtet. Sie wussten nicht, wann und ob sie überhaupt mal ruhte. Giovanni argwöhnte, dass sie seit dem Tod ihres Mannes vor einigen Jahren nicht mehr geschlafen hatte. Aber Friedrich hielt das für unwahrscheinlich.

«Jeder muss wenigstens ab und zu mal schlafen»,

erklärte er. «Das habe ich zumindest gelesen. Ich würde mich wirklich gerne ausführlicher mit dem Thema beschäftigen. Wenn ich König bin, gründe ich eine große Schule und rufe die größten Gelehrten der Welt an meinen Hof. Ich beabsichtige, all jene Phänomene zu erforschen, die mit dem Menschen und der Welt, in der wir leben, zu tun haben.»

«Mann, redest du geschwollen. Und wieso interessierst du dich für so 'nen Dreck?»

«Du bist vielleicht ein Idiot. Was gibt es Interessanteres, als die Rätsel zu lösen, auf die noch niemand eine Antwort gefunden hat? Ich würde mein Leben für solche Forschungen geben. Es gibt so viele Fragen zu beantworten. Hast du dich zum Beispiel je gefragt, warum wir sprechen?»

«Heute Morgen redest du wirklich nur Quatsch. Wie immer, wenn du die ganze Nacht über deinen Büchern verbringst und das Öl meiner Mutter verschwendest. Wir sprechen, weil wir einen Mund im Gesicht haben! Was gibt es da zu fragen?»

«Zunächst einmal habe ich das Öl vom Markt geklaut und nicht deiner Mama weggenommen. Und was ist das für eine Antwort? Wenn du dich so blöd anstellst, kann ich dich nicht zum Offizier in meiner Armee ernennen. Ich möchte herausfinden, wie die Kinder sprechen lernen: Von den Erwachsenen? Oder ist die Sprache ein Geschenk Gottes, mit dem sie geboren werden?»

«Du liest zu viel. Daher der ganze Blödsinn.»

«Du verstehst mich nicht: Es geht um Wissenschaft. Wenn ich König bin, schnappe ich mir ein paar Neugeborene und lasse sie in ein Zimmer sperren. Sie dürfen nur von einem einzigen Erwachsenen versorgt werden, der aber nicht sprechen darf. Und dann wird man sehen, was passiert.»

«Du bist ein gefährlicher Spinner.»

«Das stimmt nicht. Der Mensch muss für sein Wissen einen Preis bezahlen.»

«Dann zahl du den doch.»

«Ich kann schon sprechen. Außerdem muss ich regieren. Wer sonst würde für Schwachköpfe wie dich sorgen?»

Als sie aber an dem Tag im September vom Dachboden kamen, lag Giovannis Mutter auf ihrem Bett, die Augen halb geschlossen, den Mund leicht geöffnet, beinahe als würde sie lächeln.

Lange starrten sie sie ungläubig an, unfähig, sich zu rühren. Friedrich fasste sich als Erster.

«Sie ist aus ihrem Körper geflogen», sagte er ruhig. «Und wir waren nicht bei ihr, um ihr die Augen zu schließen.»

Dann ging er zu ihr, streichelte ihr blasses Gesicht und kniete sich neben sie, um sie zu verabschieden.

«Danke, dass du mir geholfen und mich wie deinen eigenen Sohn geliebt hast. Das werde ich dir nie vergessen. Um Giovanni mach dir keine Sorgen. Ich kümmere mich um ihn. Gib meiner Mutter Konstanze einen Kuss von mir.»

Dann küsste er ihr sanft die Stirn. Giovanni starrte sie noch immer mit offenem Mund an. Friedrich trat zu ihm und legte ihm eine Hand auf die Schulter.

«Wir müssen sie beerdigen. Kopf hoch. Na los.»

Aber Giovanni hörte ihn gar nicht. «Sie hat mich allein gelassen. Was mache ich denn jetzt?», flüsterte er.

Friedrich nahm ihn am Arm und zog ihn hinaus auf den kleinen Hof des Hauses.

«Alle Menschen sterben. So ist das nun einmal», sagte er und sah ihm in die Augen. «Auch meine Mutter ist gestorben, und ich war erst drei. Wenn ich das überlebt habe, schaffst du das auch. Außerdem bist du überhaupt nicht allein. Du hast doch mich. Reicht dir das nicht? Aber jetzt sollten wir uns beeilen.»

«Willst du woanders wohnen, jetzt, wo sie nicht mehr da ist?»

«Woanders? Wo sollte ich denn deiner Meinung nach hin?»

«Keine Ahnung. In den Palast.»

«Sicher werde ich dort wohnen. Aber noch nicht jetzt.» Dann fügte er beiläufig hinzu: «Weißt du, wie alt ich jetzt bin?»

«Hab nicht mitgezählt.»

«Schlecht. Ich zähle mit, sogar die Monate und die Tage. Es ist bald so weit.»

«Was?»

«Bald bin ich volljährig.»

«Was soll das denn heißen?»

«Dass man erwachsen ist und keinen Vormund mehr braucht.»

«Und wann genau ist es so weit?»

«Ich weiß nicht, wie die anderen das sehen. Ich für meinen Teil habe beschlossen, dass es am 26. Dezember dieses Jahres so weit ist. Dann bin ich vierzehn Jahre alt. An diesem Tag verkünde ich meine Volljährigkeit und brauche keinen Vormund mehr.»

«Und was passiert dann?»

«Das wirst du schon sehen.»

Am Weihnachtstag betrat Walter von Palearia die Kathedrale von Palermo und ging ruhig und ernst das prächtige Mittelschiff entlang. Er fühlte sich keineswegs wohl. Seit einiger Zeit quälte ihn das unbestimmte Gefühl einer nahenden Gefahr. Seine Spione, deren Zahl in der Stadt er verdoppelt hatte, meldeten ihm keinerlei Besonderheiten. Dennoch war er beunruhigt und hätte den Palast lieber gar nicht erst verlassen. Aber bei der Weihnachtsmesse konnte er nicht fehlen. Ihm war der Ehrenplatz vorbehalten, der Thron in Gold und Purpur, der eigentlich dem König zustand. Nach Heinrichs Tod hatte er selbst ihn eingenommen, er zog ihn dem bescheidenen, etwas abseits stehenden Lehnstuhl für den Kanzler vor.

Die ganze Kathedrale war vom süßlichen Weihrauchduft erfüllt. Die weißen Nebelschwaden waren so dicht, dass sie ihm in den Augen brannten, er bekam kaum Luft.

Es wäre viel besser gewesen, im Palast zu bleiben. Er sollte sich schonen.

Mit dem Zeigefinger der rechten Hand versuchte er, seinen Kragen zu lockern, und drehte den Kopf von einer Seite zur anderen, um leichter atmen zu können. Dabei sah er die Gläubigen, die sich zu beiden Seiten des Läufers drängten. Er war so erstaunt, dass er in seinem Gang zum Hochaltar kurz innehielt. Die Kathedrale war so voll wie seit Jahren nicht mehr. Wann hatte er das letzte Mal eine so gutbesuchte Messe gesehen? Als es ihm einfiel, zuckte er zusammen: Es war das Weihnachten der «Großen Versöhnung», der Tag des Massakers gewesen.

Seitdem hatte das Volk von Palermo abergläubische Angst vor der Weihnachtsmesse. Die Leute blieben ihr fern, weil sie glaubten, die Geister der Toten kämen an den heiligen Ort zurück und man könne ihre verzweifelten Schreie hören.

Und nun hatten sich vollkommen unerwartet Tausende von Menschen eingefunden, die ihn alle feindselig ansahen. Walter von Palearia spürte, wie ihm ein kalter Schauer durch den ganzen Körper lief und seine Hände feucht wurden. Wieder überkam ihn die Vorahnung drohenden Unglücks.

In der Kirche herrschte absolute Stille. Offenbar wartete die Menge gespannt, als sollte gleich etwas geschehen. Als er am Hochaltar ankam, sah er hoch und fuhr erschrocken zusammen: Der Thron war besetzt.

Walter von Palearia blinzelte ein paarmal, bevor er Friedrich von Hohenstaufen wiedererkannte. Er sah groß und stark aus, geradezu majestätisch. Er hatte die Augen seiner Mutter. Ein echter König. Dabei müsste er noch ein Junge sein.

Friedrich wirkte ganz und gar nicht eingeschüchtert. Ganz im Gegensatz zu ihm selbst, der durcheinander und verunsichert war.

Ihm wurde schwindelig: Es kam ihm so vor, als sei Friedrich nicht allein. Eine kaum wahrnehmbare Gestalt stand neben ihm und hatte ihm die Hand auf die Schulter gelegt. Er sah genauer hin, durch den Weihrauchdunst hindurch, der noch immer in der Luft hing. Schließlich erkannte er sie: Es war Konstanze von Hautville. Sie sah ihn streng an und zeigte mit dem Finger auf ihn.

«Es ist nicht meine Schuld, Konstanze, Heinrich war schuld, und Papst Innozenz. Sie sind die Verräter. Ich kann alles erklären.» Walter von Palearia bemerkte gar nicht, dass er sich mit lauter Stimme rechtfertigte und dabei schützend seine Hände über den Kopf hielt – vor den entsetzten Blicken der Menge.

Friedrich stand auf, trat auf den ersten Kanzler zu und legte ihm eine Hand auf die erhobenen Arme.

«Stützt Euch auf mich, verehrter Kanzler, Ihr seht sehr blass aus», forderte er ihn höflich auf. «Vielleicht hat Euch die stickige Luft einen bösen Streich gespielt. Oder mein Anblick auf dem Thron meiner Ahnen hat Euch zu sehr aufgewühlt. Ihr seid einer Sinnestäuschung zum Opfer gefallen. Meine Mutter ist tot, wie Ihr wisst. Beruhigt Euch und erlaubt mir, Euch auf den Platz zu geleiten, der dem ersten Reichskanzler zusteht, neben dem König. Wir werden dieses Weihnachten zusammen mit dem Volk von Palermo feiern. Danach begeben wir uns in den Palast und warten auf den morgigen Tag. Wir haben noch etwas anderes zu feiern. Aber alles zu seiner Zeit.»

Nach der Messe bat Friedrich den Kanzler, ihm zu einer geschlossenen Kutsche zu folgen, die von vier Rittern in voller Rüstung eskortiert wurde.

«Ich habe vollstes Verständnis für die Einschränkungen, die das Alter Euch auferlegt», erklärte er. «Deshalb entbinde ich Euch von der Pflicht, an meiner Seite zu reiten. Die Ritter des Königs werden Eure Sicherheit gewährleisten.»

«Ich weiß nicht, was all diese Vorkehrungen zu bedeuten haben, Junge», erwiderte der Kanzler verärgert. Er hatte seinen kleinen Schwächeanfall überwunden und war wieder Herr seiner selbst. Was hatte dieser unverschämte Bengel eigentlich vor? Wollte er sich den mächtigsten Mann des Reichs zum Feind machen?

«Bald werde ich Euch alles erklären. Aber jetzt befehle ich Euch … nein, ich empfehle Euch, meinem Rat zu folgen. Das Volk von Palermo ist heute Abend auf den Straßen», fügte Friedrich beiläufig hinzu. «Ich würde es sehr bedauern, wenn irgendein Hitzkopf versuchte, Euch anzugreifen. Aber wenn Ihr von der Wache des Königs eskortiert werdet, wird niemand Euch anrühren.»

Walter von Palearia wurde blass und drehte ihm empört den Rücken zu, wagte aber aus Furcht vor der versteckten Drohung nicht zu widersprechen.

Friedrich zog durch den Haupteingang in den Palast, hoch zu Ross, hinter ihm eine Schar bewaffneter Reiter. Er ritt auf einem reinrassigen Araber, einem prächtigen Tier, eines Königs würdig.

Einige Stunden später ließ er den Kanzler zu sich rufen.

In den Gemächern, die einst Konstanze von Hautville bewohnt hatte, standen sie sich gegenüber, Auge in Auge. Walter von Palearia musterte Friedrich. Er sah viel älter aus, als er war. In seinen Augen lag zu viel Härte für einen Vierzehnjährigen. Nur das glatte, bartlose Gesicht verriet seine Jugend.

«Macht es Euch bequem, Walter von Palearia», forderte der König ihn auf und wies auf eine Sitzbank neben dem Kamin.

Walter von Palearia weigerte sich mit finsterer Miene, den Platz einzunehmen, den der König ihm anbot.

«Es ist kein guter Anfang, die Einladung des Königs zurückzuweisen. Meint Ihr, wenn Ihr steht, könnt Ihr mir besser Paroli bieten?»

«Paroli bieten? Wollt Ihr damit sagen, ich müsste mich auf eine Auseinandersetzung gefasst machen?»

«Ich hoffe nicht, aber das hängt von Euch ab.»

«Von mir?»

«Ganz genau, verehrter Kanzler.»

Friedrich wandte Walter von Palearia den Rücken zu und trat zum Fenster.

«Bald bricht der neue Tag an. Nicht von ungefähr warten wir gemeinsam darauf. Es ist jetzt vierzehn Jahre her, dass meine Mutter mich zur Welt brachte. Auf dem Hauptplatz eines abgelegenen Dorfes, es war kalt, und sie litt schreckliche Schmerzen. Sie war allein und wurde von allen verfolgt.» Seine Stimme verriet, wie bewegt er war, und er verstummte kurz. «Diese Einzelheiten sind Euch ja bekannt», fuhr er dann fort.

«Gewiss», bestätigte der Kanzler ungerührt. «Eure Mutter war immer eine … wie soll ich sagen …»

Friedrich drehte sich zu ihm um, und seine Augen

waren eisig. Walter von Palearia senkte den Blick nicht, wog seine Worte aber sorgfältig ab.

«… sehr waghalsige Frau», schloss er.

«Sehr mutige Frau», präzisierte Friedrich. «Wenn sie sich ergeben hätte, wären wir beide getötet worden. Konstanze hatte erbitterte, hartnäckige und mächtige Feinde», fuhr er fort und trat zu Walter von Palearia, den er um einen Kopf überragte. Dann beugte er sich zu ihm, bis sein Mund fast dessen Ohr berührte.

«Ich kenne die Feinde meiner Mutter genau. Jeden einzelnen», flüsterte er. «Ich habe mir ihre Namen und Gesichter eingeprägt. Ihre Namen und ihre Gesichter», wiederholte er. «Und jeder Einzelne von ihnen wird büßen.»

Unwillkürlich jagte Walter von Palearia eine Gänsehaut über den Rücken und ließ ihn erschauern. Friedrich war ein Monster, genau wie seine Ahnen. Skrupellos, ohne jede Moral. Und wie Konstanze hatte er das Volk auf seiner Seite.

«Ich hoffe, ich stehe nicht auf dieser Liste, mein Junge», erwiderte er und versuchte, sich seine Angst nicht anmerken zu lassen. «Ich habe der Familie Hautville lange Jahre treu gedient, Ihr solltet mir danken und mich großzügig entlohnen.»

Friedrich lächelte zweideutig. «Sicher, Ihr habt die Macht viele Jahre lang verwaltet. Deshalb ist jetzt der Zeitpunkt gekommen, Euer Amt niederzulegen und den Lohn für Eure Mühen zu genießen. Meint Ihr nicht auch?»

«Aber ich will mich noch gar nicht zur Ruhe setzen.

Außerdem, wem sollte ich meine Aufgaben denn anvertrauen?»

«Eurem König.»

«Wollt Ihr damit sagen … etwa Euch?»

Walter war überrascht und sah ihn geringschätzig an. Der König erwiderte den Blick, hart und unversöhnlich.

«Ihr habt die Wahl, Walter von Palearia», schien dieser Blick zu sagen, «entweder Ihr gehorcht, um Euer Leben und Eure Ehre zu retten. Oder Ihr widersetzt Euch: Dann seid Ihr der Erste auf der Liste derer, die für ihre Taten büßen müssen.» Walter von Palearia wagte einen letzten, verzweifelten Versuch, sich zu wehren.

«Im Moment muss ich das ablehnen. Es ist unmöglich, Ihr seid doch noch ein Kind. Warten wir Eure Volljährigkeit ab, dann können wir auf dieses Thema zurückkommen.»

«Ich habe das richtige Alter bereits erreicht.»

«Wirklich? Und wer sagt das? Das Papst jedenfalls hat dazu nicht sein Einverständnis gegeben.»

«Ich brauche keinen päpstlichen Segen. Ich bin der König und habe entschieden, dass ich mit vierzehn Jahren alle Aufgaben und Pflichten übernehmen kann, die mich erwarten. Von nun an bin ich der alleinige Herrscher über dieses Reich, und meine Worte sind Gesetz. Auch für Euch, verehrter Kanzler.»

Walter von Palearia sah Friedrich ungläubig an. Er hatte ein Ungeheuer vor sich. Den Teufel selbst.

Erneut versuchte er zu widersprechen. Er bemühte sich, seine Stimme fest klingen zu lassen.

«Wieso glaubt Ihr, dass ich Eure Autorität anerkenne? Ich unterstehe einzig und allein Seiner Heiligkeit, dem Papst.»

«Ihr bleibt besser bei der Wahrheit, Walter von Palearia», ermahnte Friedrich ihn streng, «ich müsste es sonst bedauern, Euch trotz allem mit so viel Wohlwollen und Respekt behandelt zu haben. Ihr habt immer nur Euch selbst gehorcht. Aber von nun an beugt Ihr Euch dem König. Wie alle anderen auch.»

«Was bietet Ihr mir denn für die Zustimmung, die ich Euch geben soll?»

«Zustimmung? Ihr habt nicht verstanden. Genau von diesem Moment an seid Ihr Eures Amtes enthoben. Ihr werdet Euch in ein Kloster Eurer Wahl zurückziehen, das außerhalb des Königreichs liegt. Dort könnt Ihr Euch erholen und Eure letzten Tage in Ruhe und Frieden verbringen. Als Zeichen der Dankbarkeit für all Eure Mühen wird die Krone dafür sorgen, dass es Euch an nichts fehlt. Ihr gebt mir die Schlüssel zu den Schatzkammern und eine Auflistung aller Güter, die dem Land und meiner Familie gehören. Ich bin sicher, sie wird bis in alle Einzelheiten genau sein. Trotzdem wird sie in jedem Fall sorgfältig geprüft werden.»

«Seid Ihr sicher, dass ich mich so ohne weiteres zurückziehen werde?»

«Ganz sicher. Ich habe alles für Eure Abreise vorbereiten lassen. Einige meiner treuesten Gefolgsleute warten bereits auf Euch. Einen von ihnen kennt Ihr bestimmt: Emanuele di Lauria. Meine Leute begleiten Euch, wohin auch immer Ihr wünscht.»

«Dass ich nicht lache, mein Junge. Wie wollt Ihr

denn regieren? Ihr habt keine Erfahrung, keinerlei Mittel und keine Armee. Meint Ihr, eine Handvoll loyaler Ritter genügt? Bevor Ihr Euch verseht, werdet Ihr gestürzt. Ich selbst könnte ganze Horden von Feinden gegen Euch aufhetzen.»

«Das bezweifle ich nicht. Aber wir werden dafür sorgen, dass Ihr uns nicht mehr schaden könnt. Was die anderen Dinge angeht, habt Ihr recht. Ich bin ein König ohne Mittel und ohne Armee. Aber mir schwebt da eine Lösung vor. Ich werde mir eilends eine Braut suchen, die mir beides mit ihrer Aussteuer verschafft. Wüsstet Ihr nicht eine gute Partie für mich? Aussehen oder Alter sind mir gleich, Hauptsache, ihre Aussteuer ist hoch. Ich werde auch Papst Innozenz darauf ansetzen. Er wird bestimmt eine passende Gemahlin für mich finden. Schließlich stiftet er liebend gerne Ehen. Und ich werde seine Wahl wie ein dankbarer Sohn akzeptieren. Da wird er vor Freude jauchzen.»

«Ohne mich seid Ihr verloren. Ihr werdet wieder nach mir rufen.»

«Ich bin voller Zuversicht, nein, ich würde sogar darauf wetten, dass ich es alleine schaffe. Lebt wohl, Walter von Palearia. Gebt auf Euch acht.»

«Kann ich denn gar nichts mehr für Euch tun, mein Junge?», beharrte der Kanzler.

«Doch, da wäre noch etwas. Erinnert Ihr Euch noch an den Lehrer, den Ihr kurz vor Markwald von Anweilers Angriff so überstürzt aus dem Palast geschafft habt?»

«Pater Guglielmo Francesco.»

«Ebender. Lebt er noch?»

«Ich glaube, ja.»

«Gut. Dann sorgt dafür, dass er hierherkommt. Ich möchte ihn an meiner Seite haben. Aber jetzt sollten wir uns verabschieden, wie alte Freunde. Ich wünsche Euch eine angenehme Reise und … was noch? Viel Glück!»

«Glück solltet Ihr Euch lieber selbst wünschen, junger Mann. Das werdet Ihr dringend nötig haben. Euer Kampf hat gerade erst begonnen.»

Kurzes Nachwort der Autorin

Friedrich II. von Hohenstaufen trat seine Herrschaft im Alter von vierzehn Jahren an, nachdem er seine Kindheit unter vielen Gefahren auf den Straßen von Palermo verbracht hatte. Sein Volk schützte ihn bis zu seinem Tod am 13. Dezember 1250.

1220 wurde Friedrich II. von Papst Honorius III. zum Kaiser des Heiligen Römischen Reiches gekrönt. Aber er hielt sich nur selten in Deutschland auf. Trotz seiner großen Sprachbegabung weigerte er sich zeitlebens, Deutsch zu sprechen, das er sehr wohl verstand.

1224 gründete er die Universität von Neapel, die erste staatliche, also nicht kirchliche Hochschule Europas, die Gelehrte und Studenten von überall her anlockte.

Wenige Monate nachdem er den Thron bestiegen hatte, heiratete Friedrich Prinzessin Konstanze von Aragon. Sie war zehn Jahre älter als er, als Witwe des Königs von Ungarn auch keine Jungfrau mehr und wesentlich weniger anziehend als ihre blutjunge fröhliche Schwester Sancha. Papst Innozenz III. hatte sie für ihn ausgewählt, und ihre Mitgift bestand neben anderen Reichtümern aus fünfhundert bewaffneten Reitern.

Es heißt, Konstanze von Aragon sei schockiert gewesen über das ungehobelte und vulgäre Benehmen ihres Gemahls und dessen sonderbare und respektlose Sprache. Allerdings zeigte sie sich auch von seinen positiven Eigenschaften beeindruckt: von seiner Intelligenz, seiner Willensstärke, seinem Mut und dem unersättlichen Wissensdurst. Aus diesem Grund bemühte sie sich sehr, ihn zu zähmen und ihn zu besserem Benehmen zu erziehen. Sie war die einzige von Friedrichs drei Gemahlinnen, der er ein Minimum an Wertschätzung und Respekt entgegenbrachte, vielleicht in Anerkennung der vielen Dinge, die er von ihr gelernt hatte.

Konstanze von Aragon, die 1222 starb, gebar ihm einen Sohn, der auf den Namen Heinrich VII. getauft wurde.

Friedrich heiratete noch zwei weitere Male: Jolante von Brienne, die ihm den Thronerben Konrad IV. schenkte, und Isabella von England. Außerdem hatte er unzählige Affären und außereheliche Kinder. Die einzige Liebe seines Lebens aber war Bianca von Lancia, von der er Manfred, seinen Lieblingssohn, hatte.

Walter von Palearia zog sich in ein Kloster in der Nähe von Catania zurück, wo er wenige Jahre später starb.

Von Pater Guglielmo Francescos weiteren Lebensumständen ist nichts überliefert.

Giovanni der Mohr blieb an Friedrichs Seite, bis dieser starb. Er war einer der wenigen, die Zugang zu den Privatresidenzen des Kaisers, seinen sogenannten Zufluchtsorten, den *Loca Solaciorum,* hatte. Nur in seiner Gegenwart fühlte sich Friedrich unbefangen genug, seinen Ausschweifungen nachzugehen und sich so zu benehmen, wie er es einst als Gossenjunge in Palermo getan hatte.

Astrid Fritz
Der Ruf des Kondors

1852. Der 15-jährige Josef Scholz aus Hamburg sucht in Chile seinen Bruder Raimund. Bei einer Expedition in den Urwald findet Josef in dem Mapuche-Jungen Kayuantu einen guten Freund. Und die schöne Ayen hat ein Auge auf Josef geworfen. Doch seine Gefühle werden auf eine harte Probe gestellt. rororo 24511

Historische Romane
Geschichten und Geschichte

Brad Geagley
Das Jahr der Hyänen

Privatdetektiv Semerket wird beauftragt, den Mord an einer thebanischen Priesterin aufzuklären. Schnell dämmert ihm, dass mehr hinter der Geschichte steckt. Die Spur weist direkt zum Palast des Pharaos. Aber wollten Semerkets Auftraggeber überhaupt, dass der Fall gelöst wird? rororo 24198

Nicolas Remin
Schnee in Venedig

Venedig 1862: Ein hoher kaiserlicher Offizier wird ermordet aufgefunden. Commissario Tron ermittelt – doch schon bald wird ihm der Fall von der österreichischen Militärpolizei entzogen. Kaiserin Elisabeth von Österreich persönlich hat indes ihre Gründe, Tron bei seinen Nachforschungen tatkräftig zu unterstützen. rororo 23929

Weitere Informationen in der Rowohlt Revue *oder unter* www.rororo.de